KB077828

원앤 *One and Only*
온리

원앤온리 One and Only

초판 1쇄 찍은 날 | 2016년 5월 20일
초판 1쇄 펴낸 날 | 2016년 5월 30일

지은이 | 최예준
펴낸이 | 서경석

편 집 책 임 | 조윤희
편   집 | 이은주
              주은영
디 자 인 | 박보라

펴 낸 곳 | 도서출판 청어람
등록번호 | 제387-1999-000006호
등록일자 | 1999. 5. 31
어람번호 | 제5-444호

주소 | 경기도 부천시 원미구 부일로 483번길 40 서경B/D 3F
       (우) 14640
전화 | 032-656-4452 팩스 | 032-656-4453
http://www.chungeoram.com
E—mail | chungeorambook@daum.net

ISBN 979-11-04-90794-4   03810

원앤
온리

One and Only

사 / 랑 / 을 / 만 / 나 / 다

최예준 장편소설

도서출판 청어람

목차

저무는 시간

한 해가 저문다.

지나치게 바쁘게 살아서인지 아니면 그 반대인지 도무지 실감
이 나지 않는다. 어떤 감흥도 느낄 수 없다.

하지만 지극히 형식적인 종무식을 끝낸 직원들의 얼굴은 그야
말로 해같이 환하다. 물론 그들의 얼굴 어디에서도 한 해가 저무
는 데 대한 아쉬움 같은 건 찾아보기 힘들다. 정오가 되기 전 퇴
근을 할 수 있다는 사실이, 내일이 휴일이라는 사실이 그들에게
커다란 기쁨이 될 뿐이다.

준혁은 유리벽 위에 드리워져 있던 블라인드를 활짝 걷었다.
전면이 통유리로 된 그의 방에선 기획 전략실의 내부가 한눈에

들어왔다.

직원들이 대부분 퇴근을 한 기획 전략실의 모습이 준혁의 눈에 낯설기만 했다. 늘 분주하게 움직이는 직원들로 인해 활기를 잃지 않던 공간이다.

아직 퇴근을 하지 않은 몇몇 직원들의 모습이 보였다. 물끄러미 기획 전략실 안을 바라보던 그의 시선이 책상 의자에 앉아 있던 소연과 마주쳤다.

소연이 미소를 지었다. 고개를 끄덕이는 준혁의 입가에도 미소가 지어졌다.

백소연.

소연을 알게 된 건 2년 전 그녀가 기획 전략실로 자리를 옮기면서부터였다. 회사 내 통합부서인 기획 전략실이 신설되지 않았다면 지금껏도 그녀를 알지 못한 채 지냈을 것이다.

준혁은 납작한 가방을 어깨에 두르고 자신을 향해 다가오는 그녀를 바라보며 문 쪽으로 걸음을 옮겼다. 문을 열자 얼굴 가득 환한 미소를 띤 소연이 그를 올려다보며 물었다.

"퇴근 안 하세요?"

미소만큼이나 차분하고 다감한 목소리이다.

"해야죠. 한 해의 마지막 날인데 어떻게 보낼 거예요?"

"동해에 가요."

"아!"

준혁은 그제야 그녀에게 남자친구가 있다는 사실을 떠올렸다.

원앤온리 One and Only

'어리석긴!'

소연과 그녀의 남자친구는 몇 안 되는 사내 커플 중 하나이다.

"실장님은 서울에 계실 건가요?"

"아쉽게도 내일 오전에 가족 모임이 있어요."

"부러워요."

"부러워요? 해돋이를 보러 동해까지 가는 사람이 할 말은 아닐 테고, 지금 날 놀리는 거죠?"

"아니에요! 진심으로 하는 말이에요. 고생길 떠나려니 벌써부터 머리가 지끈거리네요."

준혁은 그녀를 바라보며 미소를 지었다.

사십 명 안팎의 인원으로 구성된 기획 전략실 직원 중에서 소연은 첫인상이 특별하거나 강렬한 인물은 아니었다.

있는 듯 없는 듯 존재감이 희박했던 그녀를 새로이 보게 된 건 2월에 있었던 체육대회를 겸한 MT에서였다. 벌써 2년 전의 일이다. 신설부서인 데다 적잖은 인원이 근무하는 곳이다 보니 친밀함을 도모하는 차원에서 마련한 2박 3일 간의 행사였다.

단체복으로 입은 아이보리 컬러의 맨투맨 티셔츠. 모두가 똑같이 입은 티셔츠는 기획 전략실 안에서는 한 번도 본 적 없던 소연의 배꽃 같은 미소를 두드러지게 만드는 계기가 됐다.

줄다리기를 하며 환하게 미소 짓던 소연을 넋을 잃고 쳐다봤던 일을 준혁은 생생히 기억하고 있었다. 그 느낌이 마치 맨발로 푸른 잔디밭을 걷고 있는 것처럼 풋풋하고 싱그러웠다.

2박 3일 동안 서너 번의 프로그램에서 소연과 파트너가 됐고, 그렇게 그녀는 갑작스럽게 준혁에게 친근하고도 가까운 존재처럼 돼버렸다.

"뜨는 해를 보면서 무슨 소원을 빌 거예요?"

"차 안에서 생각해 보려고요."

"생각나면 내 소원도 빌어줄래요?"

준혁은 실없는 소리를 해대는 자신이 어처구니가 없었다.

"무슨 소원을 빌어드리면 좋을까요?"

"흠……."

"차에서 생각해 보겠다는 제 말이 거짓말이 아니라는 거 아시겠죠?"

"후후……."

"새해엔 공적으로도 사적으로도 좋은 일만 가득하시라고 빌어드릴게요."

"모호한데요."

"좋아요, 그럼 새해엔 올해 매출의 절반 이상이 늘어나고, 실장님 옆에 아름다운 분이 함께하길 빌어드릴게요. 이 정도면 후하죠?"

그는 소연의 말이 마음에 드는 듯 흡족한 표정으로 고개를 끄덕였다.

"잘 다녀와요."

"실장님도 가족 모임 잘 하시고, 기쁜 새해 맞이하세요."

원앤온리 One and Only

"소연 씨도요."

"내년에 뵙겠네요. 먼저 들어갈게요."

"여행 잘 다녀와요."

준혁은 미소만큼이나 가벼운 발걸음으로 걸어가는 그녀의 뒷모습을 한동안 바라봤다.

소연에게 남자친구가 있다는 사실을 순간적으로 잊었던 것처럼 또 다른 사실을 잊고 있었다. 어느 순간부터 누군가 어떤 스타일의 여자를 원하느냐는 말을 물어올 때면 자신도 모르게 소연을 떠올리게 됐다는 사실을.

지하주차장으로 내려온 소연은 어렵지 않게 남자친구인 성진의 차를 찾을 수 있었다.

아침 일찍 기획 전략실로 찾아온 성진은 부서 내에서 조촐한 종무식을 따로 하느라 조금 늦을 것 같다며 그녀에게 차키를 주었다.

소연은 뒷좌석의 문을 열고 차 안에 몸을 실었다. 뒷좌석이 넓어서가 아니었다. 그녀가 조수석에 앉지 않은 건.

12월 31일.

도무지 실감할 수 없는 날짜가 휴대폰 액정에 숫자로 떠 있었다.

1년 동안 뭘 하며 지낸 건지 도통 기억이 나지 않았다. 시간이 흐르는 걸 의식하지 못할 정도로 바쁘게 산 것도 같고 그 반대인 것도 같은 기분만 들 뿐.

드르르…….

손에 쥐고 있던 휴대폰이 진동 소리를 내며 미세하게 떨리는 순간 소연의 눈동자 역시 흔들렸다. 하지만 그녀의 목소리는 여느 때와 다름없이 차분했다.

"네, 언니."

[벌써 퇴근한 거야?]

"네."

[빠르다, 그 팀.]

"아직 퇴근 전이세요?"

[구내식당으로 모이라는 촌스러운 소리가 들려오네.]

"구내식당이요?"

[종무식 기념으로 국수라도 한 그릇 주려나 보지.]

희정의 목소리에는 못마땅함이 배어났다.

"따뜻한 부서네요."

[주차장이야?]

거꾸로 솟기 시작한 피가 얼굴로 몰려드는 기분이다. 소연은 애써 태연한 목소리로 대답했다.

"네."

[좋겠다! 아니, 부러워!]

"제가요?"

[남자친구하고 해돋이 보러 가는 사람, 흔치 않아.]

"그런가요?"

[깨진 커플도 많지, 냉전 중인 커플도 많지, 자긴 복 받은 사람이라고. 한 해의 첫날을 특별한 사람과 함께 보낸다는 건…….]

소연은 그녀의 가증스럽기만 한 말을 일축했다.

"여행은 언제 가세요?"

[다음 주 금요일.]

"5박 6일이라고 했죠?"

[허울만 멀쩡한 5박 6일이지, 비행기 안에서 보내는 시간만 무려 2박이야.]

"전, 언니가 부러워요."

비열하고 간교한 혀를 날름거리는 기분이 궁금해 소연은 흉내를 내봤다. 구역질이 치밀 것처럼 기분이 더러웠다.

[여행이야 아무 때고 떠날 수 있는 거야. 부러울 거 하나 없어.]

"해돋이 보면서, 언니 소원도 빌어드릴까요?"

[그래주면 좋지. 뭘 빌면 좋을까?]

"내년 12월 31일엔 특별한 사람과 해돋이를 보러 갈 수 있게 해달라고 빌어드릴게요."

[응?]

"마음에 안 들어요?"

[안 들긴! 꼭 그렇게 빌어줘. 잘 되면 소연 씨 덕으로 알고 크게 한턱 낼 테니까. 정성진 씨한테 전해줘, 자기 같은 여자친구

저무는 시간 **13**

를 둔 건 어마어마한 행운이라고.]

"갔다 와서 전화할게요, 언니."

[잘 다녀와!]

"새해 복 많이 받으세요."

운전석이 정면으로 보이는 곳에서 성큼성큼 걸어오는 성진의 모습이 보였다. 휴대폰을 주머니에 넣은 소연은 내키지 않는 기분으로 뒷좌석의 문을 열고 차에서 내렸다.

"한숨 잤어?"

빈정대는 것인지 그냥 하는 소리인지 모를 그의 말에 소연 역시 대충 대답했다.

"응."

4년 가까이 사귀었으니 어떻게 보면 제법 오래된 연인이다. 서로에게 시큰둥한 것이 당연한 것인지 모를.

성진은 운전석의 문을 열었고 소연은 조수석의 문을 열었다. 그가 시동을 거는 동안 소연은 천천히 안전벨트를 맸다.

돋는 해가 무슨 의미가 있다고 동해에까지 가서 그 광경을 봐야 하는지, 그녀는 지금까지도 회의적이었다. 더욱이 오늘 같은 날, 고속도로가 어떨지는 보지 않고도 알 수 있었다.

"점심은?"

회사 건물을 빠져나온 뒤 그가 소연에게 물었다.

"어떻게 할까?"

소연은 오히려 그에게 되물었다.

원앤온리 One and Only

"가다가 간단하게 먹지."

대답하는 대신 소연은 납작한 가방 안에서 두툼한 여행 에세이를 한 권 꺼냈다. 성진이 못마땅한 듯 미간을 찡그렸지만 그녀는 크게 개의치 않았다.

책장을 넘기며 소연이 물었다.

"이장(移葬)이 언제라고 했지?"

"다음 주 월요일이라고 했잖아."

귀찮은 목소리로 성진이 대답하는가 싶더니 짜증을 담아 그녀에게 되물었다.

"너는 왜 같은 질문을 그렇게 여러 번씩 하는 거야?"

"월요일인지 화요일인지 가물가물해서 그랬어. 금요일에 내려간다고 했지?"

"후우!"

같은 말을 여러 번 물어보는 건 분명 짜증나는 일이다. 하지만 소연은 그가 짜증을 낼 정도로 자신이 같은 질문을 여러 번 하지 않았다는 걸 알고 있었다.

성진이 짜증스러운 건 자신이 대답하기 곤란한 질문을 하고 있기 때문이다.

4년을 사귄 남자친구는 소연이 어릴 적 친구만큼이나 가깝게 지낸 회사 선배 희정과 밀회를 즐기는 중이다. 최소한 여덟 달 이상이다. 그들의 밀애가 언제부터 시작됐는지 정확하게는 알지 못한다.

5박 6일 일정으로 보라카이 여행을 간다는 희정과 조부모의 묘지의 이장과 선산의 대대적인 정비를 위해 닷새 동안이나 연차를 낸 성진에게 소연이 해줄 수 있는 말은 아무것도 없었다.

"갑자기 여행 책은 왜 봐?"

"호기심의 충족쯤이라고 해둘게."

"어디 여행기야?"

"호주, 캐나다, 뉴질랜드."

성진이 피식 웃음을 터뜨렸다.

"나이를 생각해야지, 백소연."

"서른이 많은 나이는 아니야."

"해 바뀌면 서른한 살이야. 곧 있으면 노산 소리 들을 나이지."

"그야 생각하기 나름이지."

"하긴 유학생들 경험담이라도 읽으면서 상상을 누리는 것도 나쁘진 않겠네. 대리만족 말이야."

소연은 그를 돌아보며 미소를 지었다.

'나쁜 놈.'

그의 배신을 알게 된 순간 소연이 경험한 건 창자가 끊어질 것 같은 수치심이었다.

하필 그 대상이 친언니처럼 가깝게 지내던 희정이라니.

심장이 찢어지는 것 같은 고통을 소연은 어느 누구에게도 말할 수 없었다.

오롯이 홀로 참담한 고통을 견뎌낼 수밖에 없었다.

원앤온리 One and Only

숱하게 쏟은 끝에 말라 버린 눈물처럼 성진을 향해 퍼붓던 저주의 독설과 욕설도 한계에 다다랐다.

간사한 뱀처럼 꼬리를 감추는 성진을 그녀는 마음으로 정리했다. 아주 깨끗하게.

정확하게 입사 6주년이 되는 3월. 그녀는 사직서를 낼 생각이었다.

불만 없이 다닐 수 있던 직장을 그만두는 건 정말이지 내키지 않는 일이지만, 소름끼치는 두 마리의 뱀을 매일처럼 쳐다보며 살고 싶지 않았다. 음흉하게 꼬리를 감추는 성진도 소름이 끼치지만 간교한 혀 놀림을 쉬지 않는 희정의 미소는 정말이지 섬뜩했다.

해가 바뀌면 서른한 살이 된다. 성진의 말처럼 적은 나이가 아닌지도 모른다.

하지만 이미 마음을 정리한 소연에겐 새 출발을 하기에 결코 늦지 않은 나이였다.

호주를 시작으로 캐나다와 뉴질랜드까지, 언니가 추천해 준 나라를 천천히 여행할 생각이었다. 6개월 정도면 나쁜 기억으로 가득했던 머릿속이 조금은 정화가 될 것이다.

다시 한국으로 돌아와 취직을 하게 될지, 아니면 무모한 유학 생활을 시작하게 될지는 그때 가서 결정을 내리면 됐다.

마음을 정리했지만 이따금 피가 역류하는 것 같은 기분이 들 때가 있었다.

여전히 친한 언니의 얼굴을 하고 있는 희정을 볼 때면 사랑하는 사람을 빼앗긴 배신감과는 별개의 회의가 밀려들었다. 인생을 이렇게밖에는 못 살았나 싶은 회의였다.

해돋이 여행을 제안한 사람은 성진이었다.

"31일에 동해에 가지 않을래?"

처음 그의 말을 들었을 때 소연은 대답이 아니라 질문을 하고 싶었다.

'왜?'

조부모님 묘지의 이장과 선산의 대대적인 정비라는 대담한 거짓말까지 동원해 가며 희정과의 여행을 계획한 성진이 자신에게 할 법한 말은 아니었다.

여덟 달이 넘는 시간 동안 소연은 그에게 숱한 기회를 주었다.

지난 시간의 사랑에 대한 언급 따위는 없어도 됐다. 다만 현재가 이렇게 변했으니 그만 헤어지자는, 예의를 갖춘 말 한마디면 됐다. 소연의 마지막 기대는 그 한 가지였다.

하지만 여전히 좋은 언니의 얼굴을 한 채 자신을 자극하는 일에 쾌감을 느끼는 것 같은 희정처럼, 성진은 여전히 남자친구의 탈을 뒤집어쓰고 있었다.

변심(變心)은 당하는 사람의 입장에선 비참하고 슬픈 일이다. 하지만 농락당하는 건 그 슬픔조차도 잊게 만들 만큼의 분노를 낳았다.

책장을 넘기는 그녀의 귀에 성진의 목소리가 들려왔다.

"저녁에 눈 온대."

"들었어."

"사람이 얘기를 할 땐 얼굴을 쳐다봐야지."

"책 읽고 있잖아."

"모처럼 여행 가면서까지……."

"설교는 됐어. 책 읽으면서 대답해 줄 수 있으니까 하고 싶은 얘기 있으면 얼마든지 해."

소연은 짜증스런 표정으로 자신을 쳐다보는 그를 돌아보지 않았다.

서른한 살의 퇴직. 그리고 그 이후의 삶.

도무지 그려지지 않는 생각들을 하는 것만으로 그녀의 머릿속은 포화상태를 넘어선지 오래였다.

반나절만의 퇴근.

뭘 하며 시간을 보낼까 생각 중이던 준혁에게 누나 준희의 전화는 첫눈처럼 반가웠다.

"오랜만이야."

몇 년 전까지만 해도 자주 삼 남매의 약속 장소가 되어주던 레스토랑은 한 해의 마지막 날이라 그런지 아직 시간이 일러서 그런지 무척 한가했다.

"빨리 왔네?"

선명한 비비드 컬러의 스웨터를 입은 준희가 동생을 올려다보며 활짝 웃었다.

"살이 더 빠진 거야?"

코트를 벗은 준혁이 나무라듯 누나에게 물었다.

"보는 사람마다 하는 소리야. 애석하게도 살은 2킬로그램이나 더 쪘는데 말이지. 준혁아, 우리 자주 먹던 걸로 주문했는데 괜찮지?"

누나는 결혼을 한 지 1년이 되지 않는다.

어찌된 일인지 누나는 결혼을 하고 난 뒤 줄곧 지금처럼 안쓰러운 얼굴이다. 얄미울 정도로 매형을 사랑하는 누나와 그에 못지않은 매형을 알기에 망정이지, 두 사람 사이에 문제가 있는 건 아닌지 걱정스러울 정도였다.

"나야 좋지. 별일은 없어?"

"준혁아!"

깍지를 낀 손을 테이블 위에 내려놓으며 준희가 나직하게 그의 이름을 불렀다. 의아한 눈으로 준혁이 그녀를 바라봤다.

"내가 불행해 보이니?"

"그런 건 아닌데 얼굴이 늘 초조해 보이긴 해."

"후후……."

"왜 웃어?"

"엄마가 나더러 그러는 거야. 네 매형이 속 썩이면 언제든 집으로 오라고.”

“어머니가?”

“엄마 눈에 내가 그렇게 보인 거지. 너도 엄마 성격 알지? 그런 얘기하기 전에 속병 끙끙 앓는 분이라는 거.”

“걱정이 돼서 그러셨겠지.”

“엄마가 나한테 안 가르쳐준 게 있어.”

“무슨 말이야?”

준혁은 종업원이 테이블 위에 세팅해 준 브로콜리 스프에 허브 솔트를 뿌려 누나의 앞에 놓아주었다.

“결혼을 하면 이런 아내가 돼야 한다, 이런 며느리가 돼야 하고, 이런 엄마가 돼야 한다, 정말 많은 얘길 해줬어.”

그가 고개를 끄덕였다.

“그런데 정작 진짜 중요한 얘길 안 해준 거야.”

“중요한 얘기?”

“결혼을 하고 나야 비로소 사랑이 두 사람의 일이라는 걸 알게 된다는 거.”

“무슨 말이야?”

“결혼 전에는 뭘 해도 같이 했어. 밥을 먹어도 같이 먹고 차를 마셔도 같이 마시고. 내가 사귀던 남자는 그런 남자였어.”

“그런데?”

“나하고 결혼을 한 남자는 그렇지 않아. 내가 체해도 밥을 먹어.”

"뭐?"

준혁이 기가 막힌 듯 웃음을 터뜨렸다.

"반대로 네 매형이 아파서 못 일어날 때 난 몰래 주방에서 가서 내가 먹을 점심 식사를 차리고 있어."

"갑자기 서글퍼지는걸."

"비단 그뿐이겠니? 전엔 내 표정이 조금만 이상해도 어디 아프냐고 묻던 사람이야. 그런데 지금은 오른쪽 어깨가 가려운데 왼쪽 어깨를 긁어줘."

"하하……. 묻지도 않고?"

"피차 서로에 대해 다 안다고 생각하는 믿음이 우릴 외롭게 하는 거야. 나만 외롭겠니? 난 네 매형 정말 사랑하거든. 네 매형도 그렇고. 그런데도 결혼은 별개야. 꼭 빈방 안에서 혼자 어른이 되는 경험을 하고 있는 기분이야."

"매형하고 얘기해 봤어?"

"우리, 이런 얘기 자주 해."

"다행이네."

"선배들한테 조언을 구했더니 거의 모두가 겪는 과정이래."

"걱정하는 대신 누나가 하루 빨리 결혼 생활에 적응하길 바라야겠군."

하나 둘 보기 좋게 장식된 음식들이 테이블 위에 놓여졌다.

송아지 스테이크 옆에 놓인 얄팍한 허브 잎을 보는 순간 그는 자신도 모르게 소연을 떠올렸다. 회식을 겸해 직원들과 함께 이곳 레스토랑을 찾았던 날이었다.

　찌든 피곤함을 시원하게 날려줄 것 같은 미소를 띠며 그녀가 말했었다.

　"먹으라고 준 걸까요, 보라고 준 걸까요?"

　소녀처럼 고개를 갸웃거리는 그녀를 보며 유쾌하게 웃었던 기억이 났다.

　"그 미소는 널 위해 죽은 송아지에 대한 애도니?"

　"먹을 걸 앞에 두고 애도하는 짓은 애당초 안 하지."

　그는 나이프로 스테이크의 귀퉁이를 잘랐다.

　"올케 언니 얘기, 너도 알고 있지?"

　올케라면 사촌인 준일 형의 아내에 대한 이야기이다.

　"무슨 얘기?"

　"같은 회사에 있으면서 그러기야?"

　준희는 동생이 자신에게 시치미를 떼고 있다고 생각했다.

　"부서도 다른 데다 층도 달라. 일주일에 한두 번 마주치기도 힘들어."

　그제야 준희가 그에게 물었다.

　"남자 생겼다며?"

　"남자?"

　준혁이 입맛이 달아난 듯 쥐고 있던 포크를 내려놨다.

"사내 연애인 것 같다고 하던데, 정말 감감무소식인 거야?"

"사내 연애를 한다고?"

그가 대번 미간을 구겼다.

"죽은 사람만 안됐다는 말이 그래서 나왔나 봐."

"어디서 들었어?"

"큰어머니가 엄마한테 물어보시더래."

"......!"

큰어머니도 어머니도 괜한 입소문을 화제 삼아 대화를 나눌 만한 분들이 아니다. 더욱이 5년 전 갑작스럽게 세상을 떠난 사촌 형 준일과 관계된 일이 아닌가. 신중함을 넘어 조심스럽기까지 한 얘기이다.

"자세히 얘기해 봐, 누나."

그 못지않게 준희 역시 무척 조심스러운 눈치였다. 하지만 두 사람은 남매였다. 어느 남매보다 우애가 돈독한.

"느낌이 이상하더래, 줄곧. 그래서 큰어머니가 준혜 언니를 시켜서 올케 언니한테 물어보라고 했나 봐. 넌지시."

"그랬더니?"

"아니라고는 못 하겠네요, 그렇게 대답하더래."

"누가, 형수가?"

"준혜 언니가 배신감이 너무 커서 대답도 안 나오더래."

"한솔이는?"

"올케가 언제 애 키웠나, 큰어머니가 다 키우셨지. 독립해서 나간 건 알아?"

"뭐라고?"

처음 듣는 얘기에 준혁은 놀람을 감추지 못했다.

"넌 도대체 아는 게 뭐니? 올케하고 같은 직장에 다니는 건 맞니? 너들, 대학 때부터 친구였잖아. 어떻게 아무 것도 모를 수가 있어?"

아들 한솔이의 두 번째 생일을 며칠 앞두고 사촌 형 준일은 하늘나라로 갔다.

새해 첫날 보름간의 유럽 출장을 마치고 돌아오던 길, 서해대교 위에서 일어난 다중 추돌 사고가 원인이었다.

"사내 연애라는데 정말 아무것도 모르고 있는 거야?"

"어떤 사람인지 안 물어봤대?"

"준혜 언니가 어떤 사람이야? 재빠르게 알아봤대."

"어떤 남자야?"

"올케보다 두 살 아래인데 PB 지원팀에 근무하는 남자라고 하더라."

준혁이 고개를 갸웃거렸다.

PB 지원팀의 남자 직원 가운데 사촌 형수인 희정보다 두 살이 적은 남자는 한 사람뿐이었다.

정성진.

그가 피식 웃음을 터뜨리며 내려놨던 포크를 집어 들었다.

"그 팀에 그런 남자 없어."

"정성진이라는 남자 없어?"

"……!"

정색을 하는 준희를 보며 그는 할 말을 잃었다.

"지금 정성진 씨라고 했어?"

"여자친구하고 사내 커플이었다며?"

소연은 남자친구인 성진과 해돈이를 보러 갔는데 누나 준희는 그 두 사람이 헤어진 것처럼 이야기하고 있었다. 분명 그렇게 알고 있는 말투였다.

"언제부터 만나기 시작했대?"

준혁이 침착한 표정으로 누나를 바라보며 물었다.

"1년 가까이 됐나 봐. 언니 말로는 지금 한참 불이 붙은 것 같대. 남자가 올케 오피스텔에 들락거리는가 보더라고. 갑자기 표정이 왜 그래?"

"아무것도 아니야."

아무리 누나이지만 소연과 성진의 이야기를 할 수는 없었다.

서울에 남는다는 자신에게 부럽다고 말하던 소연의 얼굴이 떠올랐다. 이제야 비로소 그녀의 목소리가 진심처럼 들렸다.

"고생길 떠나려니 벌써부터 머리가 지끈거려요."

하늘은 뿌옇고 흐린데 눈은 내리지 않는다.

저절로 어깨가 움츠러드는 따뜻한 이불 속에 몸을 숨기고 싶은 날씨이다.

성진이 숙소인 호텔에 차를 세우는 순간 소연은 새삼 피가 거꾸로 솟는 기분을 느꼈다.

"안 내리고 뭐 해?"

소연은 나무람 섞인 그의 말에 개의치 않고 태연하게 대꾸했다.

"내릴 거야."

회전문을 지나 프런트 데스크로 걸어가는 사이 성진이 걸려온 전화를 받았다.

"네, 이제 도착했어요."

알고 듣는 사람의 귀에만 들리는 거짓말 같은 것이 있다.

억지스러운 존댓말과 그보다 더 부자연스러운 표정 따위 말이다.

소연은 전화를 걸어온 사람이 희정이라는 사실을 100% 확신할 수 있었다.

"날씨가 썩 좋은 건 아닌데 어쩔 수 없죠. 후후…… 세상 일이 뜻대로 되지만은 않잖아요."

데스크 직원 앞에 선 소연은 통화 중인 성진의 이름과 휴대폰 번호를 알려줬다. 여전히 통화 중인 성진이 체크인 사인을 하려는 순간 소연이 직원에게 말했다.

"혹 트윈 베드로 변경 가능할까요?"

"확인해 보겠습니다."

왜 그러냐는 듯 눈썹 끝을 치켜드는 성진을 그녀는 못 본 체했다.

얼마 되지 않아 자판을 두드리며 모니터를 확인하던 직원이 그녀에게 말했다.

"다행히 트윈 룸이 한 곳 있습니다. 다만 복도 끝인데 건물의 원형 부분에 자리하고 있는 룸이라 뷰(view)가 그다지 좋지 않습니다. 창밖으로 보이는 곳이 바다가 아니라 별관 건물의 외벽입니다."

"상관없어요. 그 방으로 할게요."

그녀는 성진 대신 체크인 서류에 대략적인 기입을 하고 사인을 했다.

"서울에 가서 다시 연락드릴게요."

애써 공적인 냄새를 풍기며 통화를 끝낸 성진이 룸 키를 받아 드는 그녀에게 못마땅한 목소리로 물었다.

"왜 이러는 거야?"

"몸이 좀 안 좋아."

그녀는 순간 할 말을 잃은 듯 입을 다무는 그에게서 고개를 돌렸다.

"부서 선배가 해돋이 잘 보고 오라고 전화한 거야."

소연은 그의 변명을 담담한 말로 일축했다.

"따뜻한 부서네."

엘리베이터가 17층에 도착하는 동안 두 사람은 더 이상 한마디의 말도 나누지 않았다.

룸 안으로 들어선 소연은 납작한 백을 소파 위에 내려놓으며 그에게 말했다.

"스파에 다녀올 거야. 몸살 기운이 있어서."

"소연아!"

소연은 할 말이 있는 얼굴로 자신을 보는 성진을 향해 미소를 지어보였다.

"한 해의 마지막 날이야, 뭐든 홀가분하게 훌훌 털어버리는 날이라고. 그렇게 무거운 얼굴 하지 말고 성진 씨도 스파에 가서 개운하게 땀 빼고 와."

소연은 주춤거리는 그에게 일말의 감정도 느끼지 못했다.

상처?

미련?

그런 것들은 더는 소연의 가슴에 남아 있지 않았다.

배신을 당하고 나서야 깨닫게 된 것 가운데 하나는 소연 자신이 생각보다 강한 여자라는 사실이었다.

슬픔이니 상처니 하는 것들 때문에 스스로를 망가뜨리고 싶은 마음은 없었다. 오히려 소연은 자기 자신을 사랑해 주고 싶었다. 고작 그것밖에는 안 되는 두 인간들로 인해 힘겨워하는 데 시간을 쏟아붓고 싶지 않았다.

싫다.

보드라운 일인용 마사지 베드에 누워 관리사에게 등을 맡긴 채 소연은 줄곧 같은 생각을 했다.

함께 해돋이를 볼 생각을 한 성진의 머릿속이 궁금했다.

다른 사람도 아니고 희정과 밀애를 즐기면서 여전히 자신에게 한 손을 뻗고 있는 거라면 그는 정말 나쁜 놈이었다. 아니 천하에 둘도 없이 어리석은 놈이었다.

밀리는 고속도로를 지나 겨우겨우 동해에 도착을 하고 난 뒤 함께 저녁을 먹고 차 안에서 시간을 허비하겠거니 생각했다. 시간이 남는다면 찜질방 비슷한 곳에서 해가 뜰 때까지 시간을 허비하겠거니 했다.

그런 예상을 깨고 성진이 예약을 해둔 호텔로 들어서는 순간 소연이 느낀 감정은 진한 배신감이었다.

성진의 편에서 자신은 아무것도 모르는 바보 같은 여자인 것이다. 그 바보 같은 여자를 기롱하기 위해 호텔까지 예약한 그에게 배신감을 느끼는 건 당연했다.

등줄기를 어루만지는 관리사의 시원한 손길을 느끼며 소연은 베드 끝에 걸쳐진 자신의 손가락을 움직였다.

손가락 하나 조차도 마음과 함께 움직인다는 걸 배신을 당하고 나서야 절실하게 깨닫게 됐다. 우연하게라도 성진과 어깨가 부딪치는 일이 꺼려질 만큼 소연의 마음은 단호했다.

새로운 한 해의 다이어리에 계획 비슷한 것을 끼적이고 싶은 생각이 들자 성진에 대한 원망이 커져갔다.

그깟 해돋이 따위가 무슨 의미가 있다고.

'한 해의 마지막 날까지 도움이 안 되는 짓만 골라서 하네.'

50분으로 정해진 마사지를 받고 난 뒤 소연은 라커박스를 열고 옷가지와 휴대폰을 꺼냈다. 푸른빛을 띠는 스파 복장으로 갈아입은 그녀는 휴대폰을 확인했다. 메시지를 살펴보던 그녀가 고개를 갸웃거렸다.

〈소원이 변경됐어요.〉

준혁이 보내온 메시지였다.

통합된 부서로 자리를 옮기고 난 뒤 2박 3일간의 팀 내 행사가 있던 무렵, 몇 차례 준혁과 메시지를 주고받은 적이 있다.

집에 잘 들어갔는지는 묻는, 태워다 줘서 고맙다고 대답하는 지극히 짧은 메시지였다.

소연은 자신을 향한 준혁의 호감을 느낄 수 있었다. 노골적으로 다가온다거나 들이댄다거나 하는 일 없이 말 그대로 좋은 감정을 드러내는 준혁에게 불쾌함 대신 고마움을 느끼곤 했다.

소연은 기억을 더듬었다. 준혁이 메시지를 보내온 건 근 1년 반 만의 일이다.

소연은 퇴근을 하기 전 사무실에서 그와 나눈 대화를 떠올렸다.

1년 반 만에 보내온 사적인 메시지가 생뚱맞긴 하지만 퇴근 직전에 나눈 대화를 생각하면 크게 이상한 일은 아니었다.

휴게실을 찾은 그녀는 준혁에게 짧게 메시지를 보냈다.

〈바꾼 소원에 대해 말씀해 주세요. 통화 가능합니다.〉

소원

휴대폰을 손에 쥔 채 소연은 츄러스와 커피를 주문했다.

주문한 것들을 가지고 테이블 의자에 앉는데 휴대폰이 울리기 시작했다. 소연은 평소와 다름없는 목소리로 전화를 받았다.

"백소연입니다."

[사석에서나 회사에서나 줄곧 같은 목소리인가 봐요?]

"굵직한 목소리로 받을 걸 그랬나 봐요."

[후후……. 잘 도착했어요?]

"호텔은 별로인 것 같은데 스파는 아주 괜찮네요."

[스파?]

"1년 동안 크게 한 일은 없지만 묵은 피곤함을 털어내자는 마음으로 왔어요. 오길 잘한 것 같아요.”

[…….]

“듣고 계세요?”

[아! 미안해요. 이 전화를 끊자마자 스파에 가야겠다고 생각
하느라.]

소연이 나직하게 웃음을 터뜨렸다.

2년 전, 회사 내에 기획 전략실이라는 부서가 신설될 때 참 많
은 말이 오갔다. 대개는 루머에서 근거한 수군거림이었다.

회장의 장남인 준혁에게 자연스럽게 CEO 자리를 승계하기 위
한 장치로 부서를 신설한다는 소문은 언뜻 듣기엔 그럴 듯했다.

부서 전체를 총괄하는 실장 자리에 앉은 준혁의 나이가 서른
세 살이었으니 그런 소문이 돌 법도 했다.

하지만 그는 기획 전략실이 부서의 모습을 갖추자마자 직원들
의 마음을 사로잡았다.

아이비리그 출신답게 탁월한 머리를 가졌지만 결코 잘난 척하
는 법이 없는 그는 직원들과의 관계를 결코 상하 구조로 여기지
않았다. 갓 대학을 졸업하고 입사한 신입사원에게조차 하대를
하는 법이 없었다.

그렇다고 해서 그가 형식적이고 딱딱한 사람이었냐 하면 그것
도 아니었다.

“오늘 너무들 고생하신 것 같은데 퇴근 후에 소주 한잔 어때

요? 제가 사고 싶은데…….”

부드러운 인간미와 직원들을 향해 다가서려고 노력하는 준혁은 모습은 기획 전략실의 팀워크를 이루는 기초가 됐다.

“바뀐 소원이 뭔지 알려주셔야죠.”

[새해엔 만나야 할 사람을 만나야겠어요.]

“아!”

[이해한다는 뜻인가요?]

“이렇게 명확한 소원도 있을 수 있구나, 감탄하는 중이에요. 만나야 할 사람이라는 말이 가슴에 쏙 들어오네요.”

소연은 커피를 한 모금 마셨다.

먹구름이 낀 것처럼 뿌옇기만 하던 머릿속을 무언가 강타한 느낌이랄까. 준혁의 말이 그렇게 시원하게 들릴 수가 없었다.

만나야 할 사람…….

상한 자존심 때문에 아주 조금은 남겨왔던 성진에 대한 미련이 이끼를 벗듯 깨끗해지는 기분이었다.

[소연 씨만 믿어볼게요.]

“제가 아니라 새해 첫날 떠오르는 아침 해를 믿으셔야죠.”

[해가 뭘 알겠어요, 어제도 떴고 그제도 떴는데.]

“네?”

[소원을 빌어주는 사람의 정성.]

“실장님, 지금 저한테 부담 주시는 거예요?”

[나중에 한턱내는 거 잊지 않을게요.]

"하!"

격의 없는 상사 준혁의 능청에 소연은 피식 웃음을 터뜨리고 말았다.

한 순간 소연의 얼굴이 무표정해졌다. 그녀는 자신의 웃음을 방해한 대상이 원망스러운 듯 신경질적으로 머리를 뒤로 넘겼다. 지금쯤 희정과 전화 통화를 하며 자신처럼 웃고 있을 성진이 떠오른 것이다.

두 사람이 전화 통화를 하든 말든 상관없는 일인데 갑작스레 그런 상상을 한 자신이 싫었다.

하루 빨리 떨쳐내야 할 사람들이다. 한시라도 빨리 벗어나고 싶은 사람들이다.

[무슨 소원을 빌 건지 여전히 생각 중인가요?]

"새로운 출발이 순조로웠으면 해요. 그게 제 새해 소원이에요."

[새로운 출발이요?]

소연은 자신이 괜한 말을 했다는 생각이 들었다.

갑작스럽게 떠오른 두 사람으로 인해 다짐이 더 강해졌고, 누군가에게 그런 다짐을 말하고 싶은 충동을 느낀 것이다.

"그런 게 있어요."

[내가 맞혀볼까요?]

"네?"

[새로운 시간, 새로운 장소, 새로운 출발.]

"네?"

화들짝 놀란 소연은 못 들을 말을 들은 것처럼 멍한 표정을 지었다.

[키워드가 그럴듯하지 않아요?]

"제가 모르는 비상한 능력을 갖고 계신 건 아니죠?"

[비상한 능력은 없지만 조언 정도는 해줄 수 있어요.]

"조언이요?"

[언제쯤, 어디에서, 어떤 출발을 할 건지 고심하고 있는 거라면, 그깟 해보다는 나한테 물어보는 게 나을 거예요.]

은밀한 비밀을 들킨 것 같은 당혹스러움은 순식간에 참담함으로 변해 버렸다.

알고 있는 것일까? 아니면 준혁이 장난처럼 한 말이 소연 자신의 상황에 들어맞아 버린 것일까?

커피를 몇 모금 마신 소연이 애써 웃는 목소리로 그에게 말했다.

"조언은 감사한데, 상사한테 의논 드릴 말은 아닌 것 같아요."

[내가 상사라는 말 그다지 좋아하지 않는다는 거 알고 있을 텐데요.]

"음…… 물론 잘 알고 있죠."

자신을 어려워하는 직원들에게 준혁이 이따금 하는 말이 있다.

"부담스러운 상사가 아니라 몇 년 앞서 산 선배로 봐줬으면 해요. 솔직한 제 바람이에요."

[일단 내 어필을 조금 할게요.]

"어필이요?"

[난 부모님이 반대하는 상황에서 유학을 갔어요. 부모님뿐 아니라 은사님까지도 극구 반대하는 상황이었어요.]

소연은 시나몬 가루가 떨어지는 츄러스를 만지작거렸다.

시미치를 잡아떼든지 솔직해지든지 둘 중 하나를 선택해야 하는 순간이었다.

"뜬금없이 왜 유학 얘기를 하느냐고 묻는다면 어떻게 대답하실 건데요?"

[새로운 출발의 가장 보편적이고 가장 흔한 유형이잖아요. 몇 달쯤 여행을 할 겸 이곳저곳 둘러보다 머물 곳을 정한다, 주로 여자들이 선택하는 유형이죠.]

체념한 듯 소연이 그에게 솔직하게 물었다.

"시간 낭비일까요?"

[둘러보는 시간을 말하는 건가요?]

"네."

[난 허비하는 시간 같은 건 없다고 믿는 사람이에요.]

"허비한 것 같은 시간도 허비가 아니다?"

[어떤 식으로든 그 사람한테 필요했던 시간인 거죠.]

소연은 순간적으로 가슴이 홀가분해졌다.

여행용 가방 안에 들어 있던 거대한 돌덩어리를 가방 밖으로 빼낸 것 같은 기분이 들었다.

"고맙습니다, 실장님."

[근무 시간 외엔 언제든 조언해줄 수 있어요.]

"반대하는 유학을 다녀와서 후회는 없으셨어요?"

[성공의 뒷면은 후회예요.]

"……!"

그녀의 눈이 휘둥그레졌다.

당장 서울로 올라가 준혁을 만나고 싶을 만큼 소연의 가슴이 빠르게 뛰기 시작했다.

확신할 수 없는 장래로 인해 고심해 온 시간을 준혁이 단 한마디의 말로 정의해 주고 있었다.

절반의 성공.

그리고 절반의 후회.

그 당연한 사실을 외면한 채 왜 헛된 고심을 하고 있느냐고 물으며.

준혁이 자신의 상황을 알고 있든 그렇지 않든 소연에겐 중요하지 않았다. 확신할 수 없는 미래에 대해 조언을 들려줄 수 있는 사람이 그녀에겐 그 무엇보다 필요했다.

"진심으로 조언 부탁드릴게요."

[주중에 서로 시간 조율해서 보도록 해요.]

편안한 미소가 소연의 입가에 감돌았다. 휴대폰을 귀에 바짝 대며 그녀가 말했다.

"소원은 진심을 다해, 꼭 빌어드릴게요."

그냥 그런 저녁 식사.

그냥 그런 기분으로 먹는 식사의 맛이 좋을 리 없고 분위기 역시 그렇다.

아무런 기대도 없는 사람과 저녁 식사를 한 뒤 소연은 다시 룸으로 돌아왔다.

'맥주 한잔하자.'

꺼려질 것도 없고 내키지도 않는 성진의 말에 그녀는 고개를 끄덕였다.

한 해의 마지막 날, 마지막 순간이 점점 다가오고 있었다.

어떤 식으로든 의미를 부여하고 싶은 순간을 이렇게 보내고 있다는 사실이 소연을 쓸쓸하게 만들었다.

한때는 사랑했던 사람.

그보다 더 쓸쓸한 말은 세상에 없었다.

한때는 사랑했던 사람은 머릿속에 흐릿한 기억으로 남아야 했다. 눈앞에 보이는 현실이 아니라.

"소연아!"

아무 말 없이 맥주를 한 병 이상 마시고 나서야 성진이 말문을 열었다.

"할 말 있어, 나한테?"

"한 해 동안 고생 많았어."

"성진 씨도 수고했어."

"정신없이 한 해가 지나간 것 같아."

"그러게."

"작년에도 비슷한 얘길 했었나?"

자조적으로 웃는 그를 보며 소연은 애써 미소를 지었다.

그러고 보니 지난해의 마지막 날도 성진과 함께 있었다. 성진의 친구 커플들과 함께 새해맞이 여행을 떠났었다.

"그랬나?"

그녀는 기억이 나지 않는다는 듯 고개를 갸웃거렸다.

"나이를 먹고 방황하는 일에 대해 어떻게 생각해?"

"방황과 나이 사이에 상관관계가 있는 건 아니지. 새해엔 방황을 해보려고?"

맥주를 마시고 난 그가 피식 웃음을 터뜨렸다.

소연은 바라보는 성진의 눈동자에는 고단한 표정이 가득했다.

"어떤 순간에도 네가 날 믿어주길 바란다면 너무 이기적인 건가?"

"사람은 다 이기적이야."

그녀는 성진과 진지한 대화 같은 건 하고 싶지 않았다.

"……?"

"내가 어떤 짓을 해도 상대방이 날 믿어주길 바라는 건 모든 사람이 바라는 바야. 나 역시 성진 씨한테 같은 마음일걸?"

"후우!"

"복 달아나게 왜 한숨이야?"

"길이 왜 이렇게 많은지 모르겠다."

"사방에 길이야?"

소연이 웃으며 물었다.

"소연아!"

"사춘기 소년처럼 고통스러워하는 그 표정, 유치해 보여."

소연은 애써 미소를 지었다.

미소의 정도를 지키는 일이 그녀는 점점 어려워지기 시작했다.

한 사람의 자존심의 뿌리를 송두리째 뽑아놓고는 '방황'쯤으로 변명하는 그에게 소연은 참을 수 없는 분노를 느꼈다.

둘만의 여행을 계획할 만큼 희정과 진지한 관계에 있으면서 여전히 자신을 여자친구의 자리에 남겨두려는 그의 이기심에 치가 떨렸다.

하지만 그럼에도 불구하고 소연은 자신이 미소를 잃지 않아야 한다고 생각했다. 먼저 정리를 하는 사람이 돼야 했다.

먼지 한 올도 남기지 않고 성진과의 관계를 훌훌 털어버릴 것이다. 돌아오는 3월이 되면.

"내가 방황을 해도 네가 날 기다려줬으면 좋겠어."

"후후……."

원앤온리 *One and Only*

"진심으로 하는 말이야."

"나 역시 진심으로 웃는 거야."

소연은 손을 내미는 그를 바라보며 고개를 저었다.

성진의 손을 잡을 이유가 없었다. 그리고 싶은 마음조차 없었다.

고개를 뒤로 젖힌 채 벌컥벌컥 맥주를 마신 성진이 손등으로 입가를 닦았다.

"후우! 많이 힘들다."

"무슨 일인지 모르지만 너무 힘들게 생각하지 마."

"후후……. 네 일이 아니니까 말은 쉽지. 내가 너무 곱게 살아온 걸까? 하긴 고생이라곤 해본 적이 없으니까 곱게 살아온 게 맞는 거겠지."

법무법인의 공동대표인 아버지와 유명 디자이너 출신의 어머니. 성진은 성공의 정점을 찍은 부모님과 엘리트 출신 형과 남동생을 자랑스럽게 여기는 남자였다.

"돌아보면 내 자신을 제외하곤 부족함 같은 건 느껴본 적이 없어."

"성진 씨가 어때서?"

"나? 나야 부족함투성이지. 너도 알다시피 부모님, 형 그리고 내 동생 성완인 완벽에 가까운 사람들이잖아."

"성진 씨 정도면 괜찮은 편에 속해. 성진 씨 자신도 알고 있을 거야."

"집안에서 유일하게 S대에 못 들어간 존재가 나야."

"서른다섯을 코앞에 둔 남자가 할 만한 얘긴 아닌 것 같아."

소연은 더는 그의 변명을 들어주고 싶지 않았다.

변명…….

성진이 늘어놓으려는 말의 정체는 오직 변명뿐이었다. 자신이 이래서 방황을 하는 것뿐이니 이해하고 기다려 달라는 식의 헛소리를 들어줄 이유가 없었다.

"소연이 넌 나를 많이 닮았어."

"뭐라고?"

"전에는 몰랐는데…… 그냥 날 닮은 것 같아."

소연은 화를 삭이기 위해 벌컥벌컥 맥주를 마셨다.

"난 명문대 출신은 아니지만 나에 대해 열등감이나 자괴감 같은 건 없어. 왜 그런지 알아?"

"……?"

"학교도, 회사도, 내가 뿌린 씨앗만큼 거둬졌기 때문이야. 아니지, 나 같은 경우엔 솔직하게 내 실력이나 능력보다 나은 결과를 얻었어. 모든 게 만족스러워."

'너만 빼고 말이지.'

소연은 자신을 바라보는 그의 뿌연 눈빛이 낯설고 거북스러웠다.

혼탁한 눈빛을 가진 사람은 여자든 남자든 질색이었다. 성진이 저런 눈빛을 가진 남자였다면 애당초 연애 따위는 하지도 않앴을 것이다.

"난 말이지, 지금…… 방황하는 사춘기 소년처럼 어떤 길을 향해 질주하고 있는데 사실 그 길이 막다른 골목인 것 같기도 해."

"멈춰 서야지, 그럼."

"바보야, 멈출 수가 없으니 방황이지."

"그럼 끝까지 가보는 수밖에 없겠네."

"후후……. 네가 하는 말이 무슨 뜻인지 알기는 해?"

"귀찮은 얘기 그만해, 슬슬 짜증나려고 하니까."

"넌 모든 얘길 웃으면서 하는구나?"

"웃을 수 있을 때 웃어야지. 그렇게 생각 안 해?"

"기다려 줄래?"

성진이 혼탁한 눈으로 그녀를 바라보며 물었다.

그녀는 고개를 젓고 싶은 충동을 애써 물리쳤다.

마음으로 정리를 했다는 말이 상처를 받지 않았다는 뜻은 아니었다. 어쩌면 너무 큰 배신감으로 인해 아파할 수 있는 사치마저 빼앗긴 것인지도 몰랐다.

'안쓰러운 척 해볼까?'

'시치미를 뚝 떼고 왜 그러느냐고 걱정스럽게 물어보는 시늉이라도 해볼까?'

희정이 그랬던 것처럼 가증스럽게 굴고 싶은 충동도 일어났다. 하지만 그런 짓을 하고 나면 스스로 부끄러워 잠을 이룰 수 없을 것이다.

소연은 자신이 그의 말을 못 알아듣는 것처럼 구는 게 최선이라고 생각했다.

"새해까지 15분 남았어. 사춘기 소년 같은 감상 그만두고 한숨 자둬. 해돋이 보러 나갈 거라며."

맥주병을 비운 소연이 의자에서 일어났다. 성진이 머리를 긁적이며 뒤따라 일어섰다. 생각난 듯 소연이 그를 올려다보며 말했다.

"스파 가기 전에 말했지만 오늘 컨디션이 정말 안 좋아. 성진 씨가 내 몸에 손을 대면 두 번 다시 성진 씨를 안 볼 수도 있을 것 같아."

"그렇게 안 좋아?"

고개를 끄덕인 그녀가 침대로 향하며 성진에게 말했다.

"남은 한 해 잘 마무리하고 새해 복 많이 받아."

한 해의 마지막 날.

준혁에겐 평소보다 한결 무겁고 힘든 날이다.

사촌 형 준일이 세상을 떠나고 난 뒤, 준혁을 포함한 가족들에게 1월 1일은 비통한 날이 되어버렸다.

천사 같은 아들이 보고 싶어 귀국을 서두른 형은 조카를 안아 보지 못한 채 그렇게 하늘나라로 떠나 버렸다.

준혁은 와인을 마시며 텔레비전으로 중계되는 재야의 종을 봤다.

똑똑.

뜻밖의 노크 소리와 함께 어머니가 방 안으로 들어섰다. 리모컨으로 텔레비전을 끈 그가 놀란 표정으로 일어났다.

"안 주무셨어요?"

"큰엄마하고 통화를 하느라 시간이 이렇게 된 것도 몰랐구나. 텔레비전 보고 있었니?"

"아! 새해 복 많이 받으세요, 어머니."

"너도 새해엔 보다 더 건강하고 활기차게 살아야지."

"어머니 덕담처럼 그렇게 살게요. 앉으세요."

"새해엔 며느리는 됐고 여자친구라도 데리고 와."

"한 발 물러서셨네요?"

"안 데려오는 며느리 기다리느라 화병 나느니 내가 양보하는 게 낫지."

홍 여사는 아들 준혁을 흐뭇한 눈으로 바라봤다.

꽉 찬 혼기에도 불구하고 결혼할 생각을 하지 않는 걸 제외하곤 흠잡을 곳이 없는 아들이다.

"한 잔 드릴까요?"

"아주 조금만 주렴. 도통 잠이 올 것 같지 않아 몇 모금이라도 마셔봐야겠구나."

"잔 가져올게요."

"됐어, 그 잔에 그냥 주렴."

늦은 밤이라 그런 것인지 큰어머니와 통화를 하느라 그런 것인지, 준혁은 어머니의 얼굴이 평소보다 지쳐 보이는 것 같았다.

"큰어머니는 어떠세요?"

"자식 앞서 보낸 심정을 내가 어찌 다 이해하겠니."

"……."

"준일이 댁 얘기는 너도 들어 알고 있지?"

조심스런 어머니의 말에 그가 고개를 끄덕였다.

"저도 오늘에서야 들었어요."

"사람 마음 변하는 게 당연하지 하면서도 서운한 마음이 드는 건 어쩔 수가 없구나."

"믿기지가 않긴 해요, 어머니."

사촌 형수 희정과 성진이 사귀고 있다는 사실을 그는 지금까지도 믿기 힘들었다.

잠깐 동안 소연과 통화를 하며 누나 준희에게 들은 말이 헛소문이 아니라는 것쯤은 확신할 수 있었다. 하지만 여전히 찜찜한 구석이 많았다.

"구정 지나고 나서 준화가 한솔이를 데려가기로 했다는구나."

"그게 무슨 말이에요?"

"어미 손이 한참 필요할 때잖니. 할머니가 아무리 열심히 봐줘도 젊은 사람 손을 따라가긴 힘들지."

"준화가 그렇게 하기로 했대요?"

그는 3년 전 결혼을 한 동갑나기 사촌 동생 준화를 떠올렸다.

"준일이 댁이 독립을 하고 난 뒤로 준화 댁이 줄곧 그렇게 얘길 했다는구나. 한솔이를 제가 키우겠다고."

"할 말이 없네요."

"준혁이 댁 재가하고 나면 입양을 하겠다고 하더란다."

"네?"

"준화 댁 말이다. 싹싹하고 예쁜 아이인 줄만 알았더니 속이 그렇게 깊구나. 평소에 한솔이하고 자주 놀아줘서 그런지, 한솔이도 작은엄마하고 같이 살고 싶다고 하더란다."

"큰어머니 마음이 복잡하시겠어요."

"대견하기도 하고 서운하기도 하고 그렇지, 뭐. 준혁이, 너 해 바뀌면 서른다섯이야."

답답한 듯 홍 여사는 아들에게로 화제를 옮겼다.

"그러게 벌써 서른다섯이네요."

"새해엔 연애는 해야지?"

준혁이 조심스럽게 어머니에게 말했다.

"마음에 있는 여자는 있어요. 괜한 걱정하실까 봐 말씀드리는 거예요."

"그래?"

홍 여사의 눈이 휘둥그레졌다.

딱히 그럴 만한 이유가 없는 아들이 도통 연애를 하지 않아 수년째 근심 중이었다.

"눈이 높거나 그런 건 아닌데 제 마음에 드는 여자를 발견하기가 쉽지 않았어요."

"얘! 말도 마라. 난 네가 내가 모르는 무슨 문제가 있는 건 아닌지 얼마나 걱정했는지 아니?"

"문제요?"

"큰 상처 같은 거 말이다."

"하하……. 그런 거 없어요, 어머니."

다만 마음을 움직이는 상대를 만나는 일이 쉽지 않았을 뿐이다.

준혁은 2년 전 소연으로 인해 가슴이 두근거리던 일을 떠올렸다. 남자친구가 있다는 사실을 알고 두 다리에 힘이 풀릴 정도로 그는 소연이 마음에 꼭 들었다.

"회사 사람이니?"

"네."

"얼마나 됐는데?"

"아직 그런 관계는 아니고요, 제가 그쪽을 마음에 들어 하는 정도예요."

"짝사랑하는 거니?"

믿을 수 없다는 듯 홍 여사의 눈이 한 번 더 휘둥그레졌다.

"어머니 아들이 짝사랑을 한다니까 안 믿어지세요?"

"얘, 그건 좀 그렇다. 어떤 사람인데 그래?"

"평범해요."

"잘해볼 거지?"

그가 웃으며 고개를 끄덕였다.

"그래봐야겠다는 생각이 들어요."

"반잔만 더 주렴."

"네?"

홍 여사가 소녀처럼 들뜬 표정으로 아들에게 말했다.

"이보다 더 큰 새해 선물이 어디 있니? 푹 자고 나서 준일이 보러 가야겠구나. 가서 네 얘기를 해주면 준일이가 조금은 기뻐하겠지?"

진눈깨비라고 하기엔 비가 너무 많이 내린다. 간간이 보이는 눈발은 빗줄기에 녹아들기 바쁘다.

해돋이를 보기 힘든 날씨이지만 소연은 데스크 직원에게 우산을 빌려 바닷가로 나왔다. 어둑한 새벽이지만 우산을 쓴 사람들이 제법 있었다.

"서른한 살이 되는 해네."

그녀는 스스로에게 말을 건넸다.

을씨년스러운 날씨에 파도마저 세게 일어서 몹시 추웠다. 몸은 움츠러들었지만 정신은 몹시 맑아졌다.

"그래, 미련 같은 거 두지 말고 떠나는 거야."

성공의 뒷면은 후회라는 준혁의 말이 그녀에겐 커다란 용기가 됐다.

어떤 선택을 하고, 어떤 성공을 거둬도 후회는 남게 되는 것이다. 미리 그걸 염려할 이유는 없는 것이다.

"으, 추워!"

낭만을 곱씹을 수 없게 만드는 강추위는 소연의 어깨를 움츠러들게 만들었고 끝내 그녀의 발걸음을 호텔로 향하게 했다.

맹렬한 추위에 쫓겨 호텔로 향하는 내내 소연은 피식피식 웃음을 터뜨렸다.

우스웠다. 추위를 견디지 못해 본능적으로 달아나는 자신의 모습이. 갈등도 고민도 할 수 없게 만드는 추위가 어쩜 그렇게 솔직하게 느껴지는지.

소연은 곱아드는 손가락으로 바닷가 근처에 있는 편의점에서 커다란 일회용 컵에 들어 있는 커피를 샀다. 룸으로 가기는 싫고 호텔 어딘가에 앉아 느긋하게 커피를 마시고 싶었다.

프런트 데스크를 지나 조금 걷다보니 바닷가가 한눈에 보이는 널찍한 공간이 모습을 드러냈다.

푹신한 의자에 앉은 소연은 커피를 마시며 느긋한 기분으로 어둑한 바닷가를 바라봤다.

첫날…….

털어낼 것이 있거나 다짐할 것이 있는 사람에겐 더할 나위 없이 좋은 날이다.

퇴사에 대한 마음을 굳히고 나니 다음 행보가 구체적으로 다가왔다.

'어디로 갈까? 아니, 어디부터 가지?'

떠난다는 생각을 하니 가슴이 설렜다.

성수기이든 그렇지 않든 어떤 것도 상관하지 않고 떠날 것이
다. 떠나고 나면 다음에 해야 할 일이 구체적으로 떠오를 것이다.
지금은 보이지 않지만.

정말 마음에 드는 회사를 그만두는 데 대한 아쉬움이 크지만
몇 달쯤 뒤엔 잘한 결정이었다는 생각이 들지도 모른다.

소연은 그야말로 퍼붓듯 진눈깨비가 쏟아지는 바닷가를 내려
다보며 혼자만의 새해 첫날의 감격과 설렘을 만끽했다.

납골당 안으로 들어서는 준혁의 어깨 위로 희끗한 눈발이 내
려앉아 있었다.

아직도 기일이 되면 큰아버지와 큰어머니는 비통함에서 벗어
나지 못하신다. 두 분만큼은 아니지만 아끼던 조카를 잃은 슬픔
에 젖는 부모님이 자리를 뜬 뒤에도 그는 한동안 준일의 사진을
바라보고 서 있었다. 누나 준희 역시 고개를 숙인 채 먹먹한 마
음을 달래고 있는 것처럼 보였다.

그때였다.

또깍거리는 구두 소리를 내며 희정이 다가왔다.

어른들과 함께 납골당을 나선 그녀가 왜 다시 돌아왔는지 준
혁은 이유가 궁금했다.

희정이 의아한 눈으로 바라보는 그에게 말했다.

"한솔이 사진 두고 가는 걸 잊었어요."

희정은 가방에서 꺼낸 아들의 사진이 담긴 작은 액자를 유골

함 옆에 놓았다.

그는 순간적으로 눈시울이 붉어지는 누나 준희의 얼굴을 보았
다.

"잠깐 나하고 얘기 좀……."

준혁은 울컥해하는 누나의 어깨에 손을 올렸다. 그러지 말라
는 듯. 그리고 희정에게 말했다.

"저하고 얘기 좀 할 수 있어요?"

"그래요."

"누나는 차에 가 있어."

입술을 꼭 깨문 준희가 고개를 끄덕이며 문 쪽을 향해 걸어갔
다.

"밖으로 나가죠."

망자(亡者)라고 해도 형 앞에서 할 얘기가 아니었다.

준혁은 그녀와 함께 납골당 입구에 있는 휴게실로 향했다.

"커피 마실래요?"

"아니요, 괜찮아요."

납골당 안에서와 달리 희정은 호전적으로 보일 정도로 뚫어지
게 준혁을 쳐다봤다. 할 말이 많아 보이는 얼굴이었다. 준혁은
그녀가 먼저 말문을 열 때까지 기다리기로 했다.

"날 나무라고 싶은 거예요?"

"나무라서 될 일인지 아닌지 모르겠네요."

"똑같아. 지금 그 표정."

희정이 검지로 그의 코끝을 툭툭거리며 말했다.

"뭐가?"

준혁 역시 그녀의 반말을 그대로 받아쳤다.

"네 사촌 형하고 결혼한다고 했을 때 네가 지었던 표정."

"뭔가 착각하나 본데 그랬던 적 없어."

"거짓말하지 마."

"네가 내키지 않았던 건 사실이지만, 형의 선택만큼은 존중했어. 내가 보지 못한 네 장점이 형의 눈에 보였겠지, 그렇게 생각했으니까."

"할 얘기가 뭐야?"

"너야말로 할 얘기가 많은 사람처럼 보여."

깊은 한숨을 쉬며 그녀가 물었다.

"내가 평생 혼자 살길 바랐니?"

"장례 치르고 나서 큰아버지가 너한테 뭐라고 하셨지?"

"친정으로 가라고 했지. 남편이 죽어서 눈물도 안 마른 며느리한테 하기엔 가혹한 말이었지."

"이런 오늘을 내다보고 하신 말씀이 아니었을까?"

준혁은 큰아버지를 원망하는 것처럼 말하는 그녀를 나무랐다.

"나한테는 현재가 중요해. 준일 씨 그렇게 가고 죽을 것처럼 힘들었던 것도 나한테는 현실이었어. 그 현실을 깨뜨리려고 한 사람은 누구라도 원망스러운 거야."

"단도직입적으로 묻자. 정성진 씨, 만난다지?"

준혁은 흠칫 놀라는 것까지는 아니어도 뜨끔해하는 그녀의 표정을 느낄 수 있었다.

"응."

"떳떳한 사이야?"

"사람마다 개인적인 상황이라는 게 있어. 몰아붙이지 마."

"네가 한솔이에 대한 책임을 상실한 것까지는 나무라지 않을게."

"한솔이는……."

"한솔이에 대한 변명, 나한테 할 필요 없어. 차라리 준화한테 얘기해. 하지만 정성진 씨와의 관계에 대해서는 설명해야 할 거야."

"왜지?"

희정이 코웃음을 쳤다.

"내가 알기로 정성진 씨에겐 현재 여자친구가 있고, 그 여자친구가 내가 아는 사람이기 때문이지."

"상사가 부하 직원 사생활에까지 간섭을 하나 봐? 하! 누구 말대로 따뜻한 부서네."

따뜻한 부서라는 말을 곧잘 하는 사람은 다름 아닌 소연이었다.

그가 낮은 목소리로 뇌까리듯 말했다.

"말조심해!"

"이 세상에는 많고 많은 커플이 있어. 그리고 그 사람들 중에는 헤어지는 과정에 있는 사람도 있고, 이미 헤어진 사람도 있어. 어제까지 연인이었던 커플 모두가 오늘 역시도 연인이진 않아."

"두 사람, 헤어진 거 확실해?"

"궁금하면 부서 직원한테 물어보든가."

"윤희정!"

희정이 귀찮은 얼굴로 그를 바라보며 대답했다.

"헤어질 거야, 두 사람. 아니지, 이미 헤어졌고, 절차 같은 게 남은 것뿐이야."

"확실해?"

"그런 눈으로 쳐다보지 마. 나도 머리 아파. 백소연? 나 그 애, 친동생처럼 좋아했어."

"……!"

"몰랐던 사실이지? 기전실 신설되기 이전엔 2년 넘게 끼고 다니던 애야. 그런 애 남자친구를 내가 처음부터 넘봤겠어? 내 머릿속도 타들어가는 것처럼 복잡하고 어지러웠다고. 너도 사랑이라는 거 해봤으니까 알 거 아니야? 사람 마음이 생각처럼 되니? 사랑에 빠지는 일이 늘 양심적이고 선하기만 하니? 평생 혼자 살 거라는 말도 안 되는 고집 같은 건 부려본 적 없어. 하지만 둘도 없이 가까운 후배 남자친구를 빼앗는 일 역시 상상조차 안 해봤어. 성진 씨가 나한테 확신을 주지 않았다면, 사랑이라는 감정을 부인했을지도 몰라."

"후우!"

준혁이 두 손으로 머리를 뒤로 넘겼다.

간간이 소연과 함께 퇴근을 하는 성진을 부러운 마음으로 바라본 적이 있었다.

그가 어떤 사람인지는 모르지만 준혁이 보기엔 모든 것을 가진 남자였다. 아니, 준혁 자신이 갖지 못한 것을 가진 부럽기만 한 사람이었다.

"소연 씨가 형수에 대해 얼마나 알아?"

"뭐라고?"

"친동생처럼 친했다며?"

그의 단도직입적인 질문에 희정의 표정이 샐쭉해졌다.

"너하고 내가 친인척 관계라는 거 회사에 비밀이잖아."

"친동생 같은 관계한테까지 비밀은 아니지."

"좋아. 속 시원하게 얘기해 줄게. 내가 회장님과 조카며느리라는 얘긴 안 했어. 동도 물산 회장님의 며느리라는 얘기도 물론 안 했어."

"얘기한 게 전혀 없네."

"이혼했다고 했어."

"뭐?"

그의 미간이 심하게 찡그러졌다.

"나 이제 서른다섯 살 되는 여자야. 소연이 처음 만났을 때 내 나이 고작 서른한 살이었어. 남편 죽은 여자라는 얘기하기 힘들었어. 아니, 하기 싫었어."

"정성진 씨는 네가 누군지 알아?"

"그게 뭐가 중요해?"

발끈해하는 그녀의 말 속에 대답이 들어있었다.

준혁은 불쾌한 감정을 감추지 않았다.

"네가 지금 얼마나 많은 사람을 기만하고 있는지 알기는 해?"

"기만? 표현이 지나치지 않아?"

"네 아들부터 소연 씨에 이르기까지 하나같이 속이고 있잖아."

"네가 아무리 고상한 척 얘기해 봐야 내 눈엔 네 속이 훤히 보여. 최씨 집안 며느리로 수절할 자신 없으면 그만 네 집안에서 나가달라는 얘기잖아. 하지만 네 바람처럼 되진 않을 거야. 너도 알고 있을 거고."

"엉뚱한 소리 집어 치워."

형이 가고 난 뒤 슬픔 속에서도 시부모를 모시고 어린 아들을 키우는 며느리에게 큰어머니는 당신이 줄 수 있는 모든 것을 다 주셨다.

그것들 중에는 준혁이 몸담고 있는 서도물산의 주식도 포함돼 있었다. 막대한 영향력을 끼칠 정도는 아니지만 그는 지금 희정이 그 얘길 하고 있는 것 같아 몹시 불쾌했다.

"내가 나한테 내밀 패는 두 가지겠지. 지금이라도 늦지 않았으니 성진 씨와 관계를 정리하고 한솔이 엄마로 평생 희생하며 살든지, 최씨 집안에서 홀연히 사라져 주든지. 애석하게도 둘 다 나한테는 불가능한 일이야. 성진 씨하고 정리하기엔 너무 먼 길을 왔고, 서도물산의 그림자 같은 주주이자 팀장 자리를 포기하고 싶은 마음은 꿈에도 없으니까."

"지나치게 뻔뻔하군."

"네가 어떤 소리를 하고 어떤 지탄을 해도 난 내 행복, 빼앗기지 않아."

준혁의 얼굴에서 모든 표정이 사라졌다. 불쾌해하던 표정까지도 깨끗하게 사라졌다.

"먼저 갈게."

"하던 얘길 이렇게 끝맺는 사람도 있어?"

희정이 빈정거리며 말했다.

한쪽 바지 주머니에 손을 꽂은 채 휴게실 입구로 걸음을 옮기던 그가 고개를 돌렸다. 준혁은 그녀에게 말할 가치가 없는 사람이라는 말을 하려다 그만두었다.

청순한 풀잎처럼 은은하게 미소 짓던 소연의 얼굴이 눈앞에 아른거렸다.

기껏해야 석 달밖에는 회사 생활을 못 한다고 생각하니 하루하루의 의미가 새로웠다. 전에는 지루하게 느껴지던 회의까지도 느낌이 달랐다.

시간이 날 때마다 여행 자료들을 모으며 소연은 회사 생활에 그 어느 때보다 최선을 다했다.

선배로서 조언을 해주기로 했던 준혁에게선 주말이 되기까지 아무런 말이 없었다. 거의 매일처럼 사무실 안에서 얼굴을 보지만 소연은 선뜻 먼저 말을 꺼내기가 그랬다.

금요일 퇴근 시간이 가까운 시간.

책상 의자에 앉아 차트를 작성하던 소연은 등 뒤에서 들려오는 그의 목소리에 반색을 했다.

"백소연 씨!"

"네, 실장님!"

그녀는 반가운 목소리로 고개를 돌렸다.

다분히 공적인 말투이지만 그녀는 준혁이 왜 자신을 부르는지 알 수 있었다.

"잠깐 와보겠어요?"

"네!"

소연은 약간의 설렘을 안고 그의 방으로 향했다.

기전실 전체가 한눈에 보이는 유리벽엔 블라인드가 드리워져 있었다. 소연은 내심 안도의 한숨을 내쉬었다.

"새해 첫 주는 기분 좋게 보냈어요?"

"나름대로는요."

"저녁에 시간 돼요?"

"오늘이요?"

소연이 천천히 고개를 끄덕였다.

"같이 퇴근하는 건, 조심스럽겠죠?"

"아무래도요."

"보기를 줄게요."

"보기요?"

"1번, 세 블록 떨어진 곳에서 기다리다가 내 차를 탄다. 2번, 내가 주는 명함을 가지고 소연 씨가 약속 장소로 간다. 둘 중 하나를 선택해요."

"음……."

그는 여전히 맑은 표정으로 자신을 바라보는 소연에게 말했다.

"3번은 없어요. 그런 표정으로 쳐다보지 말아요."

"약속 장소가 엄청나게 멀거나 그런가요?"

"버스로 40분쯤?"

"1번이요!"

소연은 기분 좋게 웃는 그를 바라보며 덩달아 미소를 지었다.

"D 백화점 앞에서 6시 20분에 봐요."

"네! 그럼 나가보겠습니다."

그는 고맙다는 말 대신 환한 미소를 짓고 방을 나서는 소연의 뒷모습을 물끄러미 쳐다봤다. 그녀가 책상 의자에 앉는 모습을 본 뒤에야 준혁의 얼굴에서 미소가 지워졌다.

그는 고개를 갸웃거렸다.

들은 바에 의하면 오늘 밤, 희정과 성진은 함께 해외여행을 떠난다고 했다. 그 사실을 알고 있다면 소연이 저렇듯 환한 표정을 짓지는 못할 것이다.

그는 12월의 마지막 밤, 동해에 내려가 있던 소연과의 통화를 떠올렸다.

확신하건대 그녀는 떠남을 염두에 두고 있었다. 그건 소연이 남자친구 성진의 배신에 대해 알고 있다는 뜻이었다. 어쩌면 그녀는 두 사람이 함께 여행을 떠나는 걸 알고 있을지도 모른다.

거기에 생각이 미치자 준혁은 납골당에서 사촌 형수 희정을 대하던 순간처럼 마음이 거북해졌다.

금요일 퇴근 시간의 백화점 앞은 그야말로 북새통이었다. 치일 것 같은 인파 속에서 소연은 얼마쯤 뒤엔 이런 풍경조차 그리워질 거란 생각이 들었다.

떠난다는 사실은 사물을 바라보는 눈을 바꿔놓았다.

전 같았으면 짜증스러웠을 일들이 결코 짜증스럽게 느껴지지 않았다.

그녀는 복숭아뼈 위까지 오는 일자 슬랙스에 받쳐 신은 심플한 블랙 로퍼를 내려다봤다.

여행 중일 때는 대개 스니커즈를 신거나 러닝화를 신을 것이다. 지금처럼 단정한 로퍼를 신고 사뿐사뿐 걷는 일은 드물 것이다. 그런 생각을 하니 입사한 이후 줄곧 신어온 것 같은 신발 하나에조차 의미가 부여됐다.

슬랙스 주머니에 넣어둔 휴대폰이 진동 소리를 내기 시작했다.

"여보세요?"

소연은 반사적으로 주위를 두리번거리며 준혁의 차를 찾았다.

[소연 씨가 있는 곳에서 뒤쪽 방향으로 조금만 걸어오면 차가 보일 거예요. 앞에 세워둔 차들이 꼼짝을 않네요.]

"바로 가겠습니다."

소연은 그의 말처럼 뒤쪽으로 걸음을 옮겼다. 얼마 되지 않아 세워둔 차 옆에 서 있는 준혁을 볼 수 있었다.

"실장님!"

"어서 타요."

환한 미소를 띤 그는 소연을 위해 조수석의 문을 열어주었다.

"감사합니다."

그녀는 준혁이 차에 타는 동안 안전벨트를 둘렀다.

"오래 기다렸죠? 생각보다 차가 조금 밀렸어요."

"생각보다 빨리 오셔서 깜짝 놀랐어요."

격의 없는 상사이지만 혼자서 그의 차를 탄 건 처음 있는 일이다. 체육대회 이후 서너 번 그가 차로 집에까지 데려다준 적이 있지만 늘 다른 동료들이 함께 있었다.

"집 밥 좋아해요?"

"좋아해요."

"잘됐네요. 조언을 주고받기에 괜찮은 곳이 있는데 메뉴가 평범해요."

"집 밥처럼이요?"

"집 밥보다 조금은 나을 거예요. 새해 소원은 잘 빌고 온 거죠?"

"아!"

통화를 끝으로 새해 소원에 대한 이야기를 하는 건 지금이 처음이었다. 팔짱을 낀 소연이 짐짓 진지한 표정으로 고개를 끄덕이며 말했다.

"퍼붓는 진눈깨비 속에서 속사포처럼 빌었어요."

"정확하게?"

"몹시 정확했을 거예요."

그가 나직하게 웃음을 터뜨렸다. 듣는 사람의 기분마저 덩달아 좋아지게 만드는 낭랑한 웃음소리가 소연을 미소 짓게 했다.

"진눈깨비가 왔어요?"

"말이 진눈깨비이고 퍼붓는 빗속에 눈발이 간간이 보이는 정도였어요."

"해돋이는 실패했겠네요?"

"바닷가에 나갔다가 5분 만에 철수했어요. 정신이 번쩍 들 정도로 추워서 아무 생각도 할 수가 없었어요."

"아쉽지 않았어요?"

"전혀요."

그녀가 웃는 얼굴로 대답했다.

자칫 어색해질 것 같은 순간 준혁이 그녀에게 물었다.

"근래 기전실 분위기는 어때요?"

"기전실이야 늘 따뜻하죠."

"올해 신입이 없다고 불평하는 소리가 들리던걸요."

"유리벽 안에 계시면서도 다 들으시나 봐요?"

그가 고개를 끄덕이며 대답했다.

"다 들려요."

"신입이 안 들어와서 불편해하는 사람은 막내 둘뿐이에요. 다른 직원들은 평화가 유지되는 데 대해 안도하고 있어요."

"평화 유지?"

"신입 하나가 들어올 때마다 선배들 여럿이 휘청거려요."

"……?"

"요즘 신입들은…… 조금 세요."

"아, 그 얘기 어디선가 들은 적 있어요. 요즘은 신입이 들어오면 선임들이 신입 눈치부터 본다고."

"맞아요! 신입들을 보면 80년대 생과 90년대 생 사이에 어마어마한 간격이 존재한다는 걸 실감하게 돼요."

"젊은 친구들의 자기애가 상당히 두드러지죠?"

"속이 시원해지는 대답이에요, 실장님."

소연은 그와 어색하지 않게 대화를 할 수 있어서 정말 다행스러웠다. 30분 남짓 준혁이 예약해 둔 한정식집으로 향하는 내내 두 사람은 편안하게 대화를 이어갔다.

궁중 요리를 기초로 했다는 퓨전 한정식은 말 그대로 진수성찬이었다.

상에 오른 음식의 가짓수가 얼마나 많은지 일일이 기억해 낼 수 없을 정도였다. 다행이라면 접시며 그릇에 담긴 음식의 양이 아주 적다는 것이었다.

마치 코스 요리처럼 맛을 충분히 음미할 수 있을 정도의 간격을 두고 상 위의 음식들이 바뀌었다. 준혁의 말처럼 조언을 주고받기에 제격인 곳이었다.

포만감이 느껴질 즈음 소연은 먼저 그에게 용건을 꺼냈다.

"성공의 뒷면이 후회라는 말씀, 제겐 아주 큰 힘과 용기가 됐어요."

"그래요?"

"덕분에 용기를 낼 수 있었어요."

"무언가 결단을 내린 것 같네요. 그렇죠?"

"네."

소연은 선뜻 퇴사 얘기를 하기가 어려웠다.

"이번에도 보기가 필요해 보여요. 1번, 여행. 2번, 유학. 3번, 에라 모르겠다. 정답은?"

손바닥으로 입을 가린 그녀가 나직하게 웃음을 터뜨렸다.

괜스레 미안한 마음에 선뜻 하지 못한 말을 준혁 덕분에 쉽게 할 수 있게 된 것이다.

"아마도 1번이 아닐까 싶어요."

"언제쯤 떠날 생각이에요?"

"음…… 3월로 생각하고 있어요."

"입사한 지 얼마나 됐죠?"

"3월부로 6년이 돼요."

"6년이라……."

무언가 골똘히 생각하는 것 같던 준혁이 그녀에게 말했다.

"두 달은 가능하겠어요."

"두 달이라니요?"

"휴가를 얘기하는 거예요."

"실장님!"

난데없는 그의 말이 소연을 당황하게 만들었다.

퇴사를 염두에 두고 있는 그녀로선 휴가라는 말이 놀라울 수밖에 없었다.

"짧은가요?"

"아니요, 제 말은 그런 뜻이 아니라……."

"내로라하는 대기업은 아니지만 난 서도물산에 대해 자부심을 갖고 있어요."

"그건 저도 마찬가지예요."

"소연 씨는 서도물산, 특히 우리 기전실의 핵심멤버예요. 없어선 안 되는 사람이라는 뜻이에요."

"그렇게 말씀해 주셔서 감사해요."

"입에 발린 말이 아니라는 건 소연 씨가 더 잘 알 거예요. 두 달이 짧은 것 같으면 미리 얘기해요."

"실장님 말씀은 정말 감사하지만 직장인의 기본적인 매너가 어떤 것인지 잘 알고 있습니다. 두 달씩 자리를 비우면서까지 사적인 시간을 쓰는 건 단체 생활을 하는 사람의 태도가 될 수 없어요."

"있어야 할 사람이 영영 그 자리를 이탈하는 것보다는 훨씬 나은 일이죠. 두 달쯤 여행 삼아 다녀오고 나서 그때도 사직서를 내고 싶다면, 그땐 내가 백번 양보하는 걸로 할게요."

"조언해 주신다고 하고선 저를 궁지로 몰아넣으시는 것 같아요."

소연이 미안한 표정으로 그를 바라보며 말했다.

"퇴사 문제는 일단락 지어진 걸로 하고, 다른 얘길 하죠. 여행은 어디로 갈 생각이에요?"

"캐나다, 뉴욕, 호주. 그렇게 세 곳을 생각하고 있어요. 너무 뻔한가요?"

"뻔하긴요. 직장 생활에 매인 사람들의 로망 같은 곳인걸요."

후식으로 나온 듯 보이는 곶감 절임을 우물거리며 소연이 조심스럽게 물었다.

"이유는 묻지 않으시네요?"

"한 가지 물어봐도 돼요?"

"네."

"혹 나 때문에 사직서를 내려고 했던 건 아니죠?"

"제가요?"

"영화에 가끔 등장하잖아요, 밥맛없는 상사 때문에 사표를 쓰는……."

"실장님, 그건 정말 아니에요!"

당황한 소연이 두 손을 저어가며 극구 그의 말을 부인했다. 나직하게 웃음을 터뜨린 준혁이 그녀에게 말했다.

불이 붙은 듯 언 얼굴이 홍당무가 된 소연이 정말 아니라는 듯 고개를 젓고 있었다.

"이유를 안 물어봐서 서운해하는 것 같아 해본 말이에요."

"실장님, 은근히 짓궂으세요."

그녀는 눈을 흘기는 시늉을 했다.

"가끔은 대놓고 짓궂게 굴기도 해요."

"정말이에요?"

"남동생이 하나 있는데 둘이서 짓궂게 놀기로 유명했어요."

"안 믿어져요."

준혁은 '젠틀'이라는 말이 저절로 떠오르는 사람이었다.

지나치게 파워가 넘치거나 지나치게 사교적인 건 아니지만, 차분한 성격 속에 주위를 아우르는 힘 같은 게 느껴지곤 했다.

수정과를 한 모금 마신 소연은 용기를 내서 그에게 말했다.

퇴사에 대한 결심이 준혁이 내민 뜻밖의 카드로 인해 유보됐지만, 변함없는 사실은 여전히 남아 있었다.

"남자친구와 헤어지게 됐어요."

"그래요?"

전혀 놀라지 않는 그를 바라보며 소연이 민망한 듯 미소를 지었다.

"알고 계셨나 봐요?"

"시치미를 떼야 하는데 그게 쉽지가 않네요."

두 사람이 동시에 나직한 소리로 웃음을 터뜨렸다.

용기를 낸 덕분에 소연은 얘기를 하기가 훨씬 수월해졌다.

"같은 직장에서 계속해서 얼굴을 보고 지내고 싶지 않았어요."

"휴가는 언제든 낼 수 있어요. 3월까지 기다리지 말고 준비되는 대로 떠나도록 해요. 왜 웃어요?"

준혁은 두 뺨이 발그레해진 채 미소를 짓는 그녀를 의아한 얼굴로 바라봤다.

"갑자기 제 편이 생긴 기분이 들어서요."

"……!"

"실장님, 아니, 기전실 전체가 제 편이 된 기분이에요."

"기전실 전체가 소연 씨 편 맞아요."

"몇 달 동안 우울했던 기분이 한꺼번에 업 되는 것 같아요."

"뻔한 얘기 같지만 더 좋은 시간이 올 거예요."

"뻔한 얘기처럼 들리지 않아요. 더 좋은 시간이 올 거라고 믿어볼래요. 실연당한 부하 직원에게 해주실 조언은 없어요?"

"실연은 당해본 적이 없어서."

"실장님!"

소연은 몇 달 만에 처음으로 단단히 묶여 있던 마음의 고삐가 풀리는 기분이었다.

어느 누구에게도 성진이 그런 짓을 했다는 말을 하지 못했다. 그 대상이 희정이기에 더욱 말하기 힘들었다. 마음은 정리가 됐지만 해소되지 못한 채 쌓여 있는 울분과 상처는 소연을 혼자만의 생각 속에 가두었다.

그랬던 자신이 뜻하지 않게 준혁을 조언 상대로 진솔한 대화를 나누고 있었다. 막혔던 속이 탁 트이는 것 같은 해방감을 느끼며.

"실연은 모르겠고 떠나고 싶어 하는 후배한테 해주고 싶은 말은 있어요."

"뭔데요?"

"유행하는 노랫말처럼 귀에 들어오는 나라 말고, 다른 곳을 여행해 보라고 말해주고 싶어요."

"어디가 좋을까요?"

"마지막으로 기차를 타본 게 언제쯤이에요?"

"3년쯤 된 것 같아요."

"고속버스는요?"

"버스는…… 굉장히 오래된 것 같아요."

"후회가 되면 곧바로 돌아올 수 있는 곳, 반대로 마음에 들면 며칠쯤 푹 쉬었다 올 수 있는 곳부터 시작해 봐요."

"낯선 곳이 좋을까요, 아는 곳이 좋을까요?"

"둘 다 좋을 거예요."

"제가 생각하고 있는 나라들이 피상적이죠?"

원앤온리 *One and Only*

"떠난다는 말을 떠올리면 자연스럽게 생각나는, 피상적인 곳의 대명사들이죠. 그 나라들이 나쁘다는 건 아니에요."

"실장님이 하는 얘기, 충분히 이해가 됐어요. 그 나라들은 제가 진짜 여행을 즐길 수 있을 때 가는 걸로 해야겠어요. 대신 부탁드릴게요."

"어디가 소연 씨한테 좋은 여행지가 될지, 곰곰이 생각해 보고 나서 얘기해 줄게요."

그를 바라보며 소연이 은은하게 미소를 지었다.

"왜 웃어요?"

"내일 출근해서 직원들한테 얘기할까 봐요."

"뭐라고요?"

"실장님이야말로 사이다 같은 남자라고."

비밀을 얘기하듯 준혁이 나직한 목소리로 말했다.

"소연 씨만 알고 있어요."

기분 좋은 만남이었다.

사회 선배이자 인생 선배다운 준혁의 조언은 소연의 마음에 전에 없던 편안함을 가져다주었다.

소연은 오랜만에 스트레스를 떨쳐 버린 기분이었다. 집으로 돌아가던 길, 차 안에서 희정이 걸어온 전화를 받기 전까지는.

준혁은 진동 소리를 내는 휴대폰을 물끄러미 쳐다보는 그녀를 못 본 체했다.

받고 싶지 않은 전화일 수도 있고, 준혁 자신이 옆에 있어서 받지 못하는 전화일 수도 있었다.

진동 소리가 잠잠해지는 것 같더니 일이 분 사이를 두고 다시 징징대는 소리가 들려왔다.

곤란한 듯 휴대폰을 움켜쥐었다 놓았다 하던 소연이 답답한 목소리로 그에게 물었다.

"받을까요, 말까요?"

생각지 못한 그녀의 말에 준혁은 적잖이 당황했다.

"정성진 씨예요?"

"아니요."

"……!"

그는 순간적으로 소연의 감정이 자신에게 전이되는 경험을 했다.

자신이 소연이어도 선뜻 전화를 받지 못했을 것이다.

"내가 받아줄까요?"

능청스런 그의 말에 소연이 희미하게 미소를 지었다.

갈등 끝에 소연은 전화를 받았다.

비록 단 한 사람에 불과하지만 누군가 자신을 지켜보고 있었다. 아니, 자신의 대화를 듣고 있었다.

4년을 사귄 남자친구에게 배신당한 여자.

친구보다 더 가까이 지낸 회사 선배에게 기만당한 여자.

혼자서 받아들이고 혼자서 인정하고 혼자서 정리한 일을 비로소 다른 사람에게 들키고 있는 기분이다.

"네, 언니."

혼자서는 얼마든 태연한 척할 수 있었는데, 지켜보는 사람 앞에서는 쉽지가 않았다.

[전화를 왜 이렇게 안 받아?]

신이 난 듯 통통 튀는 목소리.

그녀는 한껏 행복해하는 희정의 얼굴을 떠올리지 않으려 애썼다.

"죄송해요. 공항이세요?"

[너무 서둘러 온 거 있지, 시간이 남지 뭐야. 자기, 여행 선물로 뭘 사다주면 좋을까?]

"네?"

숨이 헉하고 막혀오는 건 상대방이 지나치게 마음대로 소연 자신의 자존심을 짓밟고 있어서이다.

[보라카이라는 곳이 특산품을 살 만한 곳은 아니잖아. 면세점에 들러 소연 씨 선물을 살까 하는데…….]

"마음만 받을게요, 언니."

[어머, 소연 씨답지 않게 왜 이러니? 호호……. 우리 둘 다 마음으로 주고받는 것보다 물질적인 걸 좋아하잖아.]

"정말 괜찮아요, 언니."

[나더러 알아서 사오라는 말처럼 들리네. 주말인데 뭐 해? 또 구질구질하게 집에서 밀린 빨래나 하는 건 아니지?]

주말을 구질구질하게 만든 장본인이 할 만한 얘기는 아니다.

"밖에 있어요."

[회식?]

"약속이 있어서 밖에서 저녁 먹었어요."

[그래! 제발 좀 그래. 요즘 주말마다 집에서 청승맞게 청소하고 빨래하는 소연 씨를 보니까 내 마음이 좀 그래.]

"언니, 저 그만 끊어야 할 것 같아요."

[바쁜 모양이네. 다행이야. 난 소연 씨가 혼자 쓸쓸해할 것 같아 일부러 전화한…… 여기야, 여기! 왜 이렇게 오래 걸려?]

소연은 자신도 모르게 팔뚝을 쓸어내렸다.

도톰한 스웨터를 입은 팔뚝에 소름이 돋고, 머리카락이 쭈뼛 서는 기분이었다.

'도대체 사람을 어떻게 보고 이러는 거지?'

기만을 떠나 자신을 가지고 노는 것 같은 희정에게 그녀는 눈앞이 캄캄해지는 분노를 느꼈다.

[소연 씨, 친구가 와서 이만 끊어야겠어. 잘 갔다 와서 재미있는 얘기 많이 들려줄게.]

"끊을게요."

[어머, 잘 갔다 오라는 말도 안 하기야?]

"잘…… 다녀오세요."

[자기, 오늘 기분이 조금 별로인 것 같다? 무슨 일 있는 건 아니지?]

"아니에요, 동행이 있어서…… 나중에 얘기해요. 끊을게요."

휴대폰을 가방 안에 넣은 소연은 화끈거리는 뺨을 손바닥으로 어루만졌다.

왈칵 하고 눈물이 쏟아질 것 같아 그녀는 입술을 꼭 깨물었다.

한 사람이 보는 앞에서도 이렇게 수치스럽고 자존심이 상하는데, 회사 사람 전부가 알게 된다면…….

당연하게 감내하고 겪어내야 할 일이라고 말하기엔 그 시간을 견뎌낼 수 있을지 자신이 없었다. 간교하게 자신을 자극하는 희정이다. 그런 그녀를 대하는 모습을 다른 사람들에게 보일 자신이 없었다.

"창문 조금 내려줄까요?"

"네."

두통이 밀려들 것처럼 답답하던 희정은 열린 차창 틈새로 들어오는 바람을 깊숙이 들이마셨다.

스르르 눈을 감은 그녀의 귀에 조심스러운 준혁의 목소리가 들려왔다.

"괜찮다면 바람 쐬고 들어가지 않을래요?"

3

따뜻한 조언

준혁의 차가 어둑하기만 한 밤길을 한참 동안 달리고 난 뒤에
야 소연은 비로소 현실을 파악했다.

"죄송해요, 실장님."

그는 애써 미소 짓는 소연을 바라보며 괜찮다는 듯 미소를 지
었다. 준혁 역시 그녀에게 애써 미소를 짓는 것 외엔 달리 해줄
말이 없었다.

"스키, 좋아해요?"

"중학교 때 스키를 타다가 호되게 다쳤어요."

"많이 다쳤어요?"

"스키장에 있던 사람들에게 큰 웃음을 줄 만큼 다쳤어요. 그

날 이후로 스키는 두 번 다시 안 타기로 했어요."

"하하……."

"왜 웃으세요?"

"가끔 그런 친구들이 있잖아요. 두 다리를 하늘로 들고……."

"전 날갯짓도 했어요. 두 손으로."

"얼굴은 바닥에 밀착한 채?"

"그 자리에 계셨던 것처럼 잘 아시네요?"

준혁이 시원하게 웃음을 터뜨렸다.

"저쪽으로 가다 보면 스키장이 나와요."

"스키 좋아하세요?"

"한때 좋아했었어요."

"지금은 뭘 좋아하시는데요?"

"가끔 산에 오르는 정도?"

그는 고개를 돌려 조수석에 앉아 있는 소연을 바라봤다.

"등산 좋아하세요?"

"등산이라기보다는 걸으면서 생각하는 걸 즐기는 편이에요. 머릿속이 개운해지거든요."

"저하고 정반대세요."

"……?"

"전 반듯하게 누워서 천장을 올려다보면서 생각하는 걸 좋아해요."

"그 자세가 생각이 많아지는 자세 아닌가요?"

"그런가요?"

"누워서 생각하면 생각이 비 오듯 쏟아진다고 하잖아요. 대개는 괜한 생각들."

"그래서 제가 괜한 생각이 많은가 봐요."

물끄러미 그를 바라보던 소연이 조심스럽게 물었다.

"한 가지 여쭤 봐도 돼요?"

"얼마든지요."

"어디까지 알고 계세요?"

준혁은 그녀가 지나칠 정도로 조심스럽게 묻고 있다는 걸 느낄수 있었다. 위축된 소연의 마음이 느껴질 정도였다.

지나친 긴장은 깨뜨려주는 게 좋았다.

"정성진 씨가 만나는 사람이 누구인지 정도는 알고 있어요. 두사람이 함께 여행을 떠나는 날이라는 것도 알고 있어요."

거침없는 그의 대답은 소연의 고개를 끄덕이게 만들었다.

부끄러우면서도 한편으로는 속이 후련해지는 기분이었다.

"다른 사람들도 알고 있을까요?"

"그것까지는 확실하게 대답하기 어렵네요. 윤희정 씨에 대해잘 알아요?"

"가까운 사이였어요."

"얼마나 알아요, 그 사람에 대해?"

"고민이 있으면 무조건 언니를 찾아갈 만큼 친했어요. 언니 역시 그랬고요."

"후후……."

"왜 웃으시는 거죠?"

불빛이 찬란한 스키장을 지난 그의 차가 산중턱을 향해 오르기 시작했다. 준혁이 차를 세운 곳은 통나무로 지어진 커다란 오두막 앞이었다. 자잘한 램프로 둘러싸인 오두막 안에선 은은한 음악 소리가 들려오고 있었다.

두 사람은 녹지 않은 눈이 쌓인 길을 따라 오두막 입구로 향했다.

안으로 들어서자 조금은 어둑한, 덕분에 편안함이 느껴지는 실내가 눈에 들어왔다.

준혁은 그녀와 함께 창가 쪽에 있는 의자에 앉았다.

나이테의 결을 고스란히 살린 묵직한 테이블을 사이에 두고 앉은 준혁은 천천히 실내를 둘러보는 그녀를 바라봤다.

"모르는 사람은 우연하게라도 들르기 힘든 곳이겠어요."

"그런 이유로 자주 찾는 곳이에요."

소연이 고개를 끄덕였다.

"분위기도 그렇고 조명도 그렇고 영화 속에 나오는 곳 같아요."

"듣기론 주인이 건축과 관계된 일을 하는 사람이라고 해요. 차는 뭘로 하겠어요?"

소연은 직원이 가지고 온 메뉴판을 들여다보다 카푸치노를 주문했다.

"같은 걸로 두 잔 주세요."

"스키장 불빛 때문에 더 분위기가 있어 보여요."

창밖을 쳐다보며 그녀가 말했다.

"잠깐 분위기 깰게요."

"네?"

소연이 의아한 눈으로 그를 바라봤다.

"윤희정 씨, 나한테는 사촌 형수예요."

"네?"

두 번째 반문을 한 소연의 눈이 휘둥그레졌다.

사촌 형수라니!

기절할 것처럼 놀란 그녀와 달리 준혁의 표정은 차분했다.

"사촌 형이 5년 전에 세상을 떠났어요."

"잠시만요, PB 지원팀 윤희정 팀장님에 대해 말씀하시는 게
맞나요?"

소연은 그가 하는 말을 도무지 믿을 수 없었다.

"정성진 씨가 만나고 있는 그 윤희정 씨에 대해 얘기하고 있는
겁니다."

"말도 안 돼……. 저한테는 이혼을 했다고 했어요."

"조카도 있어요."

"네?"

준혁은 못 들을 말을 들은 것처럼 놀라는 그녀에게 미안한 마
음을 느꼈다.

감정에 가려진 채 미처 보지 못하는 현실이야말로 괜한 감상을

뛰어넘을 수 있게 만드는 힘이었다. 현실을 직시하지 못하는 한 감상적인 생각이 반복될 뿐이었다.

"해가 바뀌었으니 우리나라 나이로 일곱 살이 되는군요."

"죄송해요, 너무 갑작스런 얘기라 어떻게 받아들여야 할지 모르겠어요."

"소연 씨만큼은 아니지만 내게도 갑작스런 일이었어요."

멍한 표정으로 그를 바라보던 소연이 천천히 고개를 끄덕였다.

그제야 차 안에서 준혁이 했던 말이 기억이 났다.

희정에 대해 잘 아느냐고 물었다. 동문서답을 하는 자신에게 그녀에 대해 잘 아느냐고 물었다. 하지만 여전히 자신은 동문서답을 했다. 희정과 아주 가까운 사이였다고.

"제가 희정 언니에 대해 아는 게 전혀 없었던 건가요?"

"사촌 형수가 되기 전엔 대학 동기였어요. 1학년 때 가깝게 지낸 친구들 가운데 하나였어요."

소연은 기억을 더듬었다.

하지만 아무리 생각해 봐도 희정에게서 준혁에 대한 이야기 같은 건 들은 적이 없었다. 단 한 번도.

"말할 수 있는 건, 나 역시 형수에 대해 아는 게 없다는 거예요."

"후우!"

카푸치노가 테이블 위에 놓이는 동안 소연은 숨을 고르듯 혼자만의 생각에 잠겼다.

성진에 대한 배신감 못지않았던 희정에 대한 배신감.

그 이면에 자신이 알지 못하던 일들이 있다는 사실은 그녀를 아연실색하게 만들었다.

"이제 소연 씨가 저한테 조언을 해줄 차례예요."

"조언이라니요?"

"궤도를 벗어난 사촌 형수에게 어떻게 하는 게 좋을까요?"

"제가 감히 조언을 해드릴 일이 아닌 것 같아요."

"나 역시 소연 씨처럼 다른 사람한테 말하기 어려운 일이에요."

"대화는 해보셨어요?"

"대화 끝에 내린 결론이에요. 내가 지금껏 형수에 대해 전혀 모르고 있었다는 사실, 말이에요."

"저하고 같은 처지시네요."

소연이 씁쓸하게 웃으며 말했다.

준혁은 보다 분명하게 자신의 생각을 이야기했다.

"회사에서 나가주길 바라고 있어요."

"희정 언니가 나가길 바라신다는 거죠?"

"그런데 본인 입으로 그렇게 하고 싶지 않다고 하네요."

소연은 알 수 있었다.

조언을 구한다는 그의 말은 진심이었다. 하지만 그가 하는 어떤 말들은 소연 자신을 위해 들려주는 것들이었다. 더는 기만당하지 말라는 듯.

천천히 카푸치노를 마시고 난 뒤 그녀가 물었다.

"저는 왜 실장님처럼 그러질 못했을까요?"

"무슨 말인가요?"

"모든 걸 마음으로 정리했어요. 두 사람 다 제가 아는 사람이라 그런지, 구질구질할 정도로 미련이 남아서 힘들거나 하진 않았어요. 하지만 저는 모든 걸 저 혼자 정리했어요. 당신들 두 사람의 관계에 대해 알고 있다는 말도 하지 않았고, 드라마에 나오는 것처럼 뺨을 때리는 일 같은 것도 하지 않았어요. 떠나는 것도 그렇게 하려고 했거든요. 실장님이 희정 언니한테 그러신 것처럼 저 역시 정성진 씨한테 말해볼 걸 그랬다는 생각이 들어요."

"말해보다니요?"

"서도물산에서 나가줬으면 좋겠다고."

그녀의 말을 이해한 준혁이 미소를 지었다.

"내가 소연 씨 등 뒤에 서 있을 테니 한번 해봐요."

소연이 고개를 저었다.

"정성진 씨는 제가 알아요. 사표를 쓸 사람이 아니에요."

"그 말은 무슨 뜻인가요?"

"그냥 그런 사람이라는 뜻이에요."

소연은 말하지 않았다. 아니, 자존심이 상해 차마 말할 수 없었다.

성진의 마음이 자신과 희정, 둘 모두를 손에 쥐려 한다는 걸.

오두막 한쪽에서 밴드가 연주하는 음악이 순간적으로 활주로를 떠나는 비행기 소리처럼 들려왔다.

"기다려 줬으면 해."

호텔 룸에서 맥주를 마시며 그가 했던 말이 떠올랐다.

'나는 어쩌다 그에게 그처럼 만만하고 우스운 여자가 돼버린 걸까?'

성진과 함께 있는 공항에서 전화를 걸어온 희정의 목소리도 떠올랐다.

소연은 맥주를 마시듯 카푸치노를 벌컥벌컥 마셨다.

입가에 묻은 거품을 닦아내며 그녀가 준혁에게 말했다.

"두 사람 모두, 기억에서 지워 버리고 싶어요."

소연은 반듯하게 누운 채 천장을 올려다보고 있었다.

괜한 생각들을 떠올리며 그녀는 금요일 밤 준혁에게 들은 말을 웅얼거렸다.

"생각이 쏟아진다, 생각이 쏟아진다……."

하지만 저절로 드는 생각을 마냥 거부할 수만은 없었다.

'도대체 왜 그러는 걸까?'

그녀는 이른 아침, 여행지에서 통통 튀는 목소리로 전화를 걸어온 희정을 떠올렸다.

성진과 희정, 두 사람이 어떤 행동을 하든 어떤 말을 하든 상관치 않고 싶다. 하지만 반복되는 희정의 행동이 마치 자신의 그런 마음을 비웃는 것만 같다.

근래 들어 부쩍 간교해진 희정을 보고 있으면 그녀가 성진을 좋아한다기보다 다른 목적이 있는 건 아닐까 하는 생각이 들 정도였다. 소연 자신을 자극하기 위해 그를 만나는 게 아닐까 하는 생각.

"알 수 없는 사람이야."

소연이 혼잣말을 중얼거렸다.

퇴사를 하려던 결단을 유보한 만큼 성진과 희정에 대한 대책이 필요했다.

너무 오랫동안 같은 자세로 누워 있었더니 허리가 뻐근했다. 비스듬히 돌아누운 소연은 시계를 쳐다봤다.

"밥 먹을 시간이 한참 지났네."

그녀는 침대에서 일어났다.

아래층으로 내려온 소연은 식탁 의자에 앉아 생강을 까고 있는 어머니에게 다가갔다.

"엄마, 생강을 왜 이렇게 많이 까?"

"뭐 좀 만들려고. 여태 잔 거니?"

"일요일은 밀린 잠 자는 날이잖아. 아버지하고 언니는?"

"아버지는 이발하러 가셨고, 주연이는 잠깐 회사에 갔다 온다고 나갔어."

"회사엔 왜?"

"뭔지는 모르지만 급한 일이 생긴 것 같더라. 배고프겠다, 밥부터 먹어."

까던 생강을 바구니에 집어넣은 성화는 얼른 작은딸을 위해 식탁을 차렸다.

"엄마는 점심 안 먹어?"

"밥 생각은 따로 없는데, 너 먹는 김에 같이 몇 숟갈 먹어야겠다."

정말 오랜만이다. 어머니와 단둘이 식사를 하는 건.

어머니가 꼼꼼하게 식탁을 차리는 동안 소연은 공기 두 개에 밥을 푸고 숟가락과 젓가락 따위를 챙겼다.

"얼른 먹어."

"얼마만이야, 엄마하고 단둘이 밥을 먹는 게."

"좋다는 소리지?"

"두말하면 잔소리지."

성화는 여느 때와 다르지 않게 환한 표정을 하고 있는 작은딸을 사랑스러운 눈으로 바라봤다.

깊은 밤, 굳게 닫힌 방문 사이로 새어나오는 딸의 울음소리를 들은 적이 여러 번이다.

"소연이, 너 엄마한테 얘기 안 하는 거 있지?"

"내가?"

"그래 보여."

순간 목이 콱 하고 막혔지만 소연은 태연한 표정으로 물을 마셨다.

젓가락으로 시금치나물을 집으며 그녀가 말했다.

"성진 씨하고 헤어졌어."

"그런 것 같더라."

소연이 물끄러미 어머니를 쳐다봤다.

"왜 그렇게 쳐다보니?"

"엄마 반응이 예상 밖이라."

"사귀다 보면 헤어질 수도 있는 거지, 안 그러니? 궁금해서 물어봤어. 얼른 밥이나 먹어."

한동안 밥을 먹던 소연이 태연한 말투로 어머니에게 말했다.

"다른 여자 생겼어."

"그래?"

태연한 척하고 있지만 소연은 어머니의 목소리가 떨리는 걸 느낄 수 있었다. 소연이 밝은 목소리로 말했다.

"사표 내려고 생각했었어."

"사표 내. 매일처럼 그런 녀석 얼굴 보면서 정신이 사나워 무슨 일을 하겠니?"

성화의 손에 들린 젓가락이 서로 부딪치며 자잘한 금속음을 냈다. 떨리는 손을 들키고 싶지 않은 그녀는 얼른 젓가락을 내려놨다.

"1월 1일 새벽에 돋는 해를 보면서 사표를 낸 뒤의 일을 계획하려고 했었거든."

"그래서 여행을 갔던 거니?"

소연은 고개를 끄덕였다.

굳이 어머니에게 성진과 함께 해돋이 여행을 다녀왔다는 말까지 할 필요는 없었다.

"마음이 변했어, 엄마."

"사표 내. 그게 나아."

"나오기 아까운 회사야."

"싫은 사람 얼굴 보는 게 얼마나 고문인지 알기는 해?"

"보란 듯 잘 살아주겠다는 생각도 안 들어."

"무슨 말이니?"

"내 계획 속에 정성진이란 남자가 어떤 영향도 끼치지 않는다는 말이야."

"말이 쉽지 현실은 그렇지 않아. 엄마 말 믿고 사표 내."

"실은 말이야. 우리 부서의 실장님이 조언을 해줬어."

"조언?"

실장의 조언이라는 말에 성화는 비로소 떨리는 마음을 접고 딸의 말에 귀를 기울였다.

"퇴사하는 대신 두 달 정도 휴가를 주겠다고 하시는 거야."

"두 달씩이나?"

"내가 우리 서도물산의 주역이래."

"혹 그 실장이라는 사람……."

"아니야, 내가 아닌 다른 직원이 비슷한 이유로 퇴사를 한다고 해도 같은 조언을 해줬을 사람이야."

준혁이 자신에게 호감을 갖고 있다는 말을 어머니에게 할 이유는 없었다. 소연은 그렇게 생각했다.

"그래?"

"인품이 남달라."

성화가 진지한 표정으로 고개를 갸웃거렸다.

"두 달씩 휴가를 낸다는 것도 그렇지만 다녀온다고 해서 정성진 그…… 나쁜 자식에 대한 네 감정이 아주 말끔해진다는 보장도 없잖니."

"실장님이 퇴사 문제는 두 달 뒤에 다시 생각해 보라고 하는 거야. 그렇게 해보려고. 사실 퇴사하는 일이 내키지 않았거든. 엄마도 알다시피 우리 회사처럼 직원들한테 편한 곳, 드물잖아."

"네 생각이 그러면 네 판단대로 해봐. 엄마가 하는 걱정이 기우일 수도 있으니까."

"미안해, 엄마."

"네가 왜 미안해? 나쁜 놈은 따로 있는데. 절대 그런 생각 하지 마."

눈시울이 붉어진 소연은 어머니를 바라보며 애써 미소를 지었다.

"역시 우리 엄마가 최고야."

"엄마가 맞춰볼까?"

"응?"

"너보다 훨씬 못난 여자하고 바람났지?"

"응."

소연이 웃으며 대답했다.

"두고 봐, 땅을 치고 후회하게 될 거야."

"나도 그렇게 생각해."

"절대 뒤돌아보면 안 된다, 알았지? 한 번 그런 짓을 한 놈은 평생 그러는 법이야."

"이래도 되는 걸까 싶을 정도로 미련이 안 남아."

"당연히 그래도 되는 거지!"

"아버지한테는 엄마가 얘기해 줘."

"네 아버지도 대충은 알아. 그런가보다 하고 있는 거지."

소연은 미안하다는 말 대신 꾸역꾸역 밥을 먹기 시작했다. 묵묵히 자신을 지켜봐 주고 계시는 부모님을 위해서라도 보다 더 굳은 사람이 되어야 했다.

월요일 아침.

출근을 준비하던 소연은 자신이 콧노래를 부르고 있다는 사실을 깨달았다. 그 사실을 깨닫는 순간 무거운 한숨이 쏟아졌다.

성진과 희정이 서울에 없다는 사실이 자신을 안도하게 한 것이다. 바꿔 말하면 그동안 두 사람으로 인해 삶 자체가 몹시 우울했다는 뜻이기도 했다.

평소 지하철을 타고 출퇴근을 하는 그녀는 모처럼 차를 타고 출근하기로 했다.

"소연아, 차 가지고 가는 거야?"

역시나 출근을 하기 위해 마당으로 나온 주연이 놀란 목소리로 그녀에게 물었다.

"태워다 줄까?"

"몹시 땡큐!"

주연은 반색을 했다.

오랜만에 핸들을 잡아서인지 소연은 기분이 몹시 새로웠다.

"퇴근하고 어디 가니?"

"갈 곳을 만들어볼까 생각 중이야."

"혼자 하는 드라이브도 괜찮다고 봐."

"회사에 일 생겼다더니 잘 해결됐어?"

"엄마하고 아버지한테는 얘기하지 마."

주연이 조심스럽게 말했다.

"······?"

"어제 우리 사무실에 도둑 들었다."

"뭐, 도둑?"

"듣는 너도 어처구니없지?"

"CC 카메라는?"

"형사들 말이 정말 전문가 소행이라는 거야. 이렇다 할 흔적이 하나도 없어."

"말이 돼?"

"정말 미치고 환장하는 건 컴퓨터 프로그램을 싹 다 지우고 갔다는 거."

"헉! 언니 컴퓨터?"

"우리 팀 전부 다."

소연은 너무 놀란 나머지 쉽게 말이 나오지 않았다.

"그건 영화에나 나오는 일이잖아."

"만일 우리가 기밀 사항을 다루는 회사였으면 어떻게 됐을까?"

"소름 끼쳐."

"아마 오늘도 일찌감치 형사들이 회사에 나와 있을 거야. 내부 사람이 범인이라고 보는 것 같아."

"프로그램 지워진 건 어떻게 해?"

주연이 두 손으로 머리를 감싸 쥐었다.

"진행 중이던 프로젝트 자료가 깨끗하게 사라져서 거의 패닉 상태야. 엄마하고 아버지 걱정하실까 봐 집에선 내색도 못 했어."

"큰일이네."

"머릿속이 백지처럼 비워지니까 큰일이란 생각조차 안 드는 거 있지?"

주연이 키득거리며 웃었다.

"언니, 우리 자매 파이팅 한 번 해야겠어. 엄마한테 내 얘기 들었지?"

"정성진, 멍청한 놈 얘기?"

"응."

"복에 겨워 정신 나간 놈이지. 어떻게 널 두고 딴짓을 하니?"

"그러게 말이야."

"집안 좀 사네 하며 어깨에 빵빵하게 힘 들어간 꼴이 내 눈에 안 들긴 했어. 진심으로 하는 말인데 잘 깨진 것 같아."

"회사 일 해결되는 것 봐가면서 나한테 연락 줘, 언니."

"우리 둘이 술 한잔하는 거지?"

소연은 윙크를 하는 언니를 보며 고개를 끄덕였다.

"난 오늘도 시간 괜찮으니까 연락해, 언니."

회사 앞 도로에 멈춰 선 차에서 내리며 주연이 말했다.

"오후에 통화하자. 태워다줘서 고마워."

"오늘 하루도 수고해!"

"너도!"

소연은 활기차게 걸어가는 언니의 뒷모습을 바라봤다.

두 블록쯤 지났을 무렵 휴대폰이 진동 소리를 울려대기 시작했다. 소연은 한 손으로 핸들을 쥔 채 다른 한 손으로 걸려온 전화를 확인했다.

"후우!"

희정이 걸어온 전화였다.

한숨을 쉰 소연은 휴대폰을 도로 조수석에 내려놨다.

저의가 분명한 희정의 행동을 더는 모르는 척 방관할 수만은 없었다.

소연은 룸미러에 비친 자신에게 대화를 하듯 말했다.

"오늘부터는 무시하는 쪽을 택하겠어. 어느 순간 무시당하고 있다는 사실을 깨달을 수 있도록 말이지."

그녀는 희정이 하루에 전화를 몇 번 걸어오든 상관치 않고 무시하기로 마음먹었다.

지하주차장에 도착한 소연은 운전 실력에 비해 다소 서툰 주차 실력을 최대한 발휘해 기둥 뒤쪽에 주차를 했다.

차에서 내린 그녀는 비교적 정확하게 주차를 한 차를 바라보며 흡족한 표정을 지었다.

"일찍 출근하네요?"

소연은 등 뒤에서 들려온 목소리에 화들짝 놀라 고개를 돌렸다.

"실장님!"

비슷한 시간에 출근을 한 준혁이 그녀를 내려다보며 웃고 있었다.

"주말, 잘 보냈어요?"

"실장님 덕분에 편안하게 보냈어요. 고맙습니다."

"다행이에요. 가죠."

먼저 걸으라는 듯 준혁이 그녀에게 길을 내주었다.

"주말에 푹 쉬셨어요?"

"산에 갔다가 어제 저녁에 왔어요."

"1박하고 오신 거예요?"

"당일로 다녀오려던 것이 어떻게 그렇게 됐어요."

지잉거리는 휴대폰 진동 소리가 선명하게 들려왔다. 지하주차장이라는 공간의 특성 때문이었다.

머쓱한 듯 그를 올려다보며 소연이 말했다.

"오늘부터는 상냥한 후배 짓은 안 하려고요."

그녀는 우회적으로 전화를 걸어온 사람이 누구인지 준혁에게 말했다.

"잘 생각했어요. 휴가는 소연 씨가 원할 때 언제든 내요. 당장 내일이라도 괜찮아요."

그녀가 준혁을 올려다보며 웃는 얼굴로 말했다.

"실장님은 정말 좋은 분이세요."

"네?"

"상대방에게 힘과 용기를 주는 분인 것 같아요."

"무슨 말이지는 모르겠지만 좋은 뜻인 것 같군요."

"실장님께 조언을 듣기 전까지만 해도 제가 회사를 떠나는 일이 목적처럼 느껴졌었어요. 떠나야만 한다는 생각이 지배적이었거든요. 그런데 실장님하고 대화를 하고 난 뒤엔 생각이 많이 바뀌었어요. 내가 왜 떠나야 하지? 그래야만 하나?"

고요한 주차장에 나직한 준혁의 웃음소리가 울려 퍼졌다.

"주말 내내 생각을 해봤는데, 꼭 지금 떠나야만 하나, 그런 생각마저 들었어요. 우습죠?"

"우습기는요, 박수를 쳐 주고 싶은 마음이네요."

"조금 더 생각할 시간이 필요하긴 하지만, 지금 당장 휴가를 떠나진 않으려고요."

"그래요, 그렇게 해요."

"퇴사를 보류한 이상 현실을 직시하는 법부터 생각해야 할 것 같아요."

"현명한 생각이에요."

직원 몇 명이 서 있는 지하 엘리베이터가 가까워지자 소연은 약간의 아쉬움을 느꼈다.

준혁이 그녀에게 물었다.

"괜찮다면 점심 식사 하면서 하던 얘기를 마저 하는 건 어때요?"

"네?"

놀란 듯 두 눈이 커지는 것 같던 소연이 이내 고개를 끄덕이며 조심스럽게 물었다.

"저녁 식사를 같이하면 안 될까요?"

뜻밖의 시간, 시작을 말하다

잘하는 행동일까?

소연은 스스로에게 여러 번 물었다.

상사로서 인생의 선배로서 준혁은 흠잡을 곳이 없는 사람임에 분명하다.

더 분명한 건 그가 자신에게 호감을 가지고 있던 일을 소연 자신이 기억하고 있다는 사실이었다. 아니, 조언을 이유로 자신과 사적으로 만나는 일이 준혁의 친절한 성품 때문만은 아니라는 걸 알고 있다.

점심 식사를 같이하자는 준혁에게 저녁 식사 운운할 수 있던 건 그가 자신에게 호감을 갖고 있다는 걸 알고 있기 때문이었다.

성진과 희정이 출근하지 않은 월요일, 모처럼 홀가분함을 누릴 수 있던 하루가 스스로에 대한 실망감으로 물들어 버렸다.

'유치해. 멍청해. 비겁해.'

준혁에게 한 말을 떠올리며 그녀는 자신의 유치함을 나무랐다.

퇴근 시간이 가까워질 무렵 그녀는 준혁이 보내온 메시지를 받았다.

〈오늘은 내가 D 백화점 앞에서 기다릴게요.〉

그가 보내온 메시지를 본 순간 소연은 자신이 아주 유치한 짓을 한 것만은 아니라는 생각이 들었다. 준혁의 메시지는 적어도 그녀 혼자서 잔꾀를 부리거나 간교한 짓을 꿈꾼 건 아니라는 사실을 말해주었다.

D 백화점 앞.

많은 사람들로 북적거리는 길 위에서 소연은 한눈에 그를 찾아낼 수 있었다.

진한 그레이 컬러의 코트를 걸친 준혁이 차가 세워진 곳을 향해 걸어오고 있었다. 예의를 갖추듯 소연은 운전석의 문을 열고 밖으로 나왔다.

"소연 씨가 추천해 줄 만한 곳, 있어요?"

"제가 실장님께 여쭤보고 싶은 말이에요."

그럴 줄 알았다는 듯 준혁이 말했다.

"그럼 내가 운전하는 게 낫겠죠?"

소연이 고개를 끄덕였다.

자신을 내려다보며 웃는 준혁의 눈동자에서 그녀는 과거가 아닌 현재의 호감을 느낄 수 있었다.

준혁이 그녀를 데리고 간 곳은 이탈리아 출신 셰프와 그의 한국인 아내가 운영하는 아담한 레스토랑이었다.

그와 두 번째 저녁 식사를 하는 자리. 그녀는 준혁이 조용한 분위기를 선호하는 사람이라는 사실을 알 수 있었다.

그와 처음으로 저녁 식사를 한 한정식집도, 근사한 분위기의 오두막 카페도 하나같이 은은한 여유가 느껴지는 곳이었다.

식사를 하는 내내 소연은 자신이 지난 금요일 밤처럼 편안하지 않다는 사실을 깨달았다. 의도하지 않았지만 준혁의 시선과 표정이 의식되기 시작한 것이다.

조언을 해주는 친절한 상사가 아니라 최준혁이라는 남자를 마주하고 앉아 있는 기분이었다.

여전히 그에게선 자신을 향한 호감이 느껴졌다.

12월의 마지막 날, 준혁이 걸어온 전화 역시 어쩌면 다분히 개인적인 감정이 실린 일이었는지도 모른다고 생각하니 많은 부분이 조심스러워졌다.

식사가 끝난 뒤 알코올프리 칵테일을 마시며 그녀가 말했다.

"조용한 곳을 좋아하시나 봐요."

"북적하고 요란한 곳은 부담스럽죠."

"실장님하고 갔던 곳은 하나같이 조명이 예뻐요. 한정식집도 그렇고 오두막도 그렇고."

"예리한데요? 형광등 불빛에 비해 약간은 어두운, 전체적으로 은은한 불빛을 좋아해요."

"특별한 이유라도 있으세요?"

"가장 큰 이유는 눈이 피곤하지 않아서예요. 내 경우는 눈이 피곤하면 생각이 같이 피곤해지곤 해요."

"저희 아버지하고 비슷하세요."

"그래요?"

"서재에 형광등이 없어요. 대신 스탠드를 여러 곳에 두고 쓰세요."

"정말 비슷한데요."

"실장님도 서재에 스탠드만 있으세요?"

"서재하고 침실에는 형광등을 쓰지 않아요."

"반대로 저희 언니는 환한 곳을 좋아해요. 아주 환한 곳, 말이에요."

"대체로 그런 분들이 어둑한 곳에서 심하게 답답함을 느끼는 사람들일 거예요."

"맞아요! 가슴이 답답하대요."

정말 별것 아닌 이야기를 하는데도 소연은 그 시간이 전혀 어색하게 느껴지지 않았다.

칵테일을 마시는 동안 두 사람 사이에 짧은 침묵이 흘렀다.

소연은 그가 무슨 생각을 하는지 궁금했다. 어떤 말을 하기 위해 천천히 칵테일을 마시며 생각에 잠겨 있는 건지 알고 싶었다.

마침내 준혁이 그녀에게 말을 건넸다.

"혹 내가 힘이 돼줄 만한 일이 있으면 언제든 얘기해요."

"지금도 충분히 힘이 돼주고 계세요."

소연은 순간적으로 긴장했다.

직접적으로든 우회적으로든 준혁이 고백 비슷한 걸 해온다면 자신이 어떤 반응을 하게 될지 전혀 알 수 없었기 때문이다.

"한동안은 쉽지 않을 거예요."

"그렇겠죠?"

"하지만 한동안이에요."

"어떤 순간은 영원처럼 길게 느껴지기도 해요. 물론 겁을 먹거나 그러진 않을 거예요. 충분히…… 정말 충분히 정리됐다고 생각하고 있거든요."

"듣기 거북한 얘기가 될까 봐 조심스럽긴 한데, 사촌 형과 사이가 각별했어요."

소연이 고개를 끄덕였다.

"형이 하루아침에 그렇게 가고 난 뒤 한동안은 아무것도 할 수가 없었어요. 소연 씨가 말한 것처럼 순간이 영원처럼 돼버린 거죠."

"사고였나요?"

"출장을 갔다 돌아오는 길에 일어난 교통사고였어요. 이틀을 더 머물다 왔어야 했는데 새해 첫날을 아들과 함께 보내고 싶다며 서둘러 귀국을 했어요. 아직도 드문드문 그 순간에 갇히곤 할 때가 있어요."

"뭐라 드릴 말씀이 없네요."

"궤변처럼 들리겠지만 조금 전에 소연 씨가 정리됐다는 말을 순간 부러운 마음이 들었어요."

"……!"

소연은 미소 짓고 있는 그를 미안한 표정으로 바라봤다.

"그런 표정으로 바라보지 않아도 돼요. 정리할 수 있는 관계와 정리되지 못하는 관계, 그 둘 중 어느 것이 다행스러운지는 소연 씨도 잘 알 거예요."

그제야 소연의 입가에 희미한 미소가 지어졌다.

"미처 깨닫지 못한 걸 말씀해 주시네요."

"윤희정 씨한테서 계속 전화가 걸려오죠?"

그녀가 머쓱하게 웃으며 고개를 끄덕였다.

"이해할 수 없는 사람들이 참 많은 것 같아요."

"굳이 이해할 이유가 없는 사람들이죠. 휴가는 정말 뒤로 미룰 생각이에요?"

"네."

소연이 단호하게 대답했다.

"괜찮겠어요?"

"나중에 다른 소리를 하게 될 수도 있지만 지금 생각으로는 괜찮을 것 같아요. 아니, 그렇게 하는 게 옳은 것 같아요."

소연은 그와 자신 사이를 오가는 묘한 긴장감을 느낄 수 있었다.

팽팽한 긴장감이 아니라 설렘과 기대 그리고 두려움 따위가 뒤섞인 묘한 감정이었다.

"얼마나 됐어요?"

"알게 된 건 여덟 달쯤 됐어요. 아마 두 사람 사이의 일은 그보다 더 오래됐을 거예요."

"소연 씨가 정리한 시간을 물었어요."

"아! 우습게 들리겠지만 그렇게 오래 걸리지 않았어요. 얘기해 놓고 나니 조금 그러네요."

소연이 머쓱한 얼굴로 그를 바라봤다.

"오후 내내 경우의 수에 대해 생각했어요."

"경우의 수요?"

소연은 본능적으로 칵테일로 입술을 적셨다. 예감하고 있던 일이 현실로 다가온 것이다.

"조언을 핑계 삼아 계속해서 소연 씨 옆에 그럴듯한 조언자로 남을 것인가, 친구처럼 지내자는 말을 내세워 둘 사이에 사적인 관계를 시작할 것인가, 아니면 솔직하게 소연 씨에 대한 내 감정을 얘기할 것인지……. 우리 두 사람 사이에 경우의 수가 상당하더군요."

긴장이 심해지는 바람이 목이 따끔거리는데 안타깝게도 칵테일 잔이 바닥을 드러냈다. 준혁이 직원을 부르려는 듯 주위를 둘러보며 말했다.

"칵테일을 주문하는 게 좋겠어요."

마른침을 삼킨 소연이 테이블보를 쳐다보며 그에게 물었다.

"1번, 2번, 3번, 보기 중에서 고르면 되는 건가요?"

'미쳤어! 어쩌자고 그런 말을 한 거지?'

소연은 두 손으로 머리를 감싸 쥔 채 넋이 나간 표정을 지었다.

무슨 정신으로 화장실 운운하며 자리를 빠져나왔는지 머릿속이 멍했다. 반색을 한 채 자신을 바라보던 준혁의 얼굴이 눈에 선했다.

'소연 씨 말처럼 보기에서 고르는 게 좋겠군요. 정리해 줄게요. 1번 조언자, 2번 친구, 3번 특별하고 사적인 관계.'

"미쳤어……."

변기 위에 걸터앉은 채 소연은 두 손으로 얼굴을 감싸 쥐었다.

당장 자리로 돌아가 준혁에게 무슨 대답을 해야 할지 막막했다.

대체 무슨 의도로 그에게 그런 말을 한 것인지…….

알코올프리 칵테일을 마셨으니 취해서 그랬다는 말은 할 수조차 없었다.

준혁이 자신에게 호감을 가지고 있는 것인지, 자신이 그에게 호감을 갖고 있는 것인지 그조차 헷갈리기 시작했다.

　고심을 하며 화장실을 지키던 소연은 어느 순간 휴대폰을 꺼내 준혁에게 메시지를 보냈다.

〈조언이 필요해요.〉

메시지 역시도 한심하기만 했다.
"후우!"
곧바로 그의 메시지가 휴대폰으로 전송돼 왔다.

〈고민하지 말고 3번으로 해요.〉

"후우!"
기진한 심정으로 변기 위에서 일어나려는데 준혁이 보내온 메시지가 그녀를 허탈하게 웃게 만들었다.

〈내가 대신 답을 내려줄 테니 그만 돌아와요.〉

　소연은 커다란 거울 앞에 섰다.
　알코올이라곤 한 방울도 마시지 않았는데 눈동자며 목덜미가 붉은 빛으로 물들어 있었다.
　그녀는 가방을 열고 안에 넣어둔 화장품 파우치를 꺼냈다. 소연은 조심스럽게 파우더 퍼프를 얼굴에 두드렸다. 그렇게 해서라도 얼굴에 든 붉은 물을 지우고 싶었다.

"경솔한 말을 했다고 솔직하게 얘기하는 거야. 조금은 부끄러워도 그게 서로를 위해 옳은 일이야."

그때였다. 혼잣말을 웅얼거리는 그녀의 귀에 휴대폰 진동 소리가 들려왔다.

준혁이 걸어온 전화라고 생각한 소연은 황급히 휴대폰을 집어 들었다.

"후우!"

희정의 전화번호를 확인하는 순간 그녀는 머리카락이 곤두서는 기분을 느꼈다.

"정말 해도 해도 너무하네. 도대체 나한테 왜 이러는 거지?"

휴대폰을 가방 안에 넣은 소연은 성큼성큼 큰 걸음으로 화장실을 빠져나왔다.

화장실에서 준혁이 앉아 있는 자리로 향하는 길, 그녀는 냉정하게 현실을 파악했다.

'나쁜 짓을 하려는 게 아니잖아, 정성진 대신 다른 남자가 필요해서 우매한 짓을 벌이는 것도 아니고.'

'그래, 실연을 당했다고 해서 바로 연애를 하지 말라는 법 같은 건 없어. 물론 오해를 받을 순 있겠지. 하지만 오해는 오해일 뿐이야. 힘든 순간 위로가 되어주는 남자에게 마음이 끌리는 건 당연한 일이야.'

다시 몇 걸음을 걷기 무섭게 확신을 재촉하는 생각이 밀려들었다.

'뱀처럼 간교한 윤희정, 여전히 날 만만한 여자친구쯤으로 생각하는 정성진을 위해서라도 나한테는 새로운 전환이 필요해.'

마침내 테이블에 도착한 그녀는 태연한 척 의자에 앉았다.

준혁이 주문을 했는지 푸른빛을 띠는 칵테일이 그녀의 앞에 놓여 있었다.

소연은 달콤한 맛이 느껴지는 칵테일을 마셨다.

가방 안에서 휴대폰의 진동이 느껴지는 순간 소연이 그에게 물었다.

"대답, 해주시겠어요?"

"나는 이미 얘기해 줬어요."

"후우!"

들릴 듯 말 듯 나직하게 한숨을 쉰 소연은 체념한 표정으로 칵테일을 마시기 시작했다.

웃음을 참고 있는 티가 역력한 준혁이 그녀에게 건배를 하자는 듯 칵테일 잔을 내밀었다.

매우 드물기는 하지만 가끔은 꿈같은 일이 일어나곤 한다.

소연에게 다가설 방법을 다양하게 생각하던 준혁에겐 오늘이 그런 날이었다.

레스토랑을 나온 준혁은 그녀와 함께 근처의 맥주 바를 찾았다. 더는 다른 사람들의 얘기가 아닌 자신들 둘의 이야기를 할 시간이 온 것이다.

소연은 더 이상 당황해하거나 머쓱해하지 않았다.

"기분이 묘하죠?"

그가 물었다.

"주사위가 던져졌다는 말이 어떤 건지 실감이 되네요."

"서두르거나 재촉하거나 하는 일은 없을 거예요. 편안하게 생각해요."

"실장님께 조금은 미안한 마음이 들어요."

"내가 소연 씨한테 좋은 감정을 갖고 있다는 거, 알고 있었죠?"

준혁은 오래전부터 자신이 그녀에게 가지고 있던 좋은 감정을 감추지 않았다.

소연이 천천히 고개를 끄덕였다.

"안 좋은 얘기, 듣자마자 소연 씨한테 문자한 거였어요."

"그날, 처음 들으셨나 봐요?"

"제일 먼저 든 생각이 소연 씨한테 연락을 해야겠다는 생각이었어요."

"제게 좋은 시간을 주셔서 감사해요."

"내가 하고 싶은 말이에요."

잘하는 짓일까?

소연은 스스로에게 물었다.

잘하는 짓인지 그렇지 않은지 말할 수 있는 건 아무 것도 없다는 것쯤은 그녀도 알고 있었다. 얼마쯤 시간이 지난 뒤에야 오늘의 일이 잘한 건인지 못한 것인지 알 수 있을 것이다.

"특별한 일이 없는 이상 저녁 식사는 같이하는 걸로 해요."

"그렇게 할게요."

"주말엔 되도록 함께 시간을 보내는 게 좋겠죠?"

소연이 그를 바라보며 고개를 끄덕였다.

"괜찮으신 거죠?"

"무슨 질문이 그래요?"

"아무리 아니라고 생각하려고 해도 미안한 마음이 드는 건 어쩔 수가 없네요."

"그런 마음은 곧 없어질 거예요."

준혁은 지나칠 정도로 활기가 넘치는 사람이 아니다. 하지만 그의 말에서 느껴지는 확신은 강한 설득력을 지니고 있었다.

퇴사에 대한 조언을 들을 때도 그랬고 지금도 그랬다. 소연은 그가 하는 말에 전적으로 고개를 끄덕이고 싶어졌다.

그녀가 솔직하게 말했다.

"머리로 아는 것하고 판단을 하는 건 서로 별개인 것 같아요."

그래서는 안 될 것 같다는 생각을 하면서도 준혁이 하는 말에 전혀 다른 대답을 했다.

객관적으로나 주관적으로 준혁이 아주 괜찮은 남자인 건 분명하지만, 소연 자신의 선택이 이기적이라는 건 부인할 수 없는 일이었다.

"같은 상황에서 모든 사람이 같은 판단을 하진 않아요. 2년쯤 됐죠? 체육대회 말이에요."

"벌써 그렇게 됐네요."

"그때나 오늘이나 내 마음이 같아서 다행이라고 생각해요."

소연은 고개를 숙인 채 수줍게 미소를 지었다.

손가락 끝으로 테이블 가장자리를 만지며 그녀가 장난스럽게 물었다.

"대신 빌어드린 새해 소원은 어떻게 하죠?"

"그러게요, 어떻게 하면 좋을까요?"

두 사람은 서로를 바라보며 미소를 지었다.

생각으로 알 수 있는 건 많지 않다. 하지만 내일이 되면 준혁과 자신의 달라진 관계가 조금은 실감이 날 것이다. 소연은 짐짓 내일 아침이 기다려지기 시작했다.

"술, 좋아해요?"

그가 물었다.

"많이 마시지는 않지만 술을 마시는 분위기는 좋아하는 편이에요."

"맥주?"

"한 병을 마시고 나면 행복하고 두 병쯤 마시면 급격하게 피곤해져요."

"되도록 한 병에서 끝내는 걸로 해야겠어요."

"실장님은 술, 좋아하세요?"

"가볍게 한두 잔 정도 마시는 걸 선호해요. 1년에 어쩔 수 없이 너덧 번 정도 폭음을 하는 일이 있기는 한데, 그런 분위기는 그다지 좋아하지 않아요."

"제가 저희 회사를 좋아하는 이유 중에 회식 분위기도 있어요."

"그래요?"

"회식은 물론이고 윗선에 계신 분들하고 사석에서 저녁 식사를 하게 되도 술을 강요하는 분이 없거든요."

"술을 강요하는 건 정말 아니라고 봐요."

크지 않은 병에 담긴 맥주가 줄어드는 걸 보며 준혁은 2년 전의 일을 머릿속에 떠올렸다.

준혁이 유학 중이던 무렵의 연애를 마지막으로 제법 오랜 동안 싱글로 지낸 이유는 한 가지였다. 마음을 움직이는 여자를 만나지 못해서였다.

체육대회에서 처음 본 소연은 그런 그의 마음을 한순간에 움직이게 만든 매우 특별한 여자였다. 아주 짧은 순간이지만 그녀에 대한, 특히 그녀의 미소에 대한 인상은 준혁의 가슴을 강한 설렘으로 물들였었다.

'바로, 이런 여자야!'

소연에 대한 그의 느낌은 간단했다. 복잡하게 설명할 것조차 없었다.

사내 연애 중인 남자친구가 있다는 얘기를 듣고 진한 아쉬움을 느끼긴 했지만 그 순간부터 준혁에게 분명해진 생각이 있었다.

그 자신이 찾는 여자가 어떤 여자인지 분명해진 것이다.

미소가 잘 어울리는 여자…….

미소만큼이나 서글서글한 성격을 가진 여자…….

도도하고 화려한 꽃보다는 수더분하면서도 청초한 풀을 닮은 여자…….

삼십대 중반을 바라보는 남자에게 그녀가 '이상형의 기준'이 된 것이다.

그랬던 그녀가 싱글이 됐다는 사실은 준혁에게 놓치고 싶지 않은 기회가 될 수밖에 없었다.

"내일은 정식으로 첫 데이트를 해요, 우리."

머쓱함과 수줍음을 동시에 느낀 소연이 아랫입술을 살짝 깨문 채 고개를 끄덕였다. 그런 소연을 바라보는 준혁의 얼굴이 흡족한 표정으로 웃고 있었다.

책장을 넘기며 성진은 일정한 간격으로 인상을 찡그렸다.

형식적으로 들고 있는 책의 내용은 전혀 눈에 들어오지 않았다. 그의 신경은 한 시간이 넘도록 돌아오지 않는 희정으로 인해 몹시 날카로워지고 있었다.

얇은 천 소리를 내며 희정이 룸 안으로 들어서는 순간 그는 들고 있던 책을 침대 옆 테이블에 내려놓았다.

"오래 기다렸지?"

성진이 화를 낼 걸 알았다는 듯 빠르게 침대로 다가온 희정이 두 손으로 그의 어깨를 끌어안았다.

그는 무표정한 얼굴로 잠자리 날개만큼이나 얇디얇은 비치 드레스를 입은 희정을 쳐다봤다.

교태를 부리는 것 같은 눈웃음에도 불구하고 성진의 얼굴은 무표정하기만 했다.

"아이, 자기, 왜 이래? 늦게 와서 화난 거야?"

성진은 화를 풀어주려는 듯 키스를 하는 그녀에게 딱딱하게 굳은 목소리로 물었다.

"뭐가 그렇게 불안해?"

"내가 왜 불안해?"

"여기까지 와서도 그렇게 불안해?"

눈웃음이 사라진 희정의 눈동자가 그를 뚫어지게 쳐다보고 있었다.

"그런 적 없어."

성진의 말이 불쾌한 듯 그녀가 딱 잘라 말했다.

"벌써 몇 번째야? 아무런 말도 없이 없어진 게."

"알았어, 이제 안 그러면 되잖아."

희정은 휴대폰이 들어 있는 미니 사이즈의 크로스백을 침대 한쪽에 내려놨다.

'잠깐만'이라는 말을 하고 룸을 나서고 난 뒤 한 시간 이상이 지났으니 성진이 화를 내는 건 당연한 일이다. 하지만 희정은 그가 자신에게 화를 내는 모습을 두고 볼 마음이 없었다. 화를 내는 원인이 비록 자신에게 있다 해도.

"솔직하게 얘기해 봐."

"뭘 솔직하게 얘기해?"

"당신, 여기 와서 소연이한테 전화한 적 있어, 없어?"

희정은 당황하는 기색 없이 오히려 불쾌하다는 눈빛으로 그를 쳐다봤다.

"왜 대답을 안 해?"

"나야말로 당신한테 되묻고 싶네. 내가 왜 그런 질문에 대답을 해야 하지?"

"후우!"

한숨을 내쉰 성진이 신경질적으로 자신의 머리를 헝클었다.

"성진 씨, 내 앞에서 소연이 이름 꺼내지 않겠다고 약속하지 않았어?"

"사람한테는 기본적인 예의라는 게 있고 상식이라는 게 있어."

"내가 예의도 모르고 상식도 모르는 여자라는 거야?"

성진은 미안한 기색은커녕 지나칠 정도로 당당한 희정에게 심한 반감을 느꼈다.

몇 번을 생각해도 잘못은 성진 자신에게 있었다.

희정이 얼마나 매력적인 여자인지는 중요한 게 아니었다. 그렇듯 매력적인 여자의 유혹을 거부하지 못하고 받아들인 건 다름 아닌 성진 자신이었다.

다른 건 상관없었다. 그가 용납하기 힘든 건 희정이 드문드문 소연을 의식하는 말과 행동을 하는 것이었다.

"날 사랑하기는 해?"

빈정거리는 희정의 말에도 그는 흔들리지 않았다.

"사랑하지 않는 여자하고 함께 여행을 올 정도로 넋이 나가진 않았어."

희정이 그에게 눈을 흘겼다.

불쾌했던 감정이 누그러진, 다정하지 못한 성진을 서운해 하는 눈빛이었다.

성진이 달래듯 그녀의 어깨를 한쪽 손으로 감싸 안으며 말했다.

"불안해하지 마."

"불안해한 적 없어."

"당신 그 불안 속에 소연일 끌어들이지 마."

"그 이름……."

"그 이름이 나오게 만든 사람은 바로 당신이야. 공항에서도 소연이하고 통화하는 중이었지?"

"……."

"왜 대답이 없어?"

"아니라고 잡아떼고 싶은데 자존심이 상해서 못 하겠어. 날 자존심 상하게 만드는 성진 씨 때문에라도 솔직하게 얘기하고 싶은 충동을 느껴. 내가 하는 말이 무슨 뜻인지 알기는 해?"

희정은 이 세상에 자기 자신보다 더 소중한 것이 없는 여자였다.

광기를 연상시킬 정도로 지독한 자기애가 매력으로 작용할 수 있는 건 그녀가 갖추고 있는 완벽에 가까운 조건들 때문이었다.

희정은 온통 관능적인 여성미에 물든 붉은 꽃을 닮은 여자였다.

뛰어나게 아름다운 얼굴과 몸매를 가진 여자인 데다 뿜어져 나오는 본능적인 관능미가 불꽃을 연상시키곤 했다. 더욱이 이제 서른다섯 살이 되는 나이가 무색하게 그녀는 PB 지원팀 전체를 총괄하는 팀장이었다. 강남 중심부에 50평 가까운 넓이의 오피스텔을 소유할 정도의 재력 또한 있었다.

속물 소리를 들을 만도 하지만 그녀는 성진이 생각하는 배우자 상에 아주 가까웠다. 희정을 만나고 난 뒤에 깨달은 사실이었다.

청초하고 소탈한 소연을 사랑하던 이십대 무렵의 가치관과 결혼 적령기에 접어든 삼십대의 가치관은 결코 같지 않았다.

"자기애에도 한계라는 게 있어. 당신, 지금 상당히 위험한 소리를 하고 있어."

"웃기는 소리 하지 마. 얼마든 속아줄 수 있는 일이야. 성진 씨가 그렇게 하지 못하는 이유는 단 한 가지야."

"스스로 올무를 놓고 내 핑계를 대는 일 같은 건 없었으면 해."

성진은 화가 난 눈으로 그녀를 바라봤다.

알고 있다.

조금만 눈을 기울이고 보면 누구라도 늪 같은 매력에 빠져들고 말 희정이 자신의 여자가 될 수밖에 없었던 이유를.

결코 호락호락하지 않은 그녀는 아이러니하게도 호락호락한 남자를 경멸했다.

'내 손 안에서 놀아주는 시시한 남자를 뭐하러 만나?'

정말 화가 난 남자와 그런 남자를 설득하기 위해 화를 내는 여자의 시선이 팽팽하게 부딪쳤다.

"두 번 다시 소연이 걸고 넘어지지 마."

"두 번 다시 내 앞에서……."

"당신이 전화를 하지 않았으면 굳이 나오지 않았을 이름이야. 어리석은 고집 그만 부려."

"그만두지 못해!"

그는 극단적인 행동을 하기로 마음먹은 것처럼 내려놓은 크로스백을 집어 드는 희정의 팔목을 잡았다.

분노로 일렁거리는 그녀의 눈빛이 성진을 향했다.

"이 손목 놔줬으면 해."

"내 앞에서 소연이한테 전화를 거는 순간, 내가 이 방을 나갈 거라는 것만 기억해 둬."

"후후…… 지금 협박하는 거야?"

"그렇게 이 방을 나가고 나면 평생 당신을 다시 보는 일 같은 건 없을 거야."

"백소연이 그렇게 대단……."

"포커스를 그렇게 모르겠어! 지금 우리 얘길 하고 있는데 왜 자꾸 소연일 거들먹거리는 거야! 당신, 고작 이것밖에 안 되는 여자야?"

그는 자신을 노려보던 희정의 속눈썹이 떨리는 걸 보았다.

그녀의 지독한 자기애를 꺾은 것이다.

한 걸음 뒤로 물러서는 방법으로는, 이성적이고 논리적인 설득으로는 결코 희정을 이길 수 없었다.

새침해진 희정이 검지로 코끝을 만지작거리며 그에게 말했다.

"서울에 돌아가면 표면적인 관계, 정리해."

"같은 회사에 있는 사람이야. 당신 말대로 표면적인 관계만 남았어. 그 관계를 정리하는 게 도덕적으로 지탄 받을 만한 일이라는 건 당신 역시 알고 있잖아."

"내 확신이 흔들리고 있어."

"뭐라고?"

"당신이 하는 말에 수긍했어. 아니, 수긍했다기보다 나 역시 그렇게 생각했으니까. 당신과 백소연의 표면적인 관계가 천천히 정리되는 것도 나쁘지 않을 거라고 생각했어. 더 솔직하게 말하면 표면적인 관계를 남겨두는 게 당신과 나한테 훨씬 더 유리하니까."

"......."

"어두운 등잔 밑처럼 근사한 알리바이가 어디 있어? 백소연이 기꺼이 그 등잔 노릇을 해주는데 내가 아쉬울 게 뭐가 있겠어? 난 이미 정성진이라는 남자를 완전하게 가졌는데 말이야."

"뭐가 문제야?"

"내가 하는 말, 끝까지 들어. 해돋이 여행을 제안한 사람도 나야. 백소연이 바보도 아니고 당신이 저한테 충분히 멀어진 걸 눈치채지 못했을 리 없잖아."

귀찮은 표정을 한 성진이 두 손으로 목을 괸 채 침대머리에 등을 기댔다.

"그날도 당신은 열심히 전화를 걸어댔지."

"맞아, 그랬어. 당신이 몸만 가는 게 아니라 마음까지 가는 걸 봤거든."

"대체 무슨 소릴 지껄이는 거야!"

"내 눈을 똑바로 쳐다보고 얘기해 봐. 그날, 당신 백소연에 대한 미안한 마음, 복잡한 마음, 안 가지고 갔어?"

"지독하다, 정말, 당신이란 여자."

"짧고 명료한 말로 대답해 봐. 그랬는지 아닌지."

성진이 별안간 손가락으로 그녀의 턱을 치켜들었다.

"지독한 자기애로 당신 목을 조르는 건 상관 않겠어. 하지만 내 목까지 조르려 굴지 마. 아무리 당신이라고 해도 용납하지 않아."

노려보는 것 같던 희정의 눈동자에 서서히 웃음기가 감돌았다. 마치 이 상황이 마음에 든다는 듯.

한풀 가라앉은 목소리로 그녀가 말했다.

"정리하겠다고 말해줘."

"후우!"

"그깟 도덕적인 지탄이 그렇게 두려워?"

"단순하게 그것만 얘기하는 게 아니잖아. 난 서도를 떠날 의향이 없다고 분명하게 말했어. 지금껏 쌓아온 커리어를 지키길 원해. 그 점에 대해서는 당신에게 충분히 얘기했어."

희정과의 관계가 밝혀지는 순간, 어떤 일이 일어날지는 자명했다.

99.9% 소연은 회사에 사표를 낼 것이다. 나머지 0.1%는 성진 자신과 희정이 사표를 내게 될 것이다.

둘 중 어느 것 하나도 갑작스럽게 일어나서는 안 되는 일이었다. 적어도 성진이 생각하기엔 그랬다. 물론 어떤 상황이 되더라도 뭇사람들의 쏟아지는 비탄을 피할 수는 없었다.

"내가 모르는 백소연에 대해 아는 척하려는 거면 입 다무는 게 좋을 거야."

그는 엄지로 희정의 뺨을 어루만졌다.

"당신답지 않아."

"당신이 보기에 내가 불안해 보였다면 그 이유는 절대적으로 당신 탓이야."

"등을 돌렸다고 해서 미안한 마음마저 없는 건 아니야. 칼로 도려내듯 관계를 끝냈다고 해서 상대방에 대한 걱정마저 하지 말아야 하는 건 아니라고."

"당신 생각이 어떤지 모르지만 내가 원하지 않아."

그 이상 뭘 바라느냐는 듯 희정이 그를 똑바로 쳐다보며 말했다.

성진은 결코 그녀에게 만만한 남자가 아니었다.

"사표 쓸 준비, 하고 있어."

그깟 말에 겁먹을 줄 알았느냐는 듯 희정이 콧방귀를 뀌었다.

"성진 씨, 난 말이지, 당신이 평생 하고 싶은 일을 하면서 살 수 있게 해줄 수 있어."

"윤희정 씨!"

"성급하게 왜 이래? 당신더러 그렇게 살라고 말하는 게 아니라 고작 사표라는 말 따위로 날 시험하지 말라는 말을 하고 있는 거야. 당신하고 날 위해서라면 그깟 사표 따위 지금 당장이라도 쓸 수 있으니까."

더운 숨을 내쉰 성진은 순식간에 그녀의 입술을 삼켰다.

불꽃처럼 무서운 열정을 가진 희정의 속엔 뱀보다 차가운 피가 흐르고 있는 것처럼 느껴질 때가 있었다.

하지만 그런 사실을 인식하면서도 희정에게 불같은 사랑을 느끼는 것이 사실이었다. 그녀에겐 정복욕을 자극하는 묘한 흥분이 내재돼 있었다.

희정에게 빠져들고 나서야 그는 자신이 지독한 정복욕에 목이 마른 사내라는 사실을 처음으로 깨달았다.

성진은 까무잡잡한 어깨 아래로 흘러내린 비치 드레스의 끈을 사납게 잡아당겼다 놓았다. 순식간에 탄성을 잃은 끈과 얇디얇은 드레스가 동시에 희정의 가슴 아래로 흘러내렸다.

사나울 정도로 거칠게 입을 맞추며 성진은 탄탄한 가슴을 한 손으로 움켜쥐었다.

어깨를 움츠린 희정이 그에게 바짝 몸을 밀착해왔다.

그녀는 잠자리 날개만큼이나 얇팍한 비치 드레스를 발목 아래로 끌어내렸다.

성진은 실오라기 하나 걸치지 않은 몸으로 자신의 허벅지 위로 올라앉은 그녀를 넋을 잃은 눈으로 바라봤다.

기가 막힌 듯 그가 물었다.

"당신, 이러고 돌아다닌 거야?"

"딱 5분만 통화를 하고 나서 당신을 가지려고 했거든."

"누가 누굴 가져?"

"내가 당신을."

두 손으로 성진의 뺨을 감싼 희정은 그의 입술에 탄탄한 젖가슴을 가져다댔다.

그는 희정의 자기애만큼이나 도도하게 고개를 치켜든 유두를 입으로 물었다.

"아아!"

짧은 탄성과 함께 희정이 그의 얼굴을 자신에게도 잡아당겼다.

한 손으로 희정의 등을 감싸 안은 성진은 회전하듯 그녀와 함께 침대에 누웠다. 그를 올려다보고 누운 자세가 된 희정이 두 눈을 꼭 감은 채 깊은 숨을 내쉬었다.

"후우…… 후우…… 아아―."

자극적인 반응을 느낀 듯 희정이 콧잔등을 찡그린 채 신음하는 순간 그는 봉긋하게 솟은 젖가슴을 힘껏 움켜쥐었다.

"아앗!"

움찔하며 어깨를 들썩거리는 그녀를 내려다보며 성진이 사악한 표정으로 미소를 지었다.

"당신이 아무리 잘난 척해 봐야 내 손안에 있어. 당신을 안타깝게 하는 것도 나이고 숨이 넘어가게 하는 것도 나야."

"아아!"

그녀의 몸 어느 곳이 절대적인 반응을 하는지 성진은 잘 알고 있었다.

"또 멋대로 지껄여 봐."

"키스해 줘, 성진 씨."

"불안하다고 말해봐."

허벅지를 가르고 들어온 그의 손이 사나울 정도로 아프게 음모를 잡아당기자 희정이 세차게 고개를 흔들었다.

"아파!"

"아픔을 지나야 쾌락이 있지. 안 그래?"

부드러운 모든 손길을 생략한 채 성진은 다짜고짜 희정의 가장 예민한 곳을 찾아내 검지로 문지르기 시작했다.

"아악! 하웃!"

찢어질 듯한 신음과 함께 흰자위를 드러낸 희정이 몸부림을 치며 격하게 반응하기 시작했다.

"불안해?"

"성진 씨! 아아!"

"이런데도 그렇게 불안해?"

"부드럽게 해줘…… 아윽, 아윽!"

"이 짓거리를 하려고 여기까지 와서 고작 한다는 게 딴생각이야?"

"아윽! 제발, 아파…… 아프단 말이야!"

"아픈 게 아니라 감당이 안 되는 거야. 당신 같은 여자한테 어울리는 사랑이 어떤 건지 보여줄 테니까, 스스로 감당해 봐. 불안이 어떤 건지 깨끗하게 잊게 해줄 테니까."

성진은 비명에 가까운 신음을 지르는 희정의 두 다리를 넓게 벌리고, 흥분으로 고개를 든 그녀의 은밀한 살점을 이로 자근거리기 시작했다.

두려움에 가까운 스릴과 공포의 빛을 띤 쾌락 속에서 희정은 절규하듯 신음을 쏟아냈다.

첫 데이트.

마냥 설렐 수만은 없는 일을 앞두고 소연은 출근 준비를 하는데 평소보다 오랜 시간을 허비했다.

무슨 일이냐는 듯 의심에 찬 눈초리로 훑어보던 아버지가 회사까지 태워다주지 않았다면 영락없이 지각을 할 뻔했다.

할 얘기가 있을 법도 한데 회사에 도착할 때까지 아무 말이 없는 아버지에게 소연은 고마운 마음을 느꼈다. 하지만 그건 소연의 착각이었다.

"만나는 사람, 생겼냐?"

하필 회사 빌딩이 보이는 곳에서 아버지가 말문을 연 것이다.

"어?"

"만나는 사람 생겼느냐고 묻잖아."

"그게…… 말이지."

"생겼네."

"그런 게 아니라 단순하게 대답할 만한 질문이 아니라서 그래. 나중에 얘기할게, 아버지."

딸이 근무하는 회사 건물 앞에 차를 세운 백일석은 그래줄까 말까 하는 표정으로 고개를 갸웃거렸다.

"아버지, 나 많이 늦었어. 들어가 봐야 해."

"뽀뽀 한 번."

"뭐?"

소연의 눈이 휘둥그레졌다.

그녀는 자신도 모르게 차창 밖으로 지나가는 사람들을 쳐다봤다.

"딸이 아버지한테 뽀뽀하는 게 범죄야? 창밖은 왜 봐?"

"아버지, 이건 정말 아니지."

"5분 안에 새로 생긴 남자에 대해 설명을 하든지, 아버지한테 모처럼 뽀뽀를 한 번 하든지 선택해."

"저녁 때 집에 가서 뽀뽀해 줄게."

"저녁 땐 나는 네 엄마 차지야."

"아버지!"

"우리 딸 백소연, 촌스럽기가 이루 말할 수가 없구먼. 영화도 안 봐? 서양 애들은 말이지……."

"아버지, 나 서른한 살 돼. 그리고 여긴 내가 근무하는 회사 앞이라고. 저기 지나는 사람, 저기 지나는 여자, 다 아는 사람이야."

백일석은 못 들은 척 자신이 하던 말을 계속했다.

"서양에선 말이지, 오십 넘은 딸이 칠십 넘은 아버지한테도 자연스럽게 뽀뽀를 하지. 그게 이상해? 이상할 리가 없지, 안 그래?"

"하!"

고집불통 아버지의 이상한 고집에 말려든 일을 애석해하며 소연은 순식간에 아버지의 뺨에 뽀뽀를 했다. 그리고 못마땅한 목소리로 말했다.

원앤온리 One and Only

"아버지 질문은 없던 일로 하는 거야."

딸의 뽀뽀에 기분이 하늘에 닿은 백일석이 그게 무슨 대수냐는 듯 말했다.

"나중에 네 엄마한테 들으면 되지."

"아버지!"

"늦었어, 녀석아. 얼른 뛰어가. 저기 저 오렌지색 코트 입은 여자, 누구냐?"

"못 살아, 내가 이럴 거라고 했잖아!"

아버지가 가리키는 오렌지색 코트를 입은 여자를 쳐다본 소연이 호들갑스럽게 말했다.

"아는 사람?"

"옆자리 동료!"

소연은 신경질적으로 조수석의 문을 열고 차에서 내렸다. 뒤따라 내린 백일석은 오렌지 코트뿐 아니라 놀란 눈으로 자신의 차를 힐끔거리던 두어 명의 직원에게 큰소리로 웃으며 말했다.

"허허, 이렇게 인사를 하게 되네요! 나, 백희정이 아빠 되는 사람이에요."

그의 말이 끝나기 무섭게 오렌지색 코트를 입은 선애가 웃음을 터뜨렸다. 그녀의 뒤에 서 있던 직원들 역시 마찬가지였다.

"안녕하세요, 아버님!"

선애의 낭랑한 목소리를 들으며 소연은 그제야 기가 막힌다는 듯 나직하게 웃음을 터뜨렸다.

"간다, 소연아!"

"집에서 봐, 아버지!"

그녀는 자신을 기다리고 서 있는 선애에게 다가갔다.

"못 살아, 정말."

"아버지, 센스 대단하신데?"

"고집도 대단하셔. 뽀뽀 안 해주면 안 갈 것처럼 구시는 바람에……."

"다시 봤어, 백소연 씨. 엄청 사랑 받고 자란 딸인가 봐?"

"사랑과 관심과 구박, 대개 모두가 받고 자라는 거 아니야?"

"모두는 아닐걸. 그런데 오늘 뭔가 느낌이 다르네. 남자친구하고 데이트 있어?"

"어?"

소연은 아버지로 인해 잠시 잊고 있던 현실감각을 되찾았다.

짧은 순간이지만 그녀는 시간이 멈춰 선 것처럼 힘겨운 갈등을 했다.

선애가 아닌 로퍼 앞코를 쳐다보며 소연이 말했다.

"남자친구하고 헤어졌어."

"무슨 소릴 하는 거야? 얼마 전에 해돋이도 보러 가놓고. 장난하는 거지?"

"헤어진 지는 좀 됐는데 사내 커플이다 보니 정리하는 방법이 조금 달랐을 뿐이야."

"진짜인 것처럼 말하네? 얼마나 됐는데?"

"선애 씨가 생각하는 것보다는 오래됐어."

소연은 안도의 한숨을 쉬었다.

시간이 멈춰 선 것 같은 갈등을 한 것치고는 속이 후련했다. 괜히 갈등을 했다는 생각이 들 정도였다.

당황했는지 한동안 말을 못하던 선애가 조심스럽게 물었다.

"괜찮은 거지?"

"그럼, 괜찮고말고."

"사내 연애가 뒤끝이 안 좋다고 하더니 예외가 없네. 나만 알고 있을까?"

"다른 사람들한테도 얘기를 하는 게 나을 것 같긴 한데 선뜻 말문이 안 열려."

"곤란해도 얘기하는 게 나을 거야."

"그렇겠지?"

"처음엔 조금 그럴지 몰라도 결과적으로 소연 씨한테는 그 편이 훨씬 나을 거야. 내가 도와줄까?"

"응?"

검정색에 가까운 회색 뿔테 안경을 쓴 선애가 그녀를 쳐다보며 말했다.

"우리 둘째 언니도 사내 연애를 하다가 깨진 적이 있는데 후폭풍이 엄청났었어. 혼자서 모든 걸 수습하려고 하다가 결국엔 사표를 냈지. 말만 해, 내가 도와줄 테니까."

"저녁 사줄게."

"한 번?"

"열 번짜리 쿠폰 끊어주면 되지?"

"오케이! 오늘 바로 작업 들어갑니다."

신이 난 듯 선애가 콧노래를 부르기 시작했다.

'그래, 차라리 잘된 일이야. 그렇게 생각하자.'

소연은 어제까지와는 사뭇 다른 일상이 펼쳐질 회전문 안으로 첫발을 내딛었다.

도움을 주기로 마음먹은 사람은 선애뿐만이 아니었다.

기획 전략실 안으로 들어선 소연은 자신을 바라보는 직원들의 특별한 시선을 눈치챘다.

'왜들 이러지?'

그녀가 고개를 갸웃거리기도 전에 몇몇 직원이 놀리는 말투로 말했다.

"너무 티내지 맙시다. 꿀물 떨어지는 사이도 아니고 몇 년씩이나 사귄 커플이 그럼 못씁니다."

"사내 커플들에겐 금기 조항이 따라 붙어야 한다니까. 사내 스킨십 금지, 선물 배달 금지 등등 말이야."

"부럽기는 하네!"

동료들의 말을 다 듣기도 전에 소연은 커다란 꽃바구니가 놓인 자신의 책상 앞에 도착했다.

소연의 눈이 당황스러움으로 휘둥그레졌다.

희정과 함께 보라카이에서 둘만의 시간을 즐기고 있을 성진이 꽃바구니를 보냈을 리는 없다. 소연은 자신도 모르게 준혁의 방을 쳐다보게 될까 봐 애써 시선을 꽃바구니에 두었다.

등 뒤에서 시원한 지원군의 목소리가 들려오고 있었다.

"우리 기전실이 따뜻한 부서라는 소문만 들었지 어둡고 캄캄한 부서라는 건 미처 몰랐네요."

"무슨 소리야, 선애 씨?"

"저기 저분, 한때 사내 커플이었던 분 말이에요. 남자친구하고 헤어진 지가 오래됐다고요."

"머라꼬!"

"뭣이 어째라?"

정말 놀란 듯 남자 직원 둘이 사투리 흉내를 내며 벌떡 일어났다.

"정말이에요?"

"와, 우리가 실언을 해도 너무 심한 실언을 했네요!"

사내에 몇 안 되는 커플 중에 하나였던지라, 소연과 성진에 대해서는 거의 모든 직원들이 알고 있었다.

소연은 눈을 질끈 감고 싶을 정도로 얼굴이 화끈거렸지만 진심으로 선애에게 고마워하고 있었다. 어떻게 지나야 할지 고심하고 있던 문을 선애로 인해 지날 수 있게 된 것이다.

입사 동기인 철연의 목소리가 들려왔다.

"소연 씨 미안해요, 모르고 한 소리예요."

"괜찮아요, 철연 씨."

크리스마스 무렵에 결혼한 새신랑 철연이 웃는 얼굴로 그녀에게 말했다.

"지나간 사랑은 새로운 사랑을 위한 전주곡이라고 하잖아요. 꽃바구니가 소연 씨만큼이나 예뻐요."

머쓱한 얼굴로 한숨을 쉰 소연은 할 수 있는 한 최대한 환한 미소를 지었다. 그리고 기전실 직원들 전부에게 하고 싶은 말을 철연에게 대신 했다.

"고마워요, 철연 씨. 굉장히 머쓱하고 부끄럽지만 제가 있어야 할 자리에서 최선을 다해보려고요. 사내 연애가 뒤끝이 참 그렇기는 하네요. 늦게 말해서 미안해요."

소연은 자신이 생각하고 염려했던 것 이상으로 동료들의 표정이 따뜻하다는 걸 깨달았다.

시큰거리는 코끝을 만지작거리며 의자에 앉은 그녀는 꽃바구니를 책상 옆으로 내려놓고 안에 꽂혀있는 카드를 꺼냈다.

– 우리 두 사람의 시작을 공개하는 일에 대해 밤새 생각해 봤어요. 이렇게 하는 게 잘하는 일이라고 생각해요. 믿어도 좋아요.

작은 카드를 빼곡하게 채운 메모 아래 힘 있는 필체로 준혁의 이름이 적혀 있었다.

잠시 머뭇거리던 소연은 휴대폰으로 그에게 메시지를 보냈다.

틈이 보이도록 블라인드를 절반쯤 걷어둔 준혁은 휴대폰을 만지작거리는 소연에게서 눈을 떼지 않았다.

기대를 외면하지 않고 휴대폰이 소리를 냈다. 그는 낚아채듯 휴대폰을 집어 들고 소연이 보내온 메시지를 확인했다.

〈저 지금 떨고 있는 거 보이죠?〉

한순간에 긴장이 풀린 준혁이 나직하게 웃음을 터뜨렸다.

〈청심환이 필요하면 말해요.〉
〈심장이 멎는 줄 알았어요. 미리 눈치라도 주시지 그랬어요?〉
〈놀라는 것도 설렘의 하나라고 하더군요.〉
〈저희들이 하는 얘기 들으셨어요?〉
〈무슨 얘기요?〉

그는 블라인드를 환하게 다 걷지 않은 걸 후회했다. 어느 때까지 블라인드 앞에 서서 사무실 밖을 내다볼 수 없어 책상 의자에 앉았더니 소연의 얼굴이 잘 보이지 않았다.

〈헤어졌다고 얘기했어요.〉
〈고마워요.〉

〈고맙기는요. 꽃바구니, 고맙습니다.〉

〈저녁때까지 어떻게 기다릴지 고민이네요.〉

〈걱정하실 필요 없어요.〉

〈왜요?〉

〈30분 뒤에 기전실 전체 회의가 있다고 장철연 씨가 대대적인 안내를 하고 있어요.〉

시원하게 웃음을 터뜨린 그는 빠르게 손가락을 움직였다.

〈30분 뒤에 봐요.〉

5

모험을 하듯

출근을 하기 무섭게 책상 위에 놓인 꽃바구니 덕분에 남자친구였던 성진과의 이별을 공개한 소연은 점심시간이 끝나갈 무렵 새로이 만나는 남자친구의 정체를 공개했다.

회의를 끝내고 점심 식사를 하러 간 식당에서 제법 눈치가 빠른 입사 동기와 선배 두 사람이 그녀에게 조심스럽게 물어본 것이다.

"혹시 말이야, 소연 씨, 아침에 그 꽃바구니 보낸 주인공이 최준혁 실장님은…… 아니지?"

"강 선배님도 저하고 같은 느낌이셨나 봐요? 회의하는 내내 실장님이 달달한 눈으로 소연 씨를 쳐다본다고 느꼈는데."

성진과 헤어졌다고 말하는 것과는 비교할 수 없는 머쓱함이 소연을 엄습해 왔다. 하긴 성진과의 일은 순전히 선애의 입을 통해 전해진 것이니 자신이 한 일이 아무것도 없었다.

입을 떼기가 어려웠지만 소연은 동료들에게 그들의 눈이 틀리지 않았다고 순순히 시인했다.

순전히 주관적인 느낌이지만 그 시간 이후로 퇴근 시간이 될 때까지 소연은 건물 전체가 미약하게 흔들리는 것 같은 착각에 빠졌다. 사람들은 물론 건물 벽과 바닥까지도 준혁과 자신을 두고 수군거리는 것 같았다.

덕분에 퇴근을 할 즈음 그녀의 몸과 마음은 파김치 수준으로 지쳐 있었다.

주고받은 메시지를 통해 점심시간의 일을 알게 된 준혁은 사무실 밖으로 고개를 내밀고 소연을 찾았다.

"백소연 씨!"

"네!"

그는 소연보다 다른 직원들의 호기심 가득한 시선이 먼저 자신에게 꽂히는 경험을 했다. 그녀가 얼마나 머쓱한 하루를 보냈을지 짐작이 가고도 남았다.

"퇴근 준비 다 됐어요?"

"네."

"나가죠, 그럼."

감탄사 같은 소리가 '우우……' 하며 들려왔다.

그가 피식 웃음을 터뜨리자 나직하던 소리가 박수 소리처럼 순식간에 커졌다.

감탄과 놀림이 뒤섞인 직원들의 반응 앞에서 준혁은 뒷머리를 긁적이는 것으로 현실을 인정하는 모습을 보였다.

"축하의 노랫소리가 참 듣기 좋군요."

"유리벽 너머에서 큰일을 하고 계셨어요, 실장님."

"하하⋯⋯."

"실장님, 연인 공개는 공개 회식 자리에서 하는 걸로 알고 있어요!"

"다음 주중에 기꺼이 그렇게 하지요. 일단 오늘은 퇴근부터 합니다."

서둘러 코트와 가방을 챙긴 그는 수줍은 표정을 지우지 못하는 소연과 함께 기전실을 나섰다.

조수석에 타기 무섭게 소연은 오후 내내 참고 있던 긴 한숨을 내쉬었다.

"한숨 쉬는 거 아니니까 나무라지 마세요."

"한숨을 쉬는데 왜 나무라죠?"

"어른들은 싫어하시더라고요."

"설마 지금 나를 어른이라고 한 건 아니겠죠?"

"간혹 젊은 사람 중에도 싫어하는 사람이 있어요. 후우! 오후 내내 숨조차 제대로 못 쉬었어요."

"오늘, 정말 잘했어요."

그는 지쳐 보이는 소연을 바라보며 환하게 미소를 지었다.

"하루 사이에 10년은 늙은 기분이에요."

"내일도 그 얼굴로 있을 수 있어요?"

"네?"

"지금껏 봐온 중에 가장 예뻐요."

당황한 소연이 한 손으로 입을 가렸다. 얼마나 당황했는지 웃음이 터지려고 했다. 다행히 소연은 웃음을 참을 수 있었다.

순전하게 가슴이 두근거리기 시작했다.

자신을 바라보는 준혁의 눈빛에서 느껴지는 진심 때문이었다.

실연당한 지 얼마나 됐다고 벌써 연애야?

사내 연애에 실패하고 또 사내 연애를 하는 거지?

다른 사람이 아니라 소연 자신이 스스로를 나무라고 싶은 말들이었다.

하지만 준혁의 눈빛이 여전히 앙금처럼 남아 있는 그녀의 갈등들을 잊게 해주었다.

소연은 넌지시 다른 말로 화제를 바꿨다.

"정말 오늘 하루가 몇 년처럼 길게 느껴졌어요."

"오늘 하루가 많은 걸 바꿨으니까요."

"신기한 건……."

"왜 말을 하려다 그만두죠?"

"아무 생각 없이 얘길 하려다 보니 제가 실언을 하는 것 같아서요."

"해봐요. 실언인지 아닌지 내가 판단해 볼게요."

"오늘은 전화가 안 오네요."

"오든 말든 신경 쓰지 않아도 돼요. 안 받으면 그만이에요."

소연이 그를 바라보며 알았다는 듯 미소를 지었다.

처음 성진에게 다른 여자가 생긴 것 같은 예감을 받았을 땐 모든 생각이 그에게 집중이 됐다. 하지만 지금은 성진보다 희정에 대해 더 많이, 더 자주 생각을 하곤 했다.

관계의 정리가 끝난 것과는 별개로 도저히 이해할 수 없는 그녀의 행동에 대해 물음표 같은 게 생기곤 했다.

"호텔에 저녁 식사를 예약해 뒀는데 괜찮죠?"

"네."

"아직 많이 어리둥절하죠?"

"새해 계획이 시작부터 어긋났잖아요."

"후후……."

"퇴사를 하겠다는 계획이 유보되고, 실장님이 조언해 주신 휴가에 대한 생각도 유보되고……."

"대신 소연 씨가 내 소원 안으로 들어왔잖아요."

"……!"

준혁은 아무런 말도 하지 못하는 그녀를 따뜻한 눈으로 바라봤다.

"내가 말한 만날 만한 사람은 소연 씨였어요."

"실장님!"

소연이 놀란 눈으로 그를 바라봤다.

"내가 소연 씨에 대해 아는 게 없다고 말하려는 거면 그만두는 게 좋겠어요."

"하지만 전……."

"태어나서 누군가를 몹시 부러워해 본 적이 별로 없어요. 나보다 공부를 잘하는 친구를 보면 저 친구는 공부를 아주 잘하는구나, 그렇게 생각했어요. 운동도 마찬가지이고 일도 그래요. 그런 내가 처음이자 마지막으로 단 한 번, 누군가를 몹시 부러워했던 적이 있어요. 소연 씨한테 남자친구가 있다는 얘길 듣고 난 뒤였어요."

"자주 실장님한테 미안한 마음이 들까 봐 걱정돼요."

"그런 일 없을 거라고 어제 얘기했잖아요. 내가 하는 말, 믿어도 돼요."

소연은 예감할 수 있었다.

자신이 준혁에게 보다 더 깊은 감정을 느끼게 되리라는걸.

위로가 되고 힘이 되어주는 사람을 좋아하게 되는 건 당연한 일이다. 더욱이 그 상대가 자신에게 매우 특별한 감정을 갖고 있다면 관계는 얼마든 급진전될 수 있었다.

다만 실연 끝에 모든 걸 정리하고 떠나려던 자신이기에 갑작스럽게 시작된 준혁과의 관계가 조심스럽게 여겨지는 것뿐이었다. 경솔한 사람으로 보이는 것이 조심스럽고, 나아가 헤픈 여자처럼 보이게 될까 봐 걱정스러운 것이다.

M호텔.

소연에겐 회사 행사 때 몇 번인가 방문한 적이 있는 곳이었다.

"이쪽으로 모시겠습니다."

직원은 두 사람을 룸으로 안내했다.

안으로 들어선 소연은 서울 시내의 야경이 한눈에 들어오는, 전체가 창으로 된 벽면을 보고 준혁의 배려에 감동했다.

비록 식당이긴 해도 룸이라는 공간이 주는 이미지에 자칫 긴장이 됐던 것이다.

"야경이 일품이죠?"

"불빛들이 마치 달맞이꽃처럼 보여요."

"동절기엔 창을 폐쇄해 두지만 하절기엔 밖으로 나가 테라스에서 식사를 할 수도 있어요."

"자주 오시나 봐요?"

"가끔 찾는 곳 중에 하나예요."

첫 데이트라는 사실을 염두에 두고 그레이 색과 청색이 믹스된 니트 소재의 얇은 정장을 입은 소연은 식사를 하며 이따금 그와 눈을 마주친 채 미소를 나누었다.

"나에 대해 궁금한 건 없어요?"

"마지막 연애요."

"마지막 연애?"

"언제였는지 알고 싶어요."

"6년쯤 됐어요. 햇수로 7년이 돼가네요."

"7년이요?"

믿을 수 없다는 듯 소연의 눈이 커다래졌다.

"거짓말 같겠지만 사실이에요."

"그럴 수도 있는 거겠죠?"

"아! 나, 소연 씨가 무슨 상상 하는지 알 것 같아요."

"상상이라니요?"

"다시 누군가를 사랑하는 일에 영향을 받을 정도로 아픈 이별
은 안 해봤어요. 아픈 사랑도 안 해봤고요. 마지막으로 연애를
했던 사람과는 결혼에 대한 가치관이 달라서 헤어졌어요. 교포였
는데 결혼이 아닌 동거를 원했어요. 내 편에서는 받아들이기 힘
든 일이지만, 그 친구 입장에서는 얼마든 그럴 수 있는 일이긴 했
어요."

"그러셨군요."

소연이 고개를 끄덕였다.

"그 뒤로 체육대회에서 소연 씨를 보기 전까지 가슴을 뛰게 만
드는 여자를 만나지 못했어요. 7년 가까이 연애를 하지 못한 유
일한 이유예요."

손바닥으로 입술을 가리며 그녀가 말했다.

"알게 되시겠지만 전 당황하면 웃는 버릇이 있어요. 저도 모르
게 웃어요."

"자주 듣게 되겠네요."

"민망해도 웃고, 미안해도 웃어요."

"웃는 게 아니라 일단 웃고 보는 거죠?"

"어! 어떻게 아셨어요?"

"누나가 결혼하기 전에 그랬어요."

"결혼하기 전에요?"

"결혼하고 나더니 많이 뻔뻔해졌어요."

소연이 나직하게 웃음을 터뜨렸다.

"그 웃음이에요?"

"아니요, 이건 지극히 정상적인 웃음이에요."

"나한테 미안한 마음이 들어요?"

"조금은요."

"연인이 있는 여자에 대해 2년이나 같은 마음을 가질 수 있는 건 흔한 일이 아니에요."

"……?"

"남자친구가 있다는 말을 듣지 않았더라면 체육대회가 끝나고 난 뒤 바로 소연 씨한테 프러포즈를 했을 거예요. 물론 지난 2년 동안 소연 씨를 특별한 한 여자로 마음에 두고 지내진 않았어요. 다만……."

소연은 하던 말을 멈춘 채 천천히 와인을 마시는 그에게 물었다.

"하지만 뭐죠?"

"언젠가 내가 만날 사람이 소연 씨 같은 여자이길 바라고 기다렸어요."

그는 눈시울이 붉어진 채 와인을 마시는 소연에게 물었다.

"안 웃어요?"

고개를 돌린 채 와인을 몇 모금 마신 소연이 대답했다.

"감동했을 땐 안 웃어요."

그녀는 준혁이 누가 봐도 알 수 있을 정도로 천천히 자신의 손을 잡는 것을 느낄 수 있었다. 소연 자신이 원치 않는다면 언제든 멈추겠다는 그의 마음이 느껴졌다.

조심스럽게 그녀의 손을 잡으며 준혁이 말했다.

"내 가슴을 다시 뛰게 해줘서 고마워요."

왠지 눈물이 날 것 같아 소연은 고개를 숙였다.

"소연 씨를 닮은 여자가 아니라, 소연 씨가 내 옆에 있어서 정말 다행이에요."

"잠깐만요."

잡고 있던 손을 놓은 소연은 그에게 미안하다는 말을 한 뒤 손바닥으로 눈물을 닦았다.

붉어진 코끝과 눈으로 준혁을 바라보며 그녀가 손을 내밀었다. 그는 기꺼이 그녀가 내미는 손을 잡았다.

"두 번 다시 다른 사람의 진심을 믿지 못하게 되면 어떻게 하지, 걱정했었어요. 무엇보다 제 자신이 진실을 외면하는 사람이 될까 봐 겁이 나기도 했어요. 그런데 실장님이 그런 제 생각이 괜한 기우였다는 걸 알게 해주시네요. 정말 고맙습니다."

"건배해요, 우리."

그는 비어가는 자신들 두 사람의 잔에 와인을 따랐다.

잔을 부딪치며 소연이 말했다.

"새로운 시간을 기대할게요."

"내 새해 소원이 돼줘서 고마워요."

잔을 부딪치며 미소를 짓는 두 사람의 얼굴에는 설렘으로 가득한 연인들의 표정이 가득했다.

첫 데이트를 하고 집으로 돌아오는 길.

소연과 준혁은 나란히 뒷좌석에 앉아 있었다. 몇 잔의 와인이지만, 소연과 이야기를 하는 새 취기가 가시다시피 했지만, 그는 핸들을 손에 쥐는 일 같은 건 하지 않았다.

준혁은 내내 그녀의 손을 잡고 있었다. 하지만 그 이상의 어떤 스킨십도 없었다. 어깨에 손을 얹는다든지 머리카락을 쓸어 넘긴다든지.

"편의점을 지나자마자 우회전하시면 돼요."

집이 가까워지자 소연은 대리운전기사에게 길을 가르쳐 주었다.

"숙제 하나 내줄게요."

"숙제요?"

소연이 의아한 눈으로 그를 바라봤다.

"여자친구가 나를 실장님이라고 부르는 걸 원하지 않아요."

"아!"

준혁은 난처해하는 그녀의 손을 꼭 잡으며 말했다.

"우리 두 사람 모두 생각이 많아서 쉽게 잠을 이루기 힘들 거예요. 괜한 생각 대신 숙제하고 나서 자요."

생각에 잠긴 것 같던 소연이 그에게 물었다.

"보기, 없어요?"

"주관식이에요."

"주관식은 좋은 방법이 아니에요."

"혼자 숙제하기 싫다는 말처럼 들려요."

"1번부터 3번까지 보기를 정해서 메시지 보내주세요."

"하!"

"기사님, 저기 외등 보이시죠? 바로 그 앞에 나무 대문집이에요."

소연이 내릴 시간이 다가왔다.

아쉬움을 느낀 건 비단 준혁만은 아니었다.

그녀와 함께 차에서 내린 준혁은 붉은빛을 띠는 나무대문을 향해 천천히 걸음을 옮겼다.

"이곳에서 오래 살았어요?"

"언니도 저도 여기에서 태어났어요."

대문 앞에 도착한 그는 아쉬운 마음으로 잡고 있던 소연의 손을 놓았다.

"들어가요."

"오늘 고마웠어요."

그가 사랑스러운 표정으로 자신을 올려다보는 소연에게 나직한 목소리로 말했다.

"말한 것처럼 서두르거나 재촉하는 일 같은 건 없을 거예요."

발뒤꿈치를 치켜든 소연은 그만 들어가라고 말하는 준혁의 턱에 스치듯 짧게 입을 맞추었다.

흠칫 놀란 그가 반사적으로 뒤로 물러서다가 두 손으로 소연의 등을 끌어안았다.

"소연 씨!"

졸지에 준혁의 가슴에 안기게 된 소연이 키득거리며 웃음을 터뜨렸다.

당황한 마음을 가라앉힌 준혁 역시 그녀처럼 웃기 시작했다.

"사람, 이렇게 놀라게 해도 되는 거예요?"

"몰라요. 실장님 키가 2센티미터쯤 작았어야 했어요."

나름 첫 키스를 생각하고 발뒤꿈치를 치켜들었다가 입술 대신 턱 끝에 입을 맞춘 소연은 부끄러워 죽을 지경이었다.

"후후……."

소연이 실패한 키스를 완성해 주고 싶은 마음이 간절했지만 준혁은 애써 참았다. 웃음으로 끝이 난 첫 데이트의 기억을 남겨두는 것도 나쁘지 않았다. 오늘이 전부가 아닌 이상.

"들어가요. 보기 생각해서 메시지 보낼게요."

"조심해서 가세요."

여전히 얼굴이 홍당무인 채 소연은 초인종을 눌렀다.

말도 안 되는 실수를 한 자신이 부끄러워 방에 들어서기 무섭게 이불을 뒤집어쓰고 웃게 될 것만 같았다.

　닷새 만에 출근을 한 성진은 자신의 귀를 의심했다. 같은 부서의 동료가 어깨를 두드리며 그를 위로한 것이다.
　"몰랐어, 여자친구하고 그렇게 된 거. 괜찮은 거지?"
　현기증이 이는 것처럼 갑자기 눈앞이 노래졌다.
　그는 위로의 말을 건넨 동료의 손목을 끌고 사무실 밖으로 나왔다. 부인을 해야 하는 것인지 인정을 해야 하는 것인지 판단할 수 없을 만큼 당황스러웠기 때문이다.
　"무슨 소리야?"
　성진은 조심스럽게 동료에게 물었다.
　"두 사람, 헤어졌다며?"
　당황스러움을 감추지 못한 채 그는 뒷머리를 긁적였다. 동료에게 하고 싶은 말은 한 가지뿐이었다.
　"어디서 들었어?"
　"소문이 파다하던데, 아니야?"
　"소문이 파다해?"
　그제야 성진을 바라보는 동료의 얼굴에 의아해하는 표정이 떠올랐다.
　"백소연 씨하고 기전실 실장님하고 사귀는 사이라며?"
　"뭐라고?"

성진은 기가 막힌 나머지 자신이 얼마나 우스꽝스러운 표정을 하고 있는지 깨닫지 못했다. 놀람과 당혹스러움이 뒤섞인 그의 표정은 광대의 그것처럼 우습기까지 했다. 회사 내에서 늘 흐트러짐 없는 모습을 지켜온 성진에겐 어울리지 않는 표정이었다.

동료가 조심스럽게 그에게 물었다.

"안 좋게 헤어진 거야?"

"조금 전에 그 소문은 어디에서 들은 거야?"

"두 사람이 같이 퇴근하는 걸 내 눈으로 직접 봤어. 전형적으로 남자가 여자를 더 좋아하는 커플이던걸."

성진은 동료가 하는 말을 어느 것 하나도 믿을 수 없었다.

그가 알고 있는 소연이 할 법한 행동이 아니었다.

"괜찮은 거야?"

"괜찮아. 얘기 고마워."

애써 태연한 척 동료의 어깨를 두드려 준 뒤 성진은 성큼성큼 큰 걸음으로 사무실로 돌아왔다.

책상 앞에 앉아 있던 희정이 뚫어질 듯 그를 쳐다봤다.

광채를 지닌 흑진주처럼 늘 시선을 끌어당기는 그녀이지만 지금 성진의 눈엔 아무것도 보이지 않았다. 그는 자신을 바라보는 희정의 표정이 일그러지는 것조차 깨닫지 못한 채 휴대폰을 들고 사무실 밖으로 나왔다.

직원 휴게실 안으로 들어선 그는 소연에게 전화를 걸었다. 그녀에게 직접 대답을 듣는 것만이 현기증 같은 충격에서 벗어날 수 있는 유일한 방법이었다.

[백소연입니다.]

평소와 다를 바 없는 소연의 목소리를 듣는 순간 까닭 모를 안도감이 밀려들었다.

'그러면 그렇지' 하는 마음이 성진의 입술 사이로 진한 한숨을 토하게 만들었다.

"내 귀에 들리는 얘기, 네가 직접 설명해 줬으면 해."

오해일 것이다.

그저 괜한 소문일 것이다.

그는 소연이 자신에게 들려줄 말이 무엇인지 떠올렸다. 그런 괜한 소문을 듣게 한 일에 대해 소연은 분명 미안해하고 있을 것이다.

하지만 그녀의 대답은 과녁을 빗나갔다.

[들리는 그대로 받아들이면 돼.]

"백소연!"

그는 눈앞이 캄캄해지는 절망을 경험했다.

[업무 시간이라 길게 통화할 수 없어.]

"퇴근하고 만나. 만나서 얘기해."

[선약이 있어서 곤란해.]

"백소연!"

[5분쯤 뒤에 옥상에서 봐.]

전화를 끊은 그는 피가 거꾸로 솟는 것 같은 머리를 두 손으로 움켜쥐었다.

　시린 겨울바람이 가득한 옥상엔 지난밤에 내린 눈이 고스란히 쌓여 있었다.

　후드에 풍성한 털이 달린 점퍼를 입은 소연은 얇은 카디건을 걸친 채 벽에 기대선 성진에게 다가섰다.

　바지 주머니에 양손을 꽂은 채 성진이 그녀를 물끄러미 쳐다봤다.

　분명 정리를 해야 할 관계이지만 이런 식의 정리는 그의 생각 속에 없었다.

　"어디까지가 진실이야?"

　"진실?"

　모르겠다는 듯 소연이 어깨를 으쓱 들어올렸다.

　"백소연!"

　"성진 씨는 이미 오래전에 진실을 잃어버린 사람이야. 그런 얘길 묻는다는 게 우습다는 생각, 들지 않아?"

　"피가 거꾸로 솟는 기분이 어떤 건지 알기는 해?"

　성진은 누군가 구둣발로 사정없이 자신의 자존심을 뭉개 버린 것 같은 참담한 기분이었다.

　"길게 설명하지 않을 생각이야. 그래야 할 이유가 없으니까."

　"대체 너란 여자는 생각이 있는 거야, 없는 거야? 이게 지금 우리 둘만의 일이라고 생각해?"

"우리?"

소연은 그의 말이 몹시 귀에 거슬렸다.

"닷새 전까지만 해도 조용했어. 어느 누구도 우리 둘의 일을 알고 있는 사람이 없었다고!"

"성진 씨 옆에 있는 그 사람은 알고 있었겠지. 안 그래?"

"무, 무슨 소릴 하는 거야!"

소연이 무표정한 얼굴로 그를 올려다보며 물었다.

"정말 내가 아무것도 모르고 있을 거라고 생각했어?"

"무슨 말을 하는 거냐고 묻고 있잖아."

"당신이란 남자…… 어리석다, 정말."

"떠보듯 그렇게 말하지 마!"

"명확하게 얘기해 줄게, 배신감으로 아파했던 일이 가물거릴 정도로 깨끗하게 정리했어. 정성진이란 남자에 대해. 당신 옆에 서 있는 그 여자에 대해."

"……!"

"아파할 수 있는 여지조차 남겨두지 않은 당신들한테 고마워 하고 있어."

성진은 극심한 두려움을 느꼈다.

소연이 하는 말대로라면 그녀는 이미 오래전부터 자신과 희정 의 관계를 알고 있었다는 뜻이다. 하지만 그는 소연이 하는 말이 사실인지 아닌지 확신할 수 없었다.

어쩌면 그녀는 희정에 대해 까맣게 모른 채 예감에서 비롯된

'누군가'를 생각하고 있는 건지도 모른다.

"방황하고 있다고 얘기했을 텐데."

"내가 당신을 깨끗하게 정리하고 난 뒤의 일이었지."

"기전실 최준혁 실장과는……."

"당신 프라이버시에 대해 단 한 번도 물은 적 없어. 그 프라이버시를 지키기 위해 내 등에 배신의 칼을 꽂던 순간에도 말이야."

아아!

성진은 터쳐 나올 것 같은 절망의 한숨을 삼켰다.

질끈 눈을 감은 그는 허공에 대고 손바닥을 비볐다.

예감에서 비롯된 말이 아니었다. 소연은 이미 모든 것을 알고 있었다. 그녀가 아무것도 모르고 있다고 확신한 건 성진 자신의 오만에서 비롯된 착각이었다.

"그건 말이야…… 그 일은……."

"변명할 필요 없어. 듣고 싶지도 않아."

"후우!"

소연은 표정 없는 눈동자로 그를 쳐다보며 성진과의 사이에 마지막 선을 그었다.

"우린 오늘 헤어진 사람들이 아니야. 이미 오래전에 헤어진 사람들이야. 그때가 언제인지 나보다 당신이 더 정확하게 알 거야."

"미안해."

성진은 차마 떨어지지 않는 입술을 달싹거리기 위해 애를 썼다.

단 한 순간도 소연이 순순히 자신과의 헤어짐을 받아들이리라 생각하지 못했다. 성진이 충격을 받은 이유는 바로 그 때문이었다.

울며불며 자신에게 매달릴 줄 알았던 그녀가 오히려 공격적인 헤어짐을 선포한 것이다. 새로이 생긴 남자친구라는 존재마저 드러낸 채.

"하지만 분명하게 말할 수 있는 건 네가 지금 커다란 실수를 하고 있다는 거야."

"성진 씨를 자극하기 위해 내가 일부러 준혁 씨를 만나고 있다고 생각해?"

"준혁 씨?"

"내가 아무것도 모르고 있다고 믿었을 거야. 당신이 아는 나는 그런 여자였을 테니까. 당신이 헤어지자고 하면 내가 극단적인 선택을 하는 시늉을 하면서까지 매달릴 거라고 생각했을지도 모르지. 그조차 안 되면 결국엔 사표를 내고 홀연히 사라져 주겠거니, 그렇게 생각했을 거야. 내 말이 틀려?"

"……."

"처음부터 끝까지 당신 생각은 다 틀렸어. 난 서도물산 기전실의 내 자리를 떠나지 않을 거야. 당신이 누굴 만나든 나하고는 아무 상관 없어."

"어떻게 그렇게 말을 할 수 있지?"

"지난여름엔 나 역시 당신한테 묻고 싶었어. 어떻게 그런 짓을 할 수 있지? ⋯⋯하지만 그런 질문 따위가 무슨 의미가 있겠어?"

"네가 사람을 얼마나 우습게 만들고 있는지, 그조차 안중에 없다는 말처럼 들려."

"안중에 없어. 당신이란 남자? 당신이 만나고 있는 그 여자? 두 사람이 왜 내 안중에 있어야 하지?"

성진은 믿을 수 없다는 듯 놀란 눈으로 그녀를 내려다봤다.

4년 가까이 그가 알던 소연이 아닌 것 같았다.

싫은 소리를 하고 짜증을 내도 그 순간에는 서글서글한 미소로 받아 넘겨주던 소연의 모습은 찾아볼 수 없었다. 시간이 지나고 나서야 사실은 서운했었다며 넌지시 감정을 표현하곤 하던 조심스러운 모습도.

우스운 건 먼저 그녀를 배신한 건 자신인데 소연에게 모종의 배신감을 느끼는 현실이었다.

"꼭 이렇게 해야만 했니? 긴말 안 할게, 그 일 다시 생각해. 난 널 떠난 게 아니라 방황하고 있는 중이야. 내 인생의 방황 말이야."

성진은 자신의 손을 놔버린 그녀를 원망했다.

"하!"

소연은 기가 막혔다.

끝내 자신을 기만한 걸로 부족했는지 다시 돌아올 여지 따위를 남겨두고 있는 성진의 모습이 보였다.

"그래, 그만두자. 무슨 말을 더⋯⋯."

"먼저 내려갈게."

그는 미련 따위는 찾아볼 수 없는 모습으로 옥상 입구를 향해 걸어가는 소연의 뒷모습을 물끄러미 쳐다봤다.

미안함이니 죄책감이니 하는 감정들이 옅어지는 대신 놓치지 말아야 할 여자를 놓친 건 아닐까 하는 당혹스러움이 밀려들기 시작했다.

'내 잘못이 아니야.'

소연은 같은 말을 수없이 되뇌고 또 되뇌었다.

성진은 끝내 자신을 기만했다.

그는 애당초 진심이라는 게 없었던 사람처럼 굴었다. 소연은 그런 그에게 우습게 보인 자신이 싫었다.

그래도 되는 사람쯤으로 보였기에 그랬을 거라는 얼토당토않은 자격지심이 오늘도 어김없이 소연의 가슴을 아프게 만들었다.

얼마나 우습게 보였으면…….

얼마나 하찮게 보였으면…….

'그래, 내 잘못이 아니야. 내가 그래도 되는 사람이 아니라, 그들이 날 그렇게 오해한 것뿐이야.'

숨을 쉬기 거북할 정도로 가슴이 답답했다.

"어디 아파?"

옆자리 지기인 선애가 걱정스럽게 물어왔다.

"아침 먹은 게 소화가 안 되서 그래."

"약 사다줄까?"

"그 정도는 아니야. 걱정해 줘서 고마워."

소연은 탁상용 캘린더를 집어 들고 오늘 날짜를 세기 찾았다.

아직 1월 초순을 벗어나지 못했는데 다사다난하다는 말이 저절로 떠올랐다.

12월의 마지막 날을 시작으로 소연 자신의 인생에 갑작스러운 눈보라가 휘몰아친 것 같은 기분이었다.

허물어진 계획 대신 갑작스럽게 많은 것이 바뀐 것이다.

물론 그중 가장 큰 일은 단연 준혁과의 관계였다.

풍덩 소리를 내며 사랑이란 감정에 뛰어든 게 아니라 모험을 하듯 시작된 연애였다.

"선애 씨, 점심 뭐 먹을 거야?"

"점심?"

"안 먹을 거야?"

"소화 안 된다고 하지 않았어?"

"어?"

"아침 먹은 게 소화가 안 된다고 했잖아."

"그래도 점심은 먹어야지. 소화가 덜 되도 배는 고프거든."

"못 살아, 정말. 죽 먹으러 갈까?"

"아니."

소연은 단호하게 선애의 말을 거절했다.

"싫어?"

"죽, 너무 싫어."

"꾀병이었지?"

그녀는 선애의 말을 부인하지 않았다.

"에효! 딱 들켰네. 실은 생각이 많아서 그랬어. 갈비탕 먹을까?"

"만두 한 접시 추가해서?"

김이 모락모락 나는 손만두를 떠올린 소연이 침을 꿀꺽 삼키며 지갑과 코트를 챙겼다.

"선애 씨, 빨리 일어나지 않고 뭐 해?"

기가 막힌 듯 피식 웃음을 터뜨린 선애가 의자에서 일어나며 그녀에게 말했다.

"나, 오늘 쿠폰 써도 되지?"

늦은 오후.

성마른 발소리와 함께 희정이 기전실 안으로 들어섰다.

직원들의 시선이 자신을 향하는 것도 아랑곳하지 않고 그녀는 곧장 준혁의 방 안으로 들어섰다.

두 명의 직원과 함께 대화를 하고 있던 준혁이 지극히 사무적인 어투로 그녀에게 물었다.

"무슨 일이죠?"

"급하게 할 얘기가 있어서 왔어요."

달갑지 않은 얼굴로 그녀를 바라보던 준혁이 두 명의 직원에게 양해를 구했다.

"일단 기본 오더는 이대로 진행하는 걸로 하고, 내일 다시 얘기를 하도록 하지요."

"알겠습니다, 실장님."

직원들이 방을 나가고 나자 의자에서 일어난 준혁은 걷혀 있던 블라인드를 내렸다.

풀썩 소리를 내며 소파에 앉은 희정과 책상 의자에 앉은 그가 동시에 같은 말을 내뱉었다.

"무슨 짓이야?"

"무슨 짓이야?"

준혁은 독기 어린 희정의 눈빛을 한심하다는 듯 쳐다봤다.

"백소연하고 무슨 짓을 벌이는 거지?"

"말조심해."

"아니지, 말은 바로 해야지. 소연이를 이용해서 날 밀어내는 기회로 삼으려나 본데, 네 뜻대로 안 돼. 내가 하는 말이 무슨 뜻인지 알아?"

"너한테는 사람이 줄곧 이용의 대상인지 몰라도, 세상사람 모두가 그렇게 살지는 않아."

"네가 무슨 짓을 벌였는지 모르겠어?"

희정은 분을 이기지 못해 가쁜 숨을 씩씩거렸다.

회사라는 장소만 아니라면, 드러내서는 안 될 준혁과의 관계만 아니라면, 마음껏 소리를 지르고 싶은 심정이었다.

"사적인 일로 다른 사람 시간을 함부로 방해하지 마. 너한테 해줄 수 있는 유일한 대답이야."

"넌 성진 씨를 조롱거리로 만들었어."

"후우!"

준혁이 휘파람을 불듯 한숨을 쉬었다. 그리고 뇌까리듯 낮은 목소리로 그녀에게 말했다.

"넌 네 자신을 조롱거리로 만들고 있고."

"최준혁!"

"이곳은 내 공간이지 네 공간이 아니야, 더욱이 공적인 시간에 찾아와 무례하게 구는 짓 같은 건 하지 않길 바라."

"네가 지금 무슨 짓을 하고 있는지 전혀 모르겠어? 이런 유치한 짓이 얼마나 많은 사람들을 불행하게 만드는 건지……."

"잘 들어. 난 너나 정성진 씨의 행복과 불행에 아무런 관심조차 없어. 설령 너희 두 사람이 함께 지옥불에 떨어진다고 해도 관심 없어. 다만 너희 두 사람이 소연 씨를 걸고 넘어지는 것만큼은 용납하지 않아."

"소연 씨? 아, 그래? 소연이가 너한테 매우 특별한 사람인 것처럼 말하는데 그런다고 해서 내가 속아줄 거라고 생각해?"

뻔한 저의쯤 훤히 알고 있다는 듯 희정이 콧방귀를 뀌었다.

여행을 마치고 돌아온 희정을 기다리고 있던 건 믿을 수 없는 복병의 반격이었다.

성진과 자신의 행복을 위해 실연의 상처를 안고 눈앞에서 사라져 줬어야 할 소연이 사촌 시동생 준혁의 여자친구가 돼 있던 것이다. 단 며칠 사이에.

만만해서 자극하며 건드리는 재미가 쏠쏠하던 소연이 자신과 성진을 쥐락펴락하는 시한폭탄처럼 된 것이다.

그녀의 입에서 나오게 될 말들…….

성진과 자신의 관계는 물론 1년 가까이 계속되어 온 밀애가 외부로 알려진다면 그건 정말 치명적이었다.

희정은 그녀가 갑작스럽게 시한폭탄으로 진화한 원인을 오로지 준혁에게서 찾았다.

그녀가 아는 소연은 영민하지도 않았고 영악하지도 않았다. 하지만 준혁은 그렇지 않았다. 그는 마음만 먹으면 자신이 꺼려하고 경멸하는 것들을 기꺼이 도려낼 수 있는 남자였다. 설령 그것이 준혁 자신의 신체의 일부라고 해도.

"백소연 씨, 나한테는 특별한 사람이야. 물론 그런 그녀와 이렇게 될 수 있었던 건 당신들 두 사람 덕분이지."

그가 하는 말이 진심이라는 걸 깨닫는 데는 단 몇 분도 걸리지 않았다.

희정이 떨리는 목소리로 그에게 물었다.

"미쳤어?"

"너만큼은 아니야."

"네가 이렇게 함으로 인해서 성진 씨하고 내가 어떻게 되는지는 생각해 본 적 없어?"

"후후……. 네 생각을 왜 내가 해야 하지?"

"수습할 수 없는 일을 벌이고 있는 거야, 넌!"

"너나 정성진이 생각하고 기대한 건 뻔한 스토리겠지. 하지만 모든 사람의 인생이 자기 생각대로 펼쳐지진 않아."

"무, 무슨 말을 하려는 거야?"

"너란 여자를 사랑했던 형이 이런 널 상상이나 했을까?"

"준일 씨 얘긴 하지 마!"

"누구보다 삶을 사랑했던 형이지만 그 삶을 끝까지 지키지 못했어. 그게 인생이야."

꼿꼿한 눈으로 한동안 그를 노려보던 희정이 가슴이 들썩거릴 정도로 한숨을 쉬며 말했다.

"타협점을 찾는 건 어때?"

"너하고는 타협 따위 하지 않아."

"피차 포장이 필요한 사람들이야."

"포장?"

"소연이하고 성진 씨 관계가 언제 어떻게 끝이 났는지 아무도 몰라. 소연이 스스로도 잘 모를걸? 하지만 두 사람이 불과 얼마 전에 해돋이를 보러 동해에 다녀온 건 다들 아는 얘기지."

"후후……. 윤희정, 너는 상당히 영악한데 반해 두뇌의 반경이 너무 좁아. 고작 그런 걸로 타협의 이유를 삼겠다는 거야?"

"기를 쓰고 백소연이를 헤픈 여자로 만들어줄 수도 있어. 나아가 성진 씨를 잊지 못해서 네 곁에 남아서라도 성진 씨를 훔쳐보

는 여자로 만들어줄 수도 있지. 두뇌 반경이 좁은 여자의 빈말로
듣든지 사실로 듣든지, 선택은 네가 해."

준혁은 그녀가 하는 말을 귓등으로 흘려들었다.

그의 미간을 찡그리게 만드는 건 희정이 아니었다. 그녀의 입
에서 나오는 사악한 말들 때문도 아니었다.

희정을 마주하고 앉으면 떠오르는 한 사람. 오늘따라 사촌 형
준일의 얼굴을 떠올리는 일이 고통스러워서였다.

희정은 아무런 대답도 하지 않은 채 펜으로 무언가를 끼적이기
시작하는 그를 불쾌한 얼굴로 쳐다봤다.

"내가 서도물산의 주주라는 사실, 잊지 마."

"네가 가진 주식으로는 서도물산 엘리베이터 한 대도 못 움직
여."

준혁은 단 한마디의 말로 기고만장한 희정의 자존심을 꺾어버
렸다.

큰어머니가 며느리인 희정에게 양도한 서도물산의 주식은 3%
에 불과했다.

"날 우습게 보지 마."

"네가 널 우습게 만들고 있어. 진심으로 경고하는데 더는 소연
씨한테 얼쩡거리지 마."

"뭐, 얼쩡거리지 마? 어떻게 감히 그런 말을……."

"지금 내 눈 앞에 앉아 있는 넌 고작 정성진의 여자일 뿐이야.
그 대우 역시 네가 자초한 거야."

"최준혁!"

"그만 입 다무는 게 좋을 거야. 네가 하는 말 한 마디 한 마디가 너한테 불리할 뿐이야."

시한폭탄인 소연으로 인해 성진과 자신에게 미치게 될 영향을 차단하려 했던 희정은 난관에 봉착했다.

만만한 상대가 아니라는 것쯤 진즉 알고 있었지만 준혁은 그녀가 알고 있는 것 이상이었다.

뾰족한 펜 끝으로 무언가를 신경질적으로 끼적이던 그가 어느 순간 희정을 똑바로 쳐다보며 그녀에게 물었다.

"정성진이 너에 대해 얼마나 알고 있지?"

강 위로 불어온 강풍은 느릿하게 흘러가던 배를 빠르게 움직이게 한다.

모험을 하듯 준혁과의 연애를 시작한 소연은 마치 자신이 강풍을 만난 배처럼 느껴졌다.

준혁과의 관계를 공개하면서 동시에 사내 커플이었던 성진과 헤어진 일을 털어놨으니, 적잖이 우스운 꼴이 되고 말았다.

생각지 못한 역습이라고 여겼는지 처음에는 당황해하는 것 같던 성진은 노골적으로 분노를 드러냈다. 만나자는 전화를 걸어오는 건 다반사였고 업무시간에도 분노에 찬 메시지를 보내기 일쑤였다.

〈네가 어떻게 나한테 이럴 수가 있지! 어떻게!!〉

〈나에 대해 함부로 떠들고 다니다가는 큰코다치게 될 거야.〉

〈생각할수록 치가 떨려. 순진한 척, 아무것도 모르는 척하면서 치졸한 복수를 꿈꾸다니. 결코 널 용서하지 않을 거야.〉

줄어들지 않는 메시지가 폭력적으로 느껴질 즈음 소연은 그의 휴대폰 번호를 스팸 번호로 지정해 차단했다.

성진이 휴대폰으로 걸어오는 전화도 메시지도 더는 그녀에게 수신되지 않았다. 그녀는 희정의 휴대폰 역시 함께 차단했다.

그렇게 한다고 해서 그들이 연락을 하지 않으리라고 확신한 건 아니었다. 단지 소연 자신이 적극적으로 그 두 사람을 밀어내고 있다는 의식의 표현 같은 것이었다.

차단을 하고 난 뒤 성진은 더 이상 연락을 하지 않았다. 하지만 희정은 그렇지 않았다. 그녀는 이틀이 멀다하고 유선 전화로 전화를 걸어왔다.

그녀의 용건은 단 한 가지, 만나서 얘기를 하자는 것이었다.

하지만 소연은 단 한 번도 그녀의 말에 응대하지 않았다.

할 말이 없네요.

매번 소연은 같은 말을 하고 전화를 끊었다.

한때는 둘도 없이 소중했던 사람들이었던 성진과 희정은 이제 그녀에게 강 위로 불어오는 강풍 같은 존재였다.

검은 물살처럼 자신을 뒤흔드는 그들로 인해 소연에겐 준혁과의 관계가 한없이 따뜻하게 다가왔다. 그와 함께하는 시간 자체가 위로이고 휴식이었다.

준혁과 공개 연애를 시작한 뒤 두 사람은 하루도 빠짐없이 함께 퇴근을 했다. 어느 순간부터인지 소연은 그와의 관계가 더는 모험처럼 느껴지지 않았다.

늦은 시간까지 함께 있다가 헤어지면서도 준혁은 손을 잡는 것 이상의 스킨십을 하지 않았다.

소연은 조심스러운 그의 배려에 깊은 감동을 받았다. 그리고 그 감동은 점차 설렘과 기대로 바뀌어갔다.

대문 앞에서 준혁과 헤어질 즈음이면 소연은 자신도 모르게 그와의 키스를 기대하곤 했다. 하지만 늘 그렇듯 기대로 끝날 뿐이었다.

기대가 진한 아쉬움으로 변해갈 즈음 소연은 그로부터 뜻밖의 말을 들었다.

"주말에 함께 해돋이를 보러 가지 않을래요?"

사랑한다는 말

2월의 어느 금요일.

퇴근을 한 두 사람은 차를 타고 함께 동해로 향했다.

12월의 마지막 날, 성진과 함께 동해로 향하던 길과 같은 길. 그 길 위에서 소연은 너무나도 달라진 자신을 볼 수 있었다.

내키지 않던 여행을 떠나며 줄곧 머리에 들어오지 않는 책을 읽던 자신이 지금은 준혁의 손을 꼭 잡은 채 수시로 그와 얼굴을 마주보며 웃고 있었다.

화수분처럼 솟아나는 이야기들…….

이야기로 피우는 꽃이 달콤하기도 하고 향긋하기도 해 스르르 잠을 청하고 싶을 정도였다.

"다음번 휴게소에서 커피 마실래요?"

"좋아요. 피곤하지 않아요? 제가 운전할까요?"

"내 얼굴이 피곤해 보여요?"

그와 눈을 마주친 소연이 고개를 저으며 환하게 미소를 지었다.

웃게 하는 사람…….

마음으로부터 웃을 수 있는 힘을 주는 사람…….

배신의 상처를 딛고 다시 누군가를 만난 소연에겐 그 사실이 무척 소중했다.

미소를 주고받는 두 사람의 시간을 방해하듯 휴대폰이 울리기 시작했다. 소연은 미간조차 찡그리지 않고 태연한 목소리로 말했다.

"무음모드로 바꾸는 걸 잊었어요."

자주 걸려오는 희정의 전화가 점점 소연을 무뎌지게 만들고 있었다. 휴대폰 번호를 차단했지만 희정은 집 전화로, 사무실 직통 전화로 수시로 연락을 해왔다. 더욱이 소연을 담담하게 만드는 건 준혁과의 사이에 비밀이 없기 때문이었다.

"보기 드물게 집요해요."

준혁은 그녀에게 희정에 대해 말해주었다.

"근래 들어 생각이 바뀌고 있어요."

"어떻게요?"

"집요한 게 아니라 무례한 것 같아요."

"틀린 말은 아니에요."

"지나치게 일방적이고."

그녀는 자신이 희정에게 느끼는 것들을 되도록 솔직하게 말하곤 했다.

사실 희정으로 인해 받는 스트레스가 상당해서 그렇게라도 하지 않으면 심리적으로 체적이 될 것 같았다.

"내가 나서야 할 시간이 되면 소연 씨가 얘기해 줘야 해요. 그런 일에는 고민하지 않아도 돼요."

소연이 미소를 지었다.

"준혁 씨 도움이 필요할 땐 언제든지 얘기할게요. 지금 얘길 들어주는 것도 준혁 씨한테 큰 도움을 받고 있는 거예요."

"우리 두 사람 일이에요. 당연히 함께 나눠야 해요."

언제까지 희정의 전화를 무시할 수만은 없다는 걸 그녀 역시 알고 있었다.

자신이 서도물산에 남기로 마음먹은 이상 한 번은 희정과 대면해야 할 필요가 있었다.

잡고 있는 손을 만지작거리며 소연이 그에게 물었다.

"얼마쯤 시간이 지나면 서로에게 실망이라는 걸 하게 될까요?"

"그런 일에도 통계 같은 게 있어요?"

"어떤 사람은 2년이라고도 하고, 어떤 사람은 3년이라고도 하잖아요."

"다 헛소리예요."

"헛소리요?"

"한 사람을 평생 동안 사랑하는 사람들은 통계 밖에 존재하는 사람들이에요."

소연이 배시시 미소를 지으며 그의 손을 꼭 잡았다.

"오랫동안 통계 밖에 있어줄 것처럼 말하고 있는 건가요?"

"그렇게 될 거예요."

"믿어야지."

그는 혼잣말을 중얼거리는 소연의 뺨을 조심스럽게 손바닥으로 어루만졌다.

순식간에 발그레해지는 그녀의 얼굴은 차를 세우고 당장이라도 입을 맞추고 싶을 정도로 사랑스러웠다.

"사촌 형한테 조카가 있다는 얘기, 했었죠?"

"네."

"동갑나기 사촌 동생이 있는데 제수씨가 그 조카를 키우겠다고 하나 봐요."

"그래요?"

"입양을 할 생각인가 봐요."

"……!"

"조카를 아주 많이 사랑한다고 하면서 큰어머니를 붙들고 울더래요. 꼭 키울 수 있게 해달라고."

소연은 자신도 모르게 고개를 끄덕였다.

비록 준혁이 말하는 사촌 동생의 아내를 본 적은 없지만 그녀가 참 아름다운 사람이라는 것쯤은 알 것 같았다.

"사랑은 통계 밖의 일이에요."

"맞아요, 사람이 생각하는 것보다 훨씬 크고 대단한 일이에요. 그래서 조카는 어떻게 하기로 했어요?"

"곧 사촌 동생이 데리고 갈 거예요. 제수씨가 구정 직전에 직장을 그만뒀어요."

"조카 때문에요?"

"전적으로 조카를 키울 생각인가 봐요."

"대단하다는 말밖에는 생각이 안 나네요."

"나중에 보면 알겠지만 절대 희생적이고 헌신적인 스타일의 여자가 아니에요. 의외라는 말이 제수씨한테 꼭 어울리는 말이에요."

"어떤 분인지 궁금해요."

"조만간 인사 나눌 기회를 만들어 볼게요."

준혁은 불빛이 환한 휴게소 건물 근처에 차를 세웠다.

문을 열고 차에서 내린 소연은 갑작스런 추위에 화들짝 놀라 어깨를 움츠렸다.

"아, 추워!"

준혁 역시 놀란 표정으로 사방에서 불어오는 시린 바람을 맞았다.

서울을 출발할 때와는 비교할 수 없을 정도로 차가운 날씨였다. 그는 후드를 머리에 쓰는 소연의 손을 잡아 자신의 점퍼 주머니에 넣었다.

"올 겨울 들어 이렇게 추운 날은 처음인 것 같아요."

소연은 너무 추워서 턱이 떨릴 지경이었다.

"차에 들어가 있어요, 내가 사올게요."

무슨 말을 하느냐는 듯 소연이 강하게 고개를 저었다. 그런 그녀를 보며 준혁이 피식 웃음을 터뜨렸다.

살갗이 아플 정도로 시린 바람 앞에서도 함께 걸어가겠다는 소연의 마음이 그녀의 미소만큼이나 준혁의 가슴을 설레게 만들었다.

늦은 시간 두 사람은 바닷가 근처의 호텔에 도착했다. 12월의 마지막 날, 성진과 함께 묵었던 바로 그 호텔이었다.

크지 않은 바닷가 시(市)에 있는 유일한 별 다섯 개의 특급호텔이다. 소연은 불과 두어 달 사이에 다른 두 남자와 같은 호텔을 찾은 일을 굳이 씁쓸해하지 않았다.

예약을 해둔 준혁은 간단하게 체크인 절차를 밟은 뒤 곧바로 소연과 함께 룸으로 향했다.

엘리베이터는 두 사람을 25층에 있는 스위트룸으로 데려다주었다.

소연은 드넓게 펼쳐진 밤바다가 한눈에 들어오는 넓은 창가로 다가갔다.

저절로 감탄사가 쏟아져 나왔다.

"너무 근사해요!"

"이 정도면 해돋이를 보기에 적당하겠죠?"

"……?"

벗은 점퍼를 옷걸이에 걸며 준혁이 말했다.

"설마 바닷가에 나가서 해를 맞을 생각은 아닌 거죠? 점퍼 벗어서 이리 줘요."

"이 창가에 서서 해돋이를 보려고요?"

그는 소연의 벗은 점퍼를 받아 옷걸이에 걸었다.

"침대에 누워서 봐도 해 뜨는 거 잘 보여요."

"하!"

소연은 실소를 참지 못했다.

"새벽바람에 몸을 떨면서 바닷가에 서서 해가 뜨는 걸 기다리고 싶어요?"

"침대에 누워서 창밖으로 해돋이를 본다는 사람, 처음 봤어요."

"내일 새벽에 해 뜨는 걸 보고 나서 얘기해요. 누워서 보는 해가 얼마나 근사한지."

옷장 안에 점퍼를 걸어둔 준혁은 여전히 창가에 서 있는 소연에게 다가왔다.

"높은 곳에서 봐서 그런지 밤바다가 굉장히 멋있게 보여요."

"안 피곤해요?"

"조금이요."

꽤 긴 시간, 차를 타고 고속도로를 지나왔으니 피곤한 것이 당연했다.

준혁은 손목에 차고 있는 시계를 들여다봤다.

"벌써 12시가 넘었네요."

"벌써요? 대체 우리가 몇 시간을 온 거예요?"

퇴근을 한 뒤 저녁을 먹고 8시쯤 출발했으니 근 네 시간 이상을 차 안에 있었던 것이다.

"내내 막히는 편이었잖아요."

"준혁 씨야말로 정말 피곤하겠어요."

준혁은 자신을 올려다보는 소연의 손을 잡았다.

소연은 본능적으로 가슴이 쿵 소리를 내는 걸 들었다. 한 달 가까이 손만 잡아온 자신들 두 사람에게 특별한 순간이 다가오는 소리 또한 귀에 들리는 것 같았다.

그녀는 자신을 내려다보는 준혁의 눈동자가 솜사탕처럼 부드럽다고 생각했다.

"내일 아침 해 뜨는 시간은?"

"7시 32분."

소연은 차 안에서 그에게 들었던 말을 기억해 냈다.

"해 뜨기 전까지 푹 자둬요."

"그래야겠어요."

소연은 설렘과 긴장으로 가슴이 한껏 부풀어 올랐다. 잡고 있는 손을 소연의 뺨에 대며 그가 말했다.

원앤온리 *One and Only*

"소연 씨가 저쪽 룸을 써요, 난 이쪽 룸을 쓸게요."

"……!"

부풀어 오르던 가슴이 바람 빠진 풍선처럼 순식간에 가라앉았다. 소연은 실망감을 지나 마치 자신이 이상한 여자가 된 것 같은 기분을 느꼈다.

"7시쯤, 차 마시면서 같이 해 돋는 걸 보면 되겠네요."

"그, 그럴게요."

건전한 준혁과 달리 자신은 그렇지 않은 것 같은 생각이 소연을 적잖이 당황하게 만들었다. 한편으로는 지나칠 정도로 건전하게 구는 준혁에게 서운한 마음이 들었다.

'어떻게 이럴 수가 있지? 내가 그렇게 매력이 없는 걸까?'

"맥주 한잔하고 잘래요?"

"아니요, 그냥 쉬는 게 좋겠어요. 피곤하네요."

소연은 그가 아쉬워하는 자신의 마음을 눈치챈 것 같아 피곤한 시늉을 했다. 준혁은 그녀가 머물 룸 앞에까지 함께 걸어갔다.

"그럼 자고 새벽에 봐요."

"내일 뵐게요."

"잘 자요."

키스는커녕 짧은 입맞춤조차 없는 그에게 애써 미소를 지어보인 뒤 소연은 룸 안으로 들어섰다.

닫힌 문을 잠근 그녀는 나직하게 한숨을 쉬었다.

스웨터와 바지를 벗은 그녀는 가방을 열고 서울에서 가지고 온 실내복으로 갈아입었다.

만에 하나를 염두에 두고 준비해 온 진한 와인 컬러의 슬립이 가방 안에서 반짝거리고 있었다. 가방을 닫은 소연은 푹신한 침대 위에 풀썩 주저앉으며 자신도 모르게 혼잣말을 웅얼거렸다.

"스위트룸엔 룸이 하나가 아니구나."

오전 7시.

칠흑 같은 어둠 때문에 몹시 이르게 느껴질 뿐이지 실제 그리 이른 시간은 아니다.

해가 뜨기를 기다리며 준혁은 연한 그레이 컬러의 트레이닝복을 입은 소연과 함께 향긋한 커피를 마셨다.

화장기가 전혀 없는 소연의 얼굴은 청초하기까지 했다.

"잘 잤어요?"

"푹 잤어요. 준혁 씨는요?"

"6시쯤 일어났어요."

"일찍 일어났네요."

"바람 소리가 시끄러워서 더 잘 수가 없었어요."

"그랬어요?"

"룸 안에서 그 정도였으니 밤새 어마어마한 강풍이 불었을 거예요."

아무런 일 없이 밤을 보냈을 뿐인데 소연은 그와 자신이 한결 더 친밀해진 것처럼 느껴졌다.

회사 안에서는 본 적 없는 편안한 실내복 차림의 그를 처음 보아서인지도 모른다. 와이셔츠 대신 라운드 네크라인의 티셔츠에 도톰한 이지 팬츠를 입은 준혁의 모습에서, 그와 자신의 관계를 다시금 깨닫게 되는 것 같기도 했다.

향기도 맛도 그만인 커피를 마시며 소연이 그에게 물었다.

"왜 해돋이를 보러 오자고 했는지 물어봐도 돼요?"

"그리다 만 그림은 완성해야 하니까요."

"그리다 만 그림?"

"소연 씨 혼자 해도 뜨지 않은 바닷가를 서성거렸을 모습이 마음에 걸렸어요."

"……!"

"언젠가 말한 것처럼 나한테 해는 매일 뜨는 해, 그 이상도 그 이하도 아니에요. 하지만 소연 씨는 그렇지 않아요."

소연이 한 손으로 입가를 가렸다. 낭랑하고도 나직한 웃음소리가 터져 나왔다.

신기한 듯 준혁이 그녀를 바라보며 미소를 지었다.

"그렇게 웃어요?"

"이미지 관리하면서 웃는 거라 그래요. 그럼 해돋이를 보러 온 게 아니라 절 보러 온 거네요?"

"같이 있고 싶어서 왔어요."

소연은 아직까지 칠흑 같은 어둠에 둘러싸인 창밖을 쳐다보며 커피를 마셨다. 잔을 내려놓은 그녀가 준혁에게 물었다.

밤새 고민 끝에 내린 결론이었다. '왜'라는 질문을 계속해서 반복하는 것보다는 준혁에게 솔직하게 물어보는 것이 나았다.

"언제까지 손만 잡을 거예요?"

"소연 씨가 그 질문을 할 때까지요."

"네?"

당황해할 사이도 없이 준혁의 손이 그녀의 양쪽 뺨에 닿았다.

그는 본능적으로 눈을 감는 소연의 입술을 찾았다. 준혁은 꽃잎처럼 부드러운 입술 위에 자신의 입술을 포갠 채 숨결을 핥듯 조심스럽게 혀를 움직였다.

테이블을 사이에 둔 채 조심스럽게 입을 맞추던 준혁은 그녀의 어깨를 안은 채 천천히 소파에서 일어났다.

무너지듯 소연이 그의 품에 안겼다. 준혁은 그녀를 꼭 안은 채 소파에 앉았다.

마치 자신을 위해 준비된 것처럼 품에 쏙 들어오는 소연의 입술을 찾아 사랑의 고백 같은 숨결을 불어넣었다. 그는 자연스럽게 벌어지는 소연의 입술 사이로 혀를 밀어 넣었다. 미약처럼 달콤한 소연의 혀가 그의 입안으로 밀려들었다.

은은하게 시작된 키스는 삽시간에 걷잡을 수 없는 불길처럼 뜨거워졌다. 소연은 머릿속이 텅 비고 불이 붙은 듯 온 몸이 뜨겁게 달아올랐다.

매일 밤 대문 앞에서 자신을 아쉽게 하던 준혁은 결코 건전하기만 한 남자가 아니었다.

민망함을 잊은 채 소연은 자신의 코에서 들려오는 야릇한 소리를 들었다. 비음이 가득 섞인 신음은 그녀 자신이 듣기에도 지나치게 선정적이었다.

목젖에 닿을 것처럼 깊숙이 밀려들어온 혀가 뜨거운 밀어를 속삭일 때마다 소연은 온몸이 떨리는 경험을 했다.

트레이닝복의 지퍼를 내린 그의 손이 브래지어를 위로 밀어 올리는 순간 소연의 고개가 한껏 뒤로 젖혀졌다. 입안 곳곳을 점령하던 그의 혀가 잔인할 정도로 달콤하게 그녀의 목덜미를 핥은 것이다.

"아아!"

타들어가는 것 같은 신음과 함께 소연의 뺨이 발그레하게 물들었다.

준혁은 상상했던 것 이상으로 풍만한 그녀의 가슴을 두 손으로 그러쥐었다.

"아아……."

양 뺨에 발그레하게 물이 든 소연이 어깨를 움츠린 채 그를 올려다봤다.

지퍼가 끝까지 내려간 트레이닝복 윗도리와 검정색 브래지어가 소파 아래로 떨어져 내렸다. 준혁은 눈이 부실 정도로 뽀얀 가슴을 두 손으로 그러쥔 채 그녀의 목덜미와 쇄골에 입을 맞추었다.

"아훗!"

어깨를 움츠린 채 눈을 질끈 감는 그녀가 사랑스러워 견딜 수가 없었다.

그는 연한 빛을 띠는 유두에 입을 맞추었다. 놀란 듯 움을 틔우는 유두를 혀로 핥자 과즙처럼 달콤한 향이 순식간에 그의 미각을 장악했다.

준혁은 그녀를 소파에 눕힌 채 탐스러운 가슴을 입에 물었다.

"아흣! 아흣!"

짧게 끊어지는 신음을 토하며 소연이 두 손으로 그의 머리를 감싸 안았다.

소연의 신음 소리가 잠길 때까지 가슴을 탐닉하던 그의 입술이 밋밋하고 납작한 아랫배를 타고 아래쪽으로 미끄러져 내려갔다.

준혁의 두 손 끝에 걸린 트레이닝복 바지와 팬티가 단번에 벗겨졌다.

소연은 달뜬 눈으로 옷을 벗는 그의 모습을 올려다봤다.

포개듯 그녀의 입술을 찾은 준혁이 한 손으로 소연의 은밀한 곳을 헤집었다.

신음을 토하지 못한 소연이 꿈틀거리며 그의 손끝에 반응했다. 준혁은 충분히 젖어 있는 그곳을 손가락으로 애무하기 시작했다.

포개고 있던 입술을 떼어내자 폭발하듯 소연이 참고 있던 신음을 토해냈다.

"하아, 하아, 하아……."

준혁은 눈조차 제대로 뜨지 못한 채 달뜬 숨을 헐떡이는 그녀에게서 눈을 떼지 못했다. 만월처럼 출렁거리는 젖가슴을 한 손으로 움켜쥔 채 그는 순식간에 소연의 몸 안으로 자신을 밀어 넣었다.

"하, 하윽!"

크게 입을 벌린 소연이 울 것 같은 눈으로 그를 올려다봤다.

준혁은 꺽꺽거리며 억눌린 숨소리를 내는 그녀의 가슴을 입에 물고 천천히 빨기 시작했다. 어느 순간 머리 뒤에서 소연의 신음 소리가 들려오기 시작했다.

"아웅, 아흥, 하아……."

이제 그만 움직여도 된다는 듯 준혁의 머리카락 속에 밀어 넣은 그녀의 손가락이 움직이기 시작했다.

그는 서서히 자신의 남성을 옥죄어오는 소연을 느낄 수 있었다. 그녀는 강약을 지닌 선율처럼 준혁을 놓았다 쥐었다 했다.

소리 없이 돋은 해가 룸 안을 환하게 밝혀오는 것도 잊은 채 두 사람은 둘만의 강렬한 첫 순간을 경험했다.

마침내 절정에 이른 소연이 앙칼진 교성을 내지르며 그의 양팔을 움켜쥐고 바르작거리는 찰나, 준혁은 그녀에게서 자신의 남성을 빼냈다.

욕망만큼이나 뜨거운 체액이 순식간에 소연의 뽀얀 배 위로 쏟아졌다.

"해도 안 보여주고. 엉터리."

준혁은 칭얼거리는 그녀를 품에 꼭 안고 나직한 웃음소리를 냈다.

몇 번을 가졌는지 모른다. 칠흑처럼 어둑했던 룸 안에 빛이 가득해지고 다시 그 빛이 어둠으로 물드는 동안.

첫 순간보다 한결 더 농밀해진 섹스를 나누고 나서 잠시 잠이 들었던 소연은 가슴을 애무하는 그의 손길을 느끼며 눈을 떴다.

밤인지 새벽인지 모를 시간.

아플 정도로 팽팽하게 부풀어 오른 젖가슴과 허벅지 안쪽에서 느껴지는 긴장감이 하루 동안의 지독했던 열정을 기억하게 만들었다.

서운할 정도로 건전하기만 하던 준혁에게 이토록 무서운 열정이 숨겨져 있을 줄이야.

소연은 지금이라도 당장 자신을 안을 것 같은 그의 가슴에 얼굴을 파묻었다.

"준혁 씨한테 좋은 냄새가 나요."

"소연 씨도 그래요."

"해는 언제 보여줄 거예요?"

"내일까지는 천장만 봐요."

"너무해요."

소연은 짐짓 투정을 부리는 시늉을 했다.

침대 아래로 내려서면 걸을 수 있을까 싶을 정도로 허벅지 안

쪽이 뻐근하지만 그녀 역시 준혁을 소유하고 싶은 열망이 사라지지 않았다.

미끄러질 것처럼 부드러운 등줄기를 애무하던 그의 손이 소연의 가슴을 그러쥐었다.

"아, 준혁 씨!"

"마음껏 욕심낼 거예요, 이제. 그래주길 바란다고 말해봐요."

"모, 몰라요."

소연은 얼굴이 화끈거렸다.

뭐라 얘기할 사이도 없이 온몸이 불길에 휩싸인 것처럼 뜨겁게 달아올랐다. 소연은 목젖이 아플 정도로 자신을 달뜨게 만드는 그에게 필사적으로 매달렸다.

준혁은 가느다란 그녀의 발목을 어깨에 걸친 채 격렬하게 소연을 파고들었다.

"하흑! 아윽!"

소연의 몸이 움찔거릴 때마다 가득 찬 만월 같은 가슴이 요동하듯 흔들렸다.

준혁은 거친 숨소리를 헐떡거리는 그녀를 내려다보며 회심에 찬 미소를 지었다.

싱그러운 풀잎을 연상시키는 소연의 미소가 그의 가슴을 설레게 했던 시간이 있었다. 그 소연이 불길처럼 뜨거운 열정을 가진 여자가 되어 다시금 준혁의 가슴을 뛰게 만들었다.

전혀 어울리지 않을 것 같은 두 모습이 그녀에게 공존하고 있었다.

"아아! 아윽! 하아, 하아, 하윽……."

안쓰러운 고양이처럼 가르릉거리던 소연이 어느 순간 불 속으로 뛰어드는 나방처럼 열정에 취한 모습으로 온몸을 바르작거렸다. 그러다 어느 순간 가쁜 숨을 헐떡이며 준혁에게 안긴 채 흐느끼기도 했다.

놀라울 정도로 다채로운 반응은 준혁을 그녀에게 완전하게 빠져들게 만들었다.

땀으로 흥건한 그의 등줄기가 격렬한 몸짓을 따라 마치 광선이 빛을 발하듯 번쩍거렸다. 준혁은 두 손으로 시트를 움켜쥔 채 사정없이 고개를 흔드는 소연에게서 눈을 떼지 못했다.

그녀가 느끼는 절정.

그녀가 느끼는 자신을 함께 경험하고 싶은 갈망을 느꼈다.

소연은 거칠어지는 그의 숨소리를 들으며 두 손으로 준혁의 팔을 움켜쥐었다.

그녀는 여지를 남겨두지 않는 준혁의 열정에 매료됐다.

생각을 멈추게 만드는 극한의 열정…….

소연은 마치 바다를 향해 뛰어드는 소금인형이 된 기분으로 그를 힘껏 끌어안았다.

살얼음.

갑작스럽게 달라진 것 같은 희정과의 관계에서 성진은 이유를 알 수 없는 불안을 느꼈다. 마치 종잇장처럼 얇은 살얼음판이 자신들의 발아래 놓인 것 같은 기분이었다.

그는 붉어진 얼굴로 술잔을 입술로 가져가는 희정을 물끄러미 쳐다봤다. 거부할 수 없는 관능미를 뿜어내던 희정의 모습은 더는 찾아볼 수 없었다. 술잔을 쳐다보는 그녀의 눈동자에는 정염 대신 긴장으로 꼿꼿해진 불안이 가득했다.

성진은 불만스러운 마음으로 연거푸 술잔을 비웠다.

그는 소연의 말 한마디에 삶이 바뀔 수 있을 만큼 위태로운 시간을 살고 있었다. 성진은 그런 사실을 누구보다 잘 알면서 힘을 주기는커녕 제가 더 불안한 것처럼 구는 희정이 못마땅했다.

소연이라면 이런 상황에 자기 자신의 감정만을 생각하는 짓 같은 건 하지 않을 것이다.

희정이 지독하게 이기적인 여자라는 사실쯤은 익히 알고 있었고, 그 이기적인 성격을 사랑하기도 했지만 지금 성진에게 필요한 건 자신을 이해해 주고 위로해 주는 사람이었다.

"어떻게 할 생각이야?"

빈 잔을 내려놓으며 희정이 신경질적으로 그에게 물었다.

"뭘 어떻게 해?"

"생각이 없는 거야, 뭐야?"

"나 같은 인간 하나쯤 평생 편하게 살게 해줄 수 있다고 말한 사람이 누군데?"

"날 원망하는 거야?"

그는 희정의 말에 대꾸할 가치를 느끼지 못했다.

여행에서 돌아온 이후, 정확하게는 소연과 준혁이 사귄다는 소식을 접하고 난 뒤, 희정은 온통 가시로 덮인 나무처럼 굴었다. 이해가 되지 않는 건 아니다. 하지만 오직 자신만을 생각하는 그녀가 성진은 못마땅했다.

잔에 위스키를 채우며 그가 말했다.

"당신은 당신 한 사람밖에는 모르는 여자야."

"그러는 당신은?"

"나는 소연이의 입에서 나온 몇 마디 말이 당신과 나, 우리 두 사람에게 치명적일 수 있다고 생각해. 하지만 당신 머릿속엔 '우리'라는 관계 자체가 없어 보여."

희정은 자신을 나무라는 성진을 쳐다보며 피식 웃음을 터뜨렸다.

취기로 붉어진 눈동자가 시큰거렸다.

"성진 씨, 나에 대해 얼마나 알아?"

"어지간하면 그만하지, 그 소리."

"그만하라니?"

"당신 말버릇이잖아."

가슴이 답답하기만 한 희정은 고개를 뒤로 젖히고 술잔을 비웠다. 마른안주를 집어 드는 그녀의 귀에 성진의 목소리가 들려왔다.

"우리, 라는 생각을 하기는 해?"

비웃듯 그녀가 물었다.

"그러는 당신은?"

"당신한테 쌓이는 게 많고 서운한 게 많은 걸 보면, 우리라고 믿고 있는 거겠지."

"나한테 너무 많은 걸 바라지 마."

희정은 답답해서 터질 것 같은 가슴을 술로 달랬다.

털어놔야 하는 진실…….

반드시 그래야만 하는 비밀을 가진 그녀로서는 난데없이 변해 버린 상황이 불안하고 두려울 수밖에 없었다.

긴 한숨을 내쉰 성진이 그녀를 바라보며 말했다.

"지금은 당신이 나한테 위로가 되어줬으면 해."

"백소연으로 인해서 우리가 느끼는 불안감은 똑같아. 누가 누구에게 어떻게 위로가 될 수 있겠어?"

그럴 줄 알았다는 듯 성진이 씁쓸한 표정으로 헛웃음을 터뜨렸다.

한쪽 다리를 꼬고 도도하게 앉아 있는 모습과 달리 희정은 자신도 모르게 검지손톱 가장자리를 입에 물고 자근자근 깨물었다.

그녀는 소연을 떠올렸다.

어디에서부터 어떻게 잘못이 시작됐는지는 중요하지 않았다.

작정하고 소연에게 나쁜 짓을 하려고 했던 건 아니지만 결과적으로 그렇게 되고 말았다. 변명조차 필요하지 않은 일이었다.

"내가, 아니, 우리가 뭘 어떻게 하면 좋을지 생각해 봤어?"

성진의 말에 그녀는 쉽게 대답하지 못했다.

"성진 씨 생각은 어떤데?"

머뭇거림 끝에 그가 말했다.

"사직서를 낼지도 모르겠어."

"나쁘지 않은 생각이야."

희정은 그가 하는 말이 진심이길 바랐다. 희정에게는 그 어느 때보다 시간이 필요했다. 그것도 아주 간절하게.

"그렇게 되면 혹시라도 당신을 원망하게 될 것도 같아."

"후후……."

그는 그러든지 말든지 상관없다는 듯 나직하게 웃는 희정을 뚫어질 듯 쳐다봤다.

"당신답지 않게 불안해하는 모습들, 너무 자주 내 눈에 보여."

"그런 일 없어. 성진 씨가 멋대로 오해하는 것뿐이야."

희정은 딱 잘라 말했다.

갈증이 멈추지 않을 정도의 긴장이 몰려들었지만 그녀는 그런 감정을 결코 성진에게 들키고 싶지 않았다.

"뭐가 그렇게 불안하지?"

"불안한 거 없어. 이러는 당신이 짜증스러울 뿐이야."

희정은 바닥을 드러낸 술병을 그에게 들어보였다. 괜한 소리 따위는 집어치우고 술이나 주문하라는 듯.

무표정한 얼굴로 그녀를 쳐다보던 성진은 체념한 듯 테이블 가장자리에 달린 벨을 눌러 종업원을 불렀다.

잠에서 깬 소연은 화들짝 놀란 표정으로 운전석에 앉아 있는 준혁을 바라봤다.

"미안해요, 준혁 씨."

어처구니없게도 언제 잠이 들었는지 그조차 기억이 나지 않았다. 어둠이 자욱한 고속도로를 달리는 차 안에서 준혁과 대화를 하던 기억이 흐릿하게 떠올랐다.

"잘 잤어요?"

소연은 대답 대신 미소를 지었다. 왼손으로 핸들을 쥔 준혁이 다른 한 손으로 그녀의 뺨을 어루만졌다.

피곤함에서 헤어나지 못하는 표정으로 대화를 하던 소연이 별안간 두 눈을 감은 채 스르르 잠이 들어버렸다. 눈 깜짝할 사이에 일어난 일이었다.

곤한 숨소리를 새근거리며 깊이 잠든 그녀를 바라보며 준혁은 또 한 번의 설렘을 경험했다.

"깜박 잠이 들었었나 봐요."

소연은 차가 서울에 도착하는 것도 모른 채 깊은 잠을 잔 일이 미안하기만 했다.

"코 고는 버릇 있다는 얘기, 왜 안 했어요?"

"제가요?"

소연의 눈이 휘둥그레졌다. 하지만 이내 말도 안 된다는 듯 소연이 그에게 눈을 흘겼다.

"지금 절 놀리는 거죠? 코 곤다는 소리 한 번도 들어본 적 없단 말이에요."

"내 귀엔 들렸어요."

"거짓말하지 말아요."

준혁은 발끈해하는 그녀의 뺨을 가만히 쥐었다 놓았다.

"내 앞에선 코 정도는 곯아도 괜찮아요."

"……."

해돋이라는 명목으로 떠난 여행이 무색하게 이틀 동안 단 한 번도 해가 뜨는 걸 보지 못했다. 해가 뜨는 것도 지는 것도 의식하지 못한 채 허기진 열망을 채우고 또 채웠다.

머뭇거림과 갈등의 잔재 따위는 어디에서도 찾아볼 수 없었다. 오히려 그 이틀 동안 소연은 더는 얼굴을 붉힐 이유가 없을 만큼 대담하게 그에게 녹아들었다.

그녀의 집이 가까워질수록 준혁은 아쉬움을 느꼈다. 조금이라도 더 함께 있고 싶은 마음이 간절해졌다.

그는 서른다섯 살이나 된 사내에게 이런 감정을 느낄 수 있게 만들어준 소연이 새롭기만 했다.

"다음번엔 해돋이 보러 어디로 갈 건지 생각해 놔요."

"네?"

능청스런 그의 말에 소연의 눈 밑이 발그레해졌다.

그녀는 강풍에 몸을 맡긴 작은 배처럼 물살을 따라 유유히 흘러가는 자신을 용인하기로 했다.

굳이 왜라는 질문을 가질 이유가 없었다. 이래도 되는 건지, 일일이 물어가며 갈등할 이유도 없었다.

"준혁 씨, 오늘은 골목 입구에서 내릴게요."

소연이 부모님에게 대학 친구들과 여행을 가기로 했다는 거짓말을 했다는 걸 알고 있는 준혁이 고개를 끄덕였다.

차를 세운 그는 소연과 함께 밖으로 내렸다.

차가운 밤바람이 불어오자 소연은 풍성한 퍼가 둘러진 후드를 머리에 썼다.

"조심해서 가세요."

"집에 가서 전화할게요."

대로와 맞닿은 골목 입구, 오가는 사람들이 적지 않은 곳에서 두 사람은 가볍게 손을 잡았다 놓는 것으로 아쉬운 인사를 대신했다.

소연이 잡은 손을 선뜻 놓지 못하는 그에게 작은 목소리로 말했다.

"들어갈게요."

후드를 꼼꼼하게 씌워주며 그가 나직한 목소리로 소연에게 말했다.

"사랑해요."

샤워를 끝낸 소연은 화장대 의자에 앉아 물끄러미 거울을 들여다봤다. 그녀는 여전히 피곤해 보이는 얼굴을 두 손으로 감싸 쥐었다.

"후우!"

안도의 한숨 같은 소리가 입술 사이로 흘러나왔다.

삶에 대한 계획을 세운다는 것 자체가 우스운 일인지도 모른다. 사람의 뜻대로 되는 일이 얼마나 많은지 자신할 수 없다.

꽤 오랫동안 비교적 안정적으로 사귀어온 연인의 배신 같은 건 사람의 계획 속에 없는 일이다. 계획뿐 아니라 상상 속에도 존재하지 않는 일이다.

하지만 현실 속에는 오래된 연인이 친구 이상으로 가까운 여자와 사랑에 빠지는 일이 얼마든 존재한다.

그뿐 아니다. 실연과 배신의 주인공에게 어느 날 갑자기 뜻밖의 사랑이 찾아오기도 한다. 그야말로 '뜻밖'의 일이다.

거울을 들여다보며 소연은 상식적인 선에서의 생각과 계획을 내려놨다.

가까스로 토너와 로션을 바른 소연은 밀려드는 졸음을 밀어내며 침대에 누웠다.

준혁에게 걸려올 전화를 받기 위해 휴대폰을 머리맡에 둔 채 소연은 무겁게 내려앉는 눈을 감았다.

윙윙거리는 바람 소리가 들리는 것 같은 머릿속으로 희미한 생각들이 스쳐 지나갔다.

계획대로 퇴사를 했더라면 어떻게 됐을까?

소연은 눈을 감은 채 가만히 고개를 저었다.

여행을 하듯 몇몇 나라를 찾아다니려 한 일은 아예 기억조차 나지 않고 환한 미소를 띤 준혁의 얼굴만이 눈앞에 아른거렸다.

"후우!"

가슴을 쓸어내리고 싶을 정도로 소연은 안정감을 느꼈다.

송두리째 잃어버렸던 감정의 실체가 무엇인지 그녀는 비로소 알 것 같았다.

사랑하던 사람의 배신보다 더 견디기 힘들었던 건 산산이 깨진 삶의 안정감이었던 것이다.

"다행이야…… 정말 다행이야."

혼잣말을 중얼거리는 그녀의 눈가에 투명한 물기가 어렸다.

7

사랑 그리고 사랑

사랑이 변하는 일에 이유가 없을 수 있다. 실연을 당한 사람의 입장에선 얼마든 그럴 수 있는 일이다. 실연뿐인가. 배신 역시 이유가 없을 수 있다.

소연은 그 사실을 뼈저리게 잘 알고 있는 사람 가운데 하나였다.

그런 그녀가 새롭게 깨닫게 된 사실은 다시 누군가를 사랑하게 되는 일에도 이유가 없을 수 있다는 것이었다.

바다처럼 늪처럼 깊기만 한 그것은 한 남자를 향한 사랑이었다.

'왜? 어떻게 그럴 수 있지?'

괜스레 스스로를 나무랄 하등의 이유가 없는 분명하고도 확고한 감정이었다.

시작이 어찌됐든 소연은 자신이 준혁을 사랑하고 있다는 사실을 부인할 수 없었다.

그것은 설렘과 떨림으로 채워진 완전한 감정이었다.

사내 연애 끝에 헤어진 여자가 상처니 소문이니 하는 것들이 아물 시간조차 두지 않고 곧바로 다른 누군가를 사귀는 일이 마냥 좋게 보이진 않을 것이다. 직장 상사가 새로운 사랑의 대상이라면 더더욱 그럴 것이다.

하지만 사랑에 빠진 소연에겐 그 모든 것들이 뛰어넘어야 할 장애물에 불과했다.

둘만의 해돋이 여행은 소연이 가지고 있던 조심스러움이니 머뭇거림이니 하는 것들을 멈추게 하는 계기가 돼주었다.

준혁과의 관계에 대한 확신이 그만큼 분명해진 것이다. 남들의 눈에 보여지는 모습 따위가 더는 중요하지 않게 된 것이다.

소연 자신이 일을 겪었든, 어떻게 준혁을 만났든 그보다 중요한 건 자신들 두 사람이 사랑이란 감정 앞에 지극히 평범한 한 남자와 여자라는 사실이었다.

"다시 말해봐요."

준혁이 검지로 그녀의 이마에 붙은 머리카락을 떼어내며 말했다. 소연은 대답하는 대신 가만히 두 눈을 감았다. 더할 나위 없이 조심스럽게 머리카락을 떼어내는 그의 손길을 느끼며.

눈을 감은 채 소연이 말했다.

"우리 두 사람이 사랑 앞에 지극히 평범하다는 사실이 다행스러워요."

"그 평범한 대열에 설 수 있게 해줘서 고마워요."

감고 있던 눈을 뜬 그녀가 준혁을 올려다보며 미소를 지었다.

정서적이고 감정적인 것과 육체적인 것, 어느 것 하나에도 의미가 없을 수 없었다. 불가분(不可分)의 고리로 엮인 그것들이 자신들의 사랑을 보다 완전하게 만들어가고 있었다.

여행에서 돌아온 이후, 아니, 본능적인 갈망 안에서 하나가 되고 난 이후, 준혁과 소연의 관계에는 커다란 변화가 생겼다.

가장 두드러진 변화는 서로가 서로에 대해 은밀할 정도로 솔직해진 것이다. 머뭇거림이니 하는 것들은 더는 그들 두 사람에게 어울리는 것이 아니었다. 늦은 밤 시간 수화기를 타고 수줍게 속닥대던 밀어는 대담해졌고 서로를 바라보는 눈빛에는 열망이 가득했다.

준혁은 자신이 그녀를 원하는 감정에 대해 솔직했고 소연 역시 다르지 않았다.

퇴근과 동시에 두 사람에겐 단둘만의 눈부신 축제가 시작됐다.

실오라기 하나 걸치지 않은 나신인 채 침대에 누워 소곤소곤 밀어를 속삭이는 순간의 행복. 소연의 의식 속엔 더는 슬픔에 물든 어두움 그림자가 남아 있지 않았다.

사랑에 빠진 여자…….

그녀에겐 더는 어떤 수식어도 필요하지 않았다.

소연은 두 손으로 그의 뺨을 감싸 안은 채 짤막하게 입을 맞추었다.

"소연 씨가 없는 삶은 상상할 수 없는 지경이 됐어요."

그녀의 등을 한 손으로 끌어안으며 준혁이 말했다.

소연은 뚫어질 듯 그를 쳐다봤다. 긴장과 설렘으로 폐부가 팽팽해지기 시작했다. 나신만큼이나 솔직한 감정을 고백할 때면 매 순간 가슴이 뻐근하게 아파오곤 했다.

사랑에 빠진 사람만이 경험할 수 있는 행복한 긴장감이었다.

소연의 검지가 그의 턱 끝을 부드럽게 훑고 지나갔다.

"준혁 씨의 전부가 되고 싶어요."

소연은 먹물을 풀어놓은 것처럼 진한 그의 검은 눈동자가 가슴으로 쏟아져 들어오는 것 같은 경험을 했다.

그가 웃고 있는 것이다. 그의 영혼이 웃고 있는 것이다. 자신의 고백을 흡족해하며.

준혁은 한 손으로 그녀의 등을 안은 채 다른 한 손으로 수줍은 홍조를 띠는 뺨을 어루만졌다.

"이미 내 전부예요."

그의 입술이 입술에 닿는 순간 소연은 반사적으로 스르르 두 눈을 감았다.

마치 기류처럼 엄습해 오는 달콤한 숨결이 찰나적으로 입술을 마비시키는 느낌이었다. 가빠오는 호흡과 손끝을 타고 피어오르는 열기가 소연의 뺨을 진한 붉은빛으로 물들였다.

간질이듯 목덜미와 어깨를 어루만지던 그의 손이 봉긋하게 솟은 가슴을 움켜쥐는 순간 소연의 어깨가 한껏 움츠러들었다.

준혁은 순간적으로 꼿꼿해지는 유두를 엄지와 검지 사이에 넣고 비비듯 자극했다.

깊숙이 들이밀어진 축축한 혀를 받아들인 채 가쁜 숨을 참고 있던 소연이 그의 등을 힘껏 끌어안았다. 불길에 휩싸인 것처럼 온몸이 아플 정도로 화끈대기 시작했다.

소연은 고개를 뒤로 젖힌 채 삼킬 것처럼 열정적으로 키스를 퍼붓는 그의 등을 꼭 끌어안았다.

"하아!"

마침내 그녀의 벌어진 입술 사이로 참고 있던 탄성이 쏟아졌다. 소연은 게걸스러울 정도로 덥석 가슴을 입에 무는 준혁의 어깨를 움켜쥐었다.

"아웃!"

아플 정도로 꼿꼿하게 일어선 유두가 준혁의 윗입술과 아랫입술 사이에 갇힌 채 뜨거운 혀의 자극을 받아들이기 시작했다.

"아아! 아아!"

스타카토처럼 끊어지는 탄성이 탐스러운 소연의 젖무덤에 자잘한 소름을 돋게 만들었다.

준혁은 움켜쥔 손안을 가득 채우는 가슴을 쥐었다 놓았다 하며 작고 달달한 유두를 게걸스럽게 빨아대기 시작했다.

"아응!"

소연이 앙칼진 고양이처럼 신경질적인 비음을 쏟아냈다.

츕츕대는 습윤한 소리가 선명하게 들려올 때마다 소연은 머릿속은 물론 심장이 텅 비는 것 같은 전율을 느꼈다.

"아아…… 아응, 아응……."

그녀의 입술 사이로 흘러나오는 새된 신음의 작은 조각까지도 준혁에겐 말할 수 없는 쾌감을 불러 일으켰다.

다른 누구도 아닌 소연이 자신의 여자가 되어 쾌락에 물든 달뜬 신음을 쏟아내고 있었다.

자신을 원하는 그녀의 모습을 보고 싶은 욕구가 밀려들었다. 자신의 손길을 갈망하는 그녀의 달뜬 눈동자를 보고 싶은 욕망이 진하게 밀려들었다.

준혁은 밀어내듯 달콤한 유두를 입술 사이에서 뱉어냈다.

감고 있던 눈을 뜬 소연이 아쉬움이 가득한 표정으로 그를 바라봤다. 준혁은 못 본 척 두 손으로 젖무덤을 그러쥔 채 천천히 원을 그리기 시작했다.

여전히 가쁜 숨소리를 내뱉으며 소연이 자신을 바라보고 있었다. 아니, 기다리고 있었다. 준혁은 그 사실을 느낄 수 있었다. 하지만 느끼는 것으로는 부족했다. 그는 자신을 갈망하는 소연을 보고 싶었다.

준혁은 인색할 정도로 천천히 혀끝으로 유두를 핥았다.

"아아!"

눈을 감은 소연이 그러면 그렇지 하는 표정으로 턱 끝을 치켜들었다. 준혁의 혀가 놀리듯 천천히 움직이자 소연이 눈을 뜨며 그에게 말했다.

"그러지 말아요."

"뭘?"

소연이 장난기가 농후한 그에게 눈을 흘겼다.

"이럴 거예요?"

"뭐가?"

그녀는 숫제 싱글싱글 웃기까지 하는 준혁의 손등을 꼬집었다.

"나빠요."

"나빠요?"

"장난 그만해요."

소연이 칭얼거리며 그에게 눈을 흘겼다.

마치 풍선을 쥐듯 준혁이 두 손으로 풍만한 젖무덤을 움켜쥐었다. 그 순간 소연이 그에게 말했다.

"아까처럼 해줘요."

"어떻게?"

소연은 전혀 모르겠다는 듯 능청스런 표정을 짓는 그의 가슴을 손바닥으로 때렸다.

"정말 나빠요. 아아! ……아아……."

그녀는 길게 내민 혀끝으로 유두를 핥는 준혁의 머리를 손바닥으로 어루만졌다.

"준혁 씨, 조금만 더 빨리 해줘요. 하읏!"

소연의 말이 끝나기 무섭게 그의 혀가 흡입하듯 유두를 빨아대기 시작했다.

"아웅, 아웅……. 조금 더, 조금 더요."

준혁은 절실한 그녀의 목소리를 따라 움직이기 시작했다. 그의 혀끝이 천천히 움직이기 시작하면 소연의 입에서 새된 목소리가 흘러나왔다.

"준혁 씨!"

마침내 소연의 입술 사이로 간절하기 그지없는 목소리가 터져 나왔다. 그곳엔 더는 그만 애태우라는 간절한 바람이 담겨 있었다.

준혁은 본연의 애무로 잠시 애가 달았던 그녀의 감각을 최고조에 이르게 만들었다. 보드라운 숲 속에 숨어 있던 소연의 밀지에 손이 닿는 순간 그는 자신도 모르게 나직하게 휘파람을 불었다.

몸을 일으킨 준혁은 그녀의 허벅지를 넓게 벌렸다.

"……!"

소스라치게 놀란 건 아니지만 눈길 둘 곳을 찾지 못한 소연이 황급히 고개를 돌렸다.

그가 자신의 허벅지를 한껏 벌린 채 경련이 일 것처럼 열기로 파닥이는 은밀한 곳을 뚫어져라 쳐다보고 있었다.

일말의 부끄러움과 수치심이 믿을 수 없게도 묘한 흥분을 자아내고 있었다.

준혁이 손끝으로 무성한 수풀을 젖히는 순간 소연은 자신도 모르게 어깨를 파르르 떨었다. 그는 경배하듯 고개를 숙인 채 소연의 은밀한 꽃잎에 입을 맞추었다.

"아아!"

납작한 아랫배에 힘이 들어간 소연은 본능적으로 엉덩이를 꿈틀거렸다.

한 번, 두 번, 세 번······.

움찔대듯 엉덩이를 움직거리던 소연이 두 손으로 준혁의 머리를 감싸 쥐었다. 마치 리듬을 타듯 몸을 움직이는 그녀의 입술 사이로 타들어가는 것 같은 신음과 탄성이 쏟아지기 시작했다.

"아흑, 아흑! 아윽! 준혁 씨! 아아, 준혁 씨, 준혁 씨!"

새된 신음을 쉴 새 없이 토하던 소연이 날카로운 비명을 지르며 경련하듯 온몸을 파르르 떨어댔다.

번들거리는 입술을 손등으로 닦아낸 그가 가쁜 숨을 고르며 물었다.

"기분이 어때요?"

"너무 좋아요."

감은 눈을 뜨지 못한 채 소연이 고개를 저으며 그에게 대답했다. 준혁은 가쁜 숨을 헐떡거리는 그녀를 뒤로 돌아 눕혔다. 소연이 한 손으로 자신의 배를 들어 올리는 그를 향해 고개를 돌렸다.

난처한 표정으로 자신을 바라보는 그녀에게 준혁이 말했다.

"깊이 들어가고 싶어서 그래요."

뺨은 물론 귓불까지 화끈거렸지만 소연은 고개를 끄덕였다.

정서적인 것과 육체적인 것 중에 어느 것이 먼저이고 어느 것이 나중인지는 굳이 말하지 않아도 알고 있다. 하지만 지극히 본능적인 관계가 머뭇거릴 이유가 많은 자신들을 보다 분명한 시간 속으로 걸어가게 만들고 있었다.

소연은 두 무릎과 손바닥을 바닥에 댄 채 엉덩이를 치켜들었다. 관통하듯 순식간에 준혁의 일부가 그녀의 몸속으로 들어왔다.

"하윽!"

무너지듯 어깨를 침대에 댄 소연의 입술 사이로 억눌린 숨소리가 흘러나왔다. 하지만 그녀는 이내 상체를 일으키고 두 손으로 시트를 힘껏 움켜쥐었다. 그리고는 준혁을 바라보며 고개를 끄덕였다. 거칠 것 없는 자신들 둘만의 완벽한 시간 속으로 뛰어들 준비가 됐다는 듯.

깊은 밤.

밤이 깊다는 사실만을 인식할 뿐 시간이 몇 시쯤 됐는지는 전혀 알 수가 없다. 모르는 건 그것뿐이 아니다. 마이크와 연결된 이어폰을 귀에 꽂은 채 소연은 자신이 얼마 동안 준혁과 전화 통화를 하고 있는지 그조차 알지 못했다.

[아이스크림 가져왔어요?]

"아니요."

[아니라니요?]

"내일 아침이면 도로 이 상태가 될 거잖아요."

[하하하…….]

그의 웃음소리를 들으며 소연은 덩달아 웃음을 터뜨렸다.

"우리 너무 유치한 건 아니죠?"

[입술이 부르틀 때까지 키스를 하는 게 유치하다고 생각해요?]

"물론 그건 아니지만……."

[아니지만?]

"갑자기 보고 싶어졌어요. 나, 왜 이러지는 모르겠어요."

소연은 스스로 생각하기에도 기가 막힌 나머지 한숨을 쉬었다.

집 앞에까지 데려다준 준혁과 차 안에서 장장 두 시간이 가깝게 키스를 했다. 아프리카 부족 원주민처럼 통통 부은 입술 때문에 당장 아이스크림이 필요할 정도였다.

[후후…….]

"왜 웃어요?"

[혼자서 소연 씨를 짝사랑하던 때가 생각이 나서 그래요.]

"치, 짝사랑도 제대로 안 했으면서 한 것처럼 말하기 없기예요."

[대시 안 하면 짝사랑 제대로 안 한 거라고 누가 그래요?]

"제가 그러죠."

[내가 좋다는 얘길 하는 거죠?]

"정말 많이 좋아해요."

[아까 침대에서 했던 얘기, 다시 해봐요.]

소연이 피식 웃음을 터뜨렸다. 하지만 그녀는 내숭 따위는 떨지 않았다.

"사랑해요."

[어떤 순간에도 내가 소연 씨를 더 많이 사랑한다는 사실, 잊지 말아요.]

"싫어요."

[싫어요?]

"제가 더 많이 사랑할 거예요."

[싫다면?]

"싫어도 어쩔 수 없어요."

[내일은 키스를 더 많이 해줘야겠군.]

아주 간간히 그가 반말을 하는 일들이 일어나고 있었다. 어쩌다 한 번씩 그러는 일이지만 그때마다 소연은 가슴이 몹시 두근거렸다.

"우리 못된 짓에 빠진 십대 같지 않아요?"

[못된 짓?]

"숨어서 하는 짓 말이에요."

그의 웃음소리를 들으며 소연은 가만히 두 눈을 감았다.

준혁은 숨소리마저 사랑스러운 남자였다. 시간이 지날수록 그를 향한 사랑이 깊어져 가는 건 당연한 일이었다.

[갑자기 숨어서 해보고 싶단 생각이 들었어요.]

"네?"

[회사 안은 어때요? 주차장도 괜찮을 것 같지 않아요?]

"준혁 씨!"

그가 하는 말을 알아들은 소연이 기겁을 했다.

[농담이에요, 농담.]

"준혁 씨, 그쪽 분야에 대해선 농담 안 하는 남자잖아요."

[그쪽 분야?]

"……."

[5시간 뒤에 데리러 갈게요.]

"5시간이요?"

갑작스런 그의 말을 의아해하던 소연이 아차 하는 표정으로 준혁에게 물었다.

"벌써 2시가 넘었어요?"

[2시 40분이에요.]

"맙소사! 대체 우리가 몇 시간 동안 통화를 한 거예요?"

[전화 끊자마자 눈 감고 누울 수 있죠?]

소연의 표정이 환해졌다.

"준혁 씨, 이 말부터 해야겠어요. 준혁 씨는 저한테 행복을 가져다준 사람이에요. 고마워요."

[사랑해요, 소연 씨.]

소연은 마치 그가 자신의 앞에 있는 것처럼 환하게 미소를 지었다. 사랑하고 더 사랑한다는 말을 해주고 싶을 만큼 그가 보고 싶었다.

"너는 말이야, 연달아 두 번째 사내 연애를 하고 있는 중이야."

식탁 의자에 양반다리를 하고 앉은 주연은 마치 연구원처럼 진지한 표정으로 초콜릿을 중탕하고 있는 동생에게 말했다.

"그렇지."

"그것도 아주 짧은 간격을 사이에 두고 말이야."

"그건 팩트가 아니라고 말했잖아."

"물론 네가 정성진을 정리한 건 지난해 초여름이지만 그 사실을 아는 사람은 너밖에 없었다며?"

"사람들의 생각보다 중요한 건 사실이야, 언니."

언니 주연과 이야기를 나누며 소연은 빠르게 손을 움직였다.

그녀는 밸런타인데이에 준혁에게 선물할 초콜릿을 만드느라 분주하게 주방을 오가는 중이었다.

"사람을 미치게 만드는 건 팩트가 아니라 사람들의 수군거림이야. 대세라는 말이 괜히 나왔는지 아니?"

"주관 없는 사람들이 그러는 거야."

"너는 아니다?"

몰드에 조심스럽게 초콜릿을 부으며 소연이 짧게 대답했다.

"응."

주연은 '제법인데' 하는 눈으로 동생을 쳐다봤다.

성진과 헤어졌다는 말을 들은 지 얼마 되지 않아 동생은 새로운 남자친구가 생겼다며 고백을 했다.

좋아해야 하나, 걱정해야 하나 갈등하는 것 같던 부모님은 소연의 새로운 남자친구가 직장 상사라는 말을 듣고 동시에 '반대!'를 외치셨다.

주연이 보기에도 당연한 반응이었다.

하지만 소연은 부모님을 말로 설득하지 않았다. 대신 남자친구인 준혁을 가족들에게 직접 소개하는 방법을 선택했다.

부모님은 물론 주연 역시도 준혁이 무척 마음에 들긴 했지만, 우려하는 마음은 여전히 남아있었다.

"회사에선 어때? 정성진 때문에 네가 최준혁 씨를 만난다는 말이 들리기도 할 텐데?"

"상관없어."

"정성진을 잊지 못해서라는 오해를 받을 수도 있고, 정성진에게 복수를 하기 위해서라는 오해를 받을 수도 있다고."

"사실이 아니야."

"괜찮다?"

"당연히 괜찮지. 언니, 몰드 가장자리에 묻은 초콜릿은 어떻게 해야 해?"

일종의 심리 상담 같은 언니와의 대화에 집중하면서도 소연의 신경은 온통 초콜릿에 가 있었다.

"어떻게 하긴, 먹으면 되지."

"뭐라고?"

"실패작은 우리가 먹어야 해."

"가장 자리에 넘친 것들은 실패한 거야?"

"살짝 칼로 도려내도 되긴 하는데 모양이 안 예뻐."

"아, 속상해!"

난생처음 수제 초콜릿을 만들기로 마음먹은 소연은 생각처럼 완벽하게 만들어지지 않는 초콜릿을 원망스러운 눈으로 쳐다봤다.

"돈 주고 사서 주는 게 현명하다고 처음부터 얘기했어."

"난생처음 해보는 거야, 언니. 그 자체가 나한테는 의미 있는 일이란 말이야."

"하긴 최준혁 씨는 몰드는커녕 네가 손으로 주물러서 줘도 감동할 거야. 실패한 거 이리로 가지고 와봐, 맛이나 보게."

주연이 보기에 동생은 준혁과의 사랑에 깊이 빠져 있었다. 그건 준혁 역시 마찬가지였다.

두 번째 사내 연애로 인해 돌아오게 될 사람들의 수군거림에 대해서도 소연은 개의치 않았다. 무엇보다 그녀의 생각 속엔 정성진의 자리가 남아 있지 않았다.

주연의 질문에 대한 그녀의 대답은 모두가 사실이고 진심이었다.

"음, 맛있다!"

동생이 만든 초콜릿을 입에 넣은 주연의 눈이 둥그레졌다.

"맛있을 거라고 내가 말했잖아."

그것 보라는 듯 소연이 말했다.

"파는 거하고 차원이 다르네?"

"고급 재료를 선택하는 이유가 있지."

소연이 어깨를 으쓱거리며 말했다.

"농담 아니고 진짜 맛있어, 소연아."

"맛이 문제가 아니라 모양이 문제인 거야. 사진에서 본 것처럼 매끈하게 만들려면 어떻게 해야 하는 건지 모르겠어."

소연은 뜻대로 되지 않는 바람에 한 주먹 이상 실패하고 만 초콜릿을 쳐다봤다.

"너무 완벽하게 안 해도 돼."

"첫 선물이란 말이야."

"그래, 첫 선물이라는 것 자체가 준혁 씨한테는 이미 큰 선물인 거야. 네 한계 이상으로 완전하게 하려는 거, 그게 욕심이야."

"언니, 이런 거 만들어본 적 없어?"

소연은 혹시나 하는 눈으로 언니를 쳐다봤다. 실패한 초콜릿을 쉴 새 없이 입에 넣으며 주연이 말했다.

"바랄 걸 바라서, 내 손은 곰손이라 이런 건 꿈도 못 꿔. 너도 참 대단하다, 이십대 때도 안 하던 짓을 나이 들어서 하고 말이야."

부드럽게 중탕된 초콜릿을 최대한 조심스럽게 다양한 모양의 몰드에 부으며 소연이 피식 웃음을 터뜨렸다. 그러곤 멋쩍은 얼굴로 주연에게 말했다.

"나도 내가 신기해 죽겠어."

밸런타인데이, 화이트데이……. 유치할 정도로 다양한 데이(Day)들.

준혁은 사람들의 입에 회자되는 그런 날 자체를 우습게 여겼다. 상술이니 하는 것들을 떠나서 하릴없는 사람들이나 의미를 두는 날처럼 여겨졌다.

그랬던 그가 온종일 시간을 확인하기에 바빴다. 오늘따라 더디게 느껴지는 시간 때문에 답답함을 느낄 정도였다.

마침내 퇴근 시간이 되자 그는 가슴이 두근거리는 경험을 했다. 밸런타인데이를 우습게 여기던 자신이 밸런타인데이의 의미를 염두에 두고 있었던 것이다.

사랑을 고백하는 날…….

마치 오늘이 자신을 위해 주어진 특별한 날처럼 여겨지기까지 했다.

더욱이 점심시간 무렵 소연이 보내온 메시지는 그를 더욱 기대에 젖게 만들었다.

〈오늘은 같이 퇴근 못할 것 같아요. 6시 30분에 D 백화점 앞에서 만

나요.〉

퇴근 시간이 되기 무섭게 그는 떨리는 가슴으로 사무실을 나섰다.

소연이 자신을 기다리고 있을 백화점 앞에 다다르자 뻐근할 정도로 가슴이 두근거리기 시작했다.

무뎌짐이 익숙한 서른다섯 살 사내가 이런 감정을 느낄 수 있다는 사실이 준혁은 신기하기만 했다.

그는 만개한 안개꽃처럼 뽀얀 코트를 입은 소연을 어렵지 않게 찾아낼 수 있었다.

"소연 씨!"

타탄 바구니를 손에 든 소연이 자신을 향해 걸어오고 있었다. 환하고 수줍은 미소를 띤 채.

"후우!"

그는 소연에게 들릴 새라 급하게 호흡을 가다듬었다.

"길에 사람들이 너무 많아요."

"어서 타요."

쑥스러운 듯 딴소리를 한 두 사람은 서둘러 차에 올라탔다.

준혁이 장난스럽게 그녀에게 물었다.

"어디로 모시면 될까요?"

"H 호텔로 가주시면 감사하겠어요."

"좋은 곳이지."

감탄한 척 준혁이 눈을 크게 뜨자 소연이 키득거리며 말했다.

"준혁 씨가 생각하는 그런 곳은 아닐 거예요."

"애석하게도?"

"애석하게도."

준혁은 마치 세상을 다 가진 것 같은 소년이 된 기분이었다.

뻐근할 정도로 벅차오는 감각은 나이가 들면서 자연스럽게 잃어버린 순수함을 기억하게 만들 정도였다.

소연을 돌아보며 그가 말했다.

"예뻐요."

"고마워요."

그와 함께 있으면 소연은 다른 어떤 것도 생각이 나지 않았다. 오직 자신들 두 사람만이 전부가 될 뿐이었다.

'왜' 내지는 '어떻게' 하는 식의 생각은 그녀의 머릿속을 떠난 지 오래였다.

호텔에 도착하는 동안 준혁과 소연은 늘 그렇듯 서로의 손을 꼭 잡고 있었다.

H 호텔에 도착한 두 사람은 신관 건물에 있는 레스토랑 안으로 들어섰다.

소연이 며칠 전 미리 예약을 해둔 덕분에 뷰(View)가 아름다운 창가 쪽 자리에 앉을 수 있었다.

식사가 끝나고 난 뒤 초콜릿을 줘야 하나 아니면 미리 줘야 하나, 소연은 잠시 고민했다. 어느 쪽을 선택해도 쑥스럽기는 마찬

가지였다.

전채(前菜) 샐러드를 입에 넣고 오물거리던 소연이 어느 순간 테이블 위에 바구니를 올려놓으며 그에게 말했다.

"선물이에요."

"고마워요."

처음 사랑에 빠진 것 같은 설렘과 쑥스러움이 미리 준비했던 말을 잊게 만들었다. 오후 내내 소연에게 할 말을 준비한 준혁 역시도 멋쩍은 표정으로 바구니 안을 들여다볼 뿐이었다.

"없는 솜씨로 만들었더니 모양이 제각각이에요."

"소연 씨가 만들었다고요?"

"태어나서 처음 만들어봤어요. 그러니 흉보지 말고 이해해 주세요."

그는 감탄한 표정으로 바구니 위쪽을 덮고 있는 얇은 레이스를 걷어냈다. 투명한 케이스에 담긴 각기 다른 모양의 초콜릿이 셀 수 없을 정도로 수북하게 바구니 안에 담겨 있었다.

"이걸 소연 씨가 다 만들었어요?"

"주말 내내 만들었어요."

소연은 수줍음과 동시에 뿌듯함을 느꼈다.

"와!"

투명한 케이스를 벗긴 그는 도톰한 사각형 모양의 초콜릿을 입 안에 넣었다. 음미하듯 두 눈을 감은 그가 어느 순간 엄지를 치켜들었다.

소연이 활짝 미소를 지었다.

그는 초콜릿 하나를 꺼내 소연의 입에 넣어주었다.

"세상에서 가장 맛있는 초콜릿이에요."

"고마워요, 준혁 씨."

준혁을 바라보는 그녀의 눈동자가 사랑으로 물들었다.

이제 막 사랑에 빠진 기분…….

준혁과 연애를 시작한 뒤로 소연은 늘 같은 기분을 느꼈다. 소용돌이치는 사랑이 늘 새롭게 자신을 감동시키는 것만 같았다.

준혁은 수줍은 눈으로 자신을 바라보는 그녀의 손을 잡았다.

소연으로부터 사랑한다는 말을 들은 것 이상의 감동이 밀려들었다.

"오늘 내 원칙 하나가 무너졌어요."

"원칙이요?"

"이런 날을 만든 사람은 물론이고 일일이 기억하는 사람을 우습게 여겼었거든요."

"그…… 랬어요?"

"그랬던 내가 온종일 시계만 쳐다봤어요."

소연이 나직하게 웃음을 터뜨렸다. 무너진 그의 원칙이 마음에 드는 듯.

그녀의 손을 꼭 잡으며 준혁이 말했다.

"의미가 있는 날이네요."

"그, 그렇죠?"

소연은 은은한 눈빛으로 자신을 바라보는 그에게서 눈을 떼지 않았다.

"굉장히 신기해요."

"뭐가요?"

"준혁 씨하고 저 말이에요."

"사람 인연은 아무도 모른다는 옛말이 있잖아요."

"정말 그런 것 같아요."

소연은 자신도 모르게 고개를 끄덕였다.

"구태의연한 말 같지만 만날 사람은 어떻게든 만나게 되는 것 같아요."

"그게 왜 구태의연해요?"

"공감을 못 하는 사람들에겐 그렇게 들릴 테니까요."

'하긴…….'

불과 얼마 전까지만 해도 소연 역시 그 말에 공감을 하지 못하는 사람 가운데 하나였다. 공감은커녕 사랑에 대한 회의와 불신으로 인해 부정적인 생각이 지배적이었다.

소연은 막 나온 스테이크를 먹기 좋은 크기로 잘랐다.

"모험하는 기분이었어요."

"모험이라니요?"

"실장님이 내민 3개의 보기 가운데 하나를 골랐을 때 말이에요."

"아!"

준혁은 그제야 그녀가 자신들의 시작에 대해 말하고 있다는 걸 알 수 있었다. 그가 웃으며 말했다.

"어떻게 해서든 소연 씨가 3번을 선택하게 만들었을 거예요."

"……?"

"마음만 먹으면 감언이설쯤 얼마든 할 수 있어요."

"준혁 씨가요? 한번 해봐요."

소연은 그가 하는 말에 흥미를 느꼈다.

"일단 소연 씨가 서도물산에 얼마나 꼭 필요한 사람인지 재차 강조를 하는 거예요. 사실을 강조하는 일이니 거부감을 느낄 이유가 없지요. 그 다음엔 내가 소연 씨한테 얼마나 괜찮은 지원군인지를 계속해서 인지시키는 거예요."

"지원군?"

"사람은 자신을 이해해 주는 사람에게서 든든한 감정을 느끼게 돼 있잖아요."

스테이크를 맛있게 먹던 소연이 어느 순간 피식 웃음을 터뜨렸다. 그녀가 못 믿겠다는 표정으로 준혁을 쳐다보며 물었다.

"설마 지금 머릿속이 뒤죽박죽……."

그녀는 임기응변을 자아내기 위해 애쓰는 준혁이 귀엽기까지 했다.

"상대방을 이해해 주는 사람은 지나치게 솔직한 말 같은 건 하지 않아요."

소연이 웃음을 터뜨렸다.

당황하고 민망해서 터져 나온 웃음이 아니라 정말 기분이 좋은 웃음소리였다. 준혁 역시 그런 그녀를 보며 나직하게 웃음을 터뜨렸다.

"준혁 씨, 허술한 모습 처음 봤어요."

"꽤 괜찮죠?"

"가끔 보여줘요. 이런 말 하기 조금 그렇긴 한데 귀여워요."

"하!"

소연은 취하고 싶을 만큼 행복했다.

그를 만난 기간이 얼마인지는 중요하지 않았다. 어떻게 사귀게 됐는지 역시 더는 중요하지 않았다.

소연이 느끼는 감정은 한 가지. 자신이 먼저 그에게 프러포즈를 할 수 있을 정도로 그를 사랑하고 있다는 사실이었다.

사르르 입안에서 녹아내릴 것 같은 스테이크를 목젖 너머로 삼킨 소연이 그에게 말했다.

"제가 준혁 씨, 사랑하는 거 알고 있죠?"

준혁은 대답 대신 그녀를 바라보며 미소를 지었다. 그는 소연이 하는 말을 한 번 더 듣고 싶었다.

포크 끝을 스테이크 조각에 댄 채 소연이 장난스럽게 말했다.

"모르고 있나 보네요."

"식사 다 하고 나서 얘기해 줄게요. 그래도 되죠?"

준혁의 눈엔 다른 어떤 것도 보이지 않았다. 오직 자신을 바라보는 소연의 얼굴만이 살아서 움직이는 유일한 생명체처럼 느껴졌다.

붉어지는 소연의 귓불이 보였다.

그는 향긋한 꽃잎 같은 소연의 귓불에 그리고 입술에 입을 맞추고 싶었다. 놀랍도록 달뜬 숨을 헐떡이는 그녀의 귓가에 입술을 대고 밤새 사랑을 속삭이고 싶었다.

레스토랑을 나서는 순간 상상은 현실이 되어 소연과 자신을 은밀한 행복에 물들게 할 것이다.

준혁은 자신과 같은 상상을 하고 있을 그녀의 잔에 와인을 따라주었다.

"소연 씨, 우리의 오늘을 위해 건배해요."

고른 치열을 드러낸 채 수줍은 미소를 짓던 소연의 얼굴이 어느 순간 놀람으로 굳어졌다. 준혁이 의아한 듯 그녀의 시선이 머문 곳을 향해 고개를 돌렸다.

진청색 클러치 백을 손에 든 희정이 환하게 웃으며 두 사람을 향해 걸어오고 있었다.

소연이 그랬듯 준혁의 얼굴에서도 미소가 깨끗하게 지워졌다.

오만한 표정으로 천천히 걸어오는 희정의 뒤에 성진이 당혹스런 표정을 한 채 서 있었다.

"오랜만이네."

테이블로 다가온 희정은 그가 아닌 소연에게 말을 건넸다.

나이프와 포크를 내려놓은 소연이 냅킨으로 입가를 닦았다.

"오랜만에 보네요."

"좋은 시간 보내고 있는데 내가 찬물을 끼얹은 건가?"

소연은 기분이 나쁠 정도로 피식거리며 웃는 그녀를 올려다봤다.

그가 희정에게 말했다.

"인사는 그 정도로 하고 그만 자리로 돌아가는 게 좋겠군요, 윤희정 씨."

"아! 기전실 최준혁 실장님한테 인사를 하는 걸 잊었……."

"불쾌한 짓 그만하고 돌아가지."

소연은 자신의 눈을 의심했다.

희정에게 눈길조차 주지 않은 채 얼음장처럼 차가운 기운을 내뿜는 준혁을 눈으로 보면서도 믿을 수 없었다. 자신이 아는 준혁이 아닌 것만 같았다.

하지만 희정은 그런 그의 말에 전혀 개의치 않았다. 오히려 분을 이기지 못한다는 듯 애써 숨을 고르며 소연에게 말했다.

"한 번은 만나서 풀어야 할 매듭이 있다고 여러 차례 말한 걸로 아는데. 안 그래?"

소연은 그녀를 물끄러미 쳐다봤다.

어느 모습이 진짜 희정인지 궁금해 해야 할 이유가 없었다. 지난 시간, 그녀가 자신에게 얼마나 가까운 사람이었는지 하는 것조차 이제는 의미가 없는 일이었다.

"앉겠어요?"

도전적인 그녀의 말에 희정이 코웃음을 쳤다.

"미안하지만 난 우스갯거리가 되는 짓은 안 해. 네 괘씸함에 대해 경고를 해주고 싶었을 뿐이야."

소연은 느낄 수 있었다.

애써 자신을 비웃는 것처럼 보이려는 희정의 눈동자가 초조하게 흔들리고 있다는걸. 그녀는 자신의 시선이 뒤쪽 테이블 의자에 앉아 있는 성진을 향할까 봐 기를 쓰고 있었다.

준혁과 함께 있는 자신을 보고 홧김에 쫓아온 것이다. 분을 이기지 못한 채.

오만함으로 가득한 소리를 지껄이고 나서야 희정은 현실을 깨달은 것이다.

자신에겐 성진이 알지 못하는 비밀이 있다는 사실을. 그 비밀을 소연이 알고 있다는 걸.

입술을 축이듯 천천히 와인을 마신 소연이 그녀에게 말했다.

"앉으세요."

"건방 떨지 마."

"준혁 씨, 준혁 씨만 괜찮으면 합석해도 돼요."

준혁은 아무런 말도 하지 않았다. 하지만 희정은 그렇지 않았다. 바짝 소연에게 다가선 그녀가 뇌까리듯 낮은 목소리로 독설을 퍼부었다.

"네가 뭔가를 알고 있다고 생각해? 뭘 그렇게 많이 알지? 같잖게 굴지 마. 미리 말하지만 난 네가 아는 것 이상이야. 감히 네 따위가 만만하게 굴어도 될 만한……."

자리에서 일어난 준혁이 성큼성큼 성진이 있는 곳을 향해 걸어 갔다. 테이블에 자리를 잡고 앉은 성진은 무표정한 얼굴로 세 사람을 바라보고 있었다. 마치 관망자가 된 것처럼.

당황한 사람은 희정만은 아니었다. 갑작스런 그의 행동에 놀란 소연이 의자에서 일어났다.

준혁은 딱딱하게 굳은 표정으로 자리에서 일어서는 성진에게 일갈하듯 말했다.

"정성진 씨, 기본적인 상식 정도는 지키며 삽시다."

과거와 현재를 한꺼번에 아우르는 책망.

자존심이 일그러진 성진은 아랫입술을 지그시 깨물었다.

대답 따위는 필요치 않다는 듯 자리로 돌아가는 준혁의 모습이 보였다. 뒤늦게 사태의 심각성을 깨달은 것처럼 성마른 걸음으로 다가오는 희정의 모습도 보였다.

성진은 특별한 날을 맞아 호텔 레스토랑을 찾은 많은 커플들이 자신을 힐끔거리는 것 같은 착각이 들었다.

그의 표정을 살피며 희정이 말했다.

"성진 씨, 오해하지 마. 나는 단지 인사를 하려고 한 것뿐이야."

그는 평소의 그녀답지 않게 변명을 늘어놓는 희정을 분노에 찬 눈으로 노려봤다.

"성진 씨!"

"후우!"

긴 숨을 토한 그는 레스토랑 입구를 향해 성큼성큼 걸음을 옮겼다.

"성진 씨!"

희정이 당황한 모습으로 그를 따라 레스토랑을 빠져나갔다.

8

그대를 확신하다

다음 날.

소연은 행복에 취해 있던 자신에게 찬물을 끼얹은 희정을 결코 용서하고 싶지 않았다.

준혁과 자신의 첫 번째 밸런타인데이였다. 아니, 그에게 사랑을 다시 한 번 고백하려 마음먹은 아주 특별한 날이었다.

지난밤 훼방꾼의 존재 따위는 신경 쓰지 않는다는 듯 준혁과 더할 나위 없이 뜨거운 사랑을 나누었지만, 그녀의 가슴엔 희정에 대한 화가 사라지지 않았다.

출근을 하는 길, 소연은 희정에게 먼저 메시지를 보냈다.

〈퇴근 후에 뵙죠.〉

소연은 그녀의 휴대폰 번호를 스팸 해제시켰다.

십여 분쯤 뒤에 희정으로부터 약속 장소와 시간에 대한 메시지가 날아왔다.

소연은 퇴근 시간을 앞두고 망설임 끝에 준혁의 방으로 향했다.

통화를 할 수도 있고 메시지를 보낼 수도 있지만 직접 얼굴을 보고 얘기를 하는 게 나았다.

"커피?"

준혁의 말에 그녀가 고개를 저으며 말했다.

"업무 시간에 준혁 씨 방에서 데이트한다는 소문까지 나면 곤란해요."

"최대한 진지한 표정으로 마시면 되죠."

테이블을 사이에 두고 그와 마주 앉은 소연이 고개를 갸웃거리면서 대답했다.

"준혁 씨는 그게 가능한지 모르지만 전 안 돼요."

"뭐가 안 돼요?"

"진지한 표정 말이에요. 봐요, 내 눈에서 꿀 떨어지는 것 보이죠?"

"하!"

거침없는 그녀의 표현에 준혁이 할 말을 잃은 표정을 지었다.

하지만 소연을 바라보며 웃는 그의 눈동자엔 흡족한 표정이 가
득했다.

"오늘은 데이트 하루 쉬어요, 우리."

"이유는?"

"음⋯⋯. 윤희정 씨를 만나서 얘기를 하려고요."

"여덟 시."

"⋯⋯?"

"여덟 시쯤 데리러 갈 테니 나중에 장소 알려줘요."

"준혁 씨, 오늘은⋯⋯."

"길게 얘기할 이유 없는 사람이에요. 들을 말은 더더욱 없는
사람이고. 소연 씨가 할 말만 하고 나와요. 한 시간이면 충분할
거예요."

"시간 봐서 연락할게요."

소연은 안도의 한숨을 쉬었다.

희정을 만나는 일을 굳이 그에게 감추고 싶지 않았다. 하지만
그 일로 인해 준혁과 반목을 하게 될까 봐 상당히 걱정스러웠지
만 소연이 염려하는 일 같은 건 일어나지 않았다. 오히려 그는 왜
희정을 만나려 하는지에 대해서조차 묻지 않았다. 소연의 입장
에선 안도의 한숨이 나올 만한 일이었다.

퇴근을 한 그녀는 택시를 타고 희정을 만나기로 한 곳으로 향
했다. 3년쯤 전, 희정과 자주 찾아와 수다를 떨곤 하던 카페였다.

카페 안으로 들어선 그녀는 진한 자주색 원피스를 입은 희정

을 볼 수 있었다.

관계가 달라지면 사람마저 달라지는 것인지 소연은 벽을 등진 채 앉은 그녀가 무척 낯설게 느껴졌다.

카운터에 있는 직원에게 커피를 주문한 뒤 소연은 테이블로 다가갔다.

그녀는 벗은 재킷을 의자에 내려놓았다.

"결국엔 만나네."

소연은 자신을 바라보는 희정을 무표정한 눈으로 바라봤다.

"할 얘기가 있으면 먼저 하세요."

"너무 깍듯하지 않아? 우리가 그런 사이는 아니었던 것 같은데."

"과거 얘길 하고 싶으세요?"

비스듬하게 앉았던 희정이 반듯하게 앉으며 웃음을 터뜨렸다.

"최준혁 실장하고 벌써 그런 사이인 거야? 다른 사람의 인생에 대해 왈가왈부할 만큼?"

"하고 싶은 얘기가 뭐죠?"

희정이 잘 다듬어진 손톱으로 테이블을 긁었다.

"나한테 미안하다는 말, 듣고 싶니?"

"그 얘길 하고 싶어서 만나자고 했던 건가요?"

"아니!"

소연은 정색을 하는 그녀를 뚫어질 듯 빤히 쳐다봤다.

"무슨 얘길 하고 싶은 거죠?"

"네 무모함에 대해 얘길 해볼까 싶은데."

소연은 대구하지 않은 채 커피에 설탕을 넣었다.

희정은 서도물산, 아니, 그들 두 사람을 떠나지 않은 자신이 원망스러운 것이다. 실연과 배신의 상처를 안고 눈앞에서 깨끗하게 사라져 줬어야 할 자신이 준혁의 여자친구가 된 일이 못내 싫은 것이다.

"사실 의외였어. 네가 이런 식으로 복수를 하리라곤 생각 못 했거든. 내가 널 과소평가했었나 봐."

소연은 커피에 설탕을 반 봉지 정도 더 넣었다. 커피 대신 다른 차를 주문했으면 좋았을 텐데.

"최준혁이 먼저 시작한 짓이겠지?"

희정은 자신의 말에 대구조차 하지 않은 채 커피를 마시는 그녀를 곱지 않은 눈으로 쳐다봤다.

"아니, 어쩌면 내가 너에 대해 잘못 알았던 건지도 모르지. 넌 처음부터 물러터진 순둥이가 아니었던 거야."

그녀의 묵묵한 침묵은 희정에게 필요 이상 많은 말을 하게 만들었다.

"난 네 남자 뺏은 적 없어."

계속 말하라는 듯 소연이 눈을 감았다 떴다.

"어디까지나 그건 너하고 성진 씨 관계야. 난 내가 사랑하는 사람을 선택한 것뿐이야. 물론 갈등도 하고 양심의 가책과 싸우기도 했지만 그걸 굳이 너한테 얘기하고 싶지는 않아. 사람이 하는 말에 대꾸 정도는 해야 하지 않니?"

소연은 도저히 다 마실 수 없을 것처럼 진한 커피를 테이블 한쪽으로 밀었다. 그리고 담담한 목소리로 말했다.

"절 오랫동안 기만했잖아요."

"네 피해의식이야. 난 그런 적 없어."

"해돈이 여행을 갔다는 걸 알면서 밤낮없이 전화를 했어요."

"후후……."

"당신들 두 사람의 안전한 밀애를 위해 날 가지고 놀았을 거예요. 여행, 그쪽 머리에서 나온 생각이죠?"

"그쪽이라니? 말이 좀 심하지 않니?"

"윤희정 씨라고 예의 바르게 불러드리죠. 윤희정 씨가 절대적으로 착각하고 있는 게 뭔지 아세요? 난 당신들이 보라카이를 가든 말든 상관없는 사람이었어요. 하지만 날 자극하기 위한 목적으로 하루에도 여러 번 전화를 하는 당신은…… 어쩌다 내 인생이 당신처럼 천박한 사람한테 기만당하게 됐을까, 무척 회의스러웠어요."

"말, 조심하지 못해!"

소연은 파르르 입술을 떠는 희정을 물끄러미 쳐다봤다.

"윤희정 씨, 당신, 얼마나 천박하고 경박한지 알아요? 내 남자친구를 뺏은 적 없다고요? 그래요, 그 말 정도는 인정해 줄게요. 당신이 아니었으면 그런 남자하고 헤어지지 못했을지도 모르니 오히려 고마워해야 하는 건지도 모르겠네요."

"경고하는데 말조심하는 게 좋을 거야."

"이혼녀라는 말이 정성진 씨 귀에 들어가는 게 두려웠겠죠. 아니, 그깟 거짓말이 아니라 진짜 당신에 대해 내가 떠들게 될까 봐 두려웠겠죠. 내가 사표를 내야 당신이 안전해진다고 생각했겠죠. 아닌가요?"

희정이 어떤 표정을 짓든 어떤 말을 하든 소연은 이미 그녀에 대해 알고 있었다. 그녀는 결코 당당할 수 없는 사람이었다. 감추고 있는 것이 많은 이상 어느 누구라도 그랬다.

"잘난 척하지 마, 백소연."

태연한 척 웃고 있지만 소연은 그녀가 한없이 불안한 존재라는 걸 이미 알고 있었다.

"말할까 생각했었어요."

"네가? 하!"

"네가 만나는 그 여자, 이혼녀라고 말해줄까, 수십 번 수백 번 생각했어요."

"허튼소리 집어치워, 넌 죽었다 깨도 그런 짓 같은 거 못 해."

"내겐 윤희정 씨를 도와줘야 할 이유가 없어요. 그렇죠? 이혼한 여자라고 말을 했는데 정성진 씨가 그깟 일이 무슨 문제냐고 하면 나만 우스워지잖아요. 나 때문에 오히려 두 사람이 더 애틋해질 수도 있고. 그런 짓 같은 건 하고 싶지 않더라고요."

소연은 눈에 띄게 초조해지는 그녀의 눈동자를 똑바로 쳐다봤다.

"준혁 씨와 내 사이가 많이 궁금한가 봐요? 윤희정 씨, 이혼과 사별이 같진 않아요, 그렇죠?"

"백소연!"

그녀는 손바닥으로 입을 가리는 희정의 얼굴이 백짓장처럼 하얗게 변하는 걸 보았다.

"다시 말하지만 난 윤희정 씨 돕고 싶은 마음 없어요. 내 입으로 정성진이란 남자한테 그쪽 사생활에 대해 얘기하지 않을 거예요. 언제 어디서 어떻게 터질지 모르는 일처럼 스릴 있는 일이 어디 있겠어요. 당신한테 그 스릴을 마음껏 즐기게 해주고 싶어요. 물론 언제 이런 내 마음이 변할지는 나도 모르겠어요. 당신 역시 내 남자친구를 뺏은 게 아니라 그 남자가 좋아져서 그렇게 된 거잖아요. 사람은 변해요. 나 역시 예외는 아니고요."

"지금 그딴 식으로 협박을 하겠다는 거야, 뭐야?"

"정성진 씨가 당신이란 여자에 대해 알게 되는 게 두려워요? 그래요?"

"네 수준에서 생각하는군. 성진 씨하고 나는 네가 아는 것 이상 견고해."

"그렇다면 다행이네요. 어제, 윤희정 씨가 행복한 내 시간에 찬물을 끼얹어서 지금까지도 상당히 불쾌하거든요. 나 역시 당신하고 비슷한 사람이 돼볼까 하는 생각이 들 정도로 화가 났다는 것만 알고 계세요."

정색을 한 희정이 속사포 같은 말투로 그녀에게 말했다.

"최준혁을 믿고 기고만장하는데, 나 네가 생각하는 것처럼 만만 여자 아니야. 성진 씨한테 함부로 입 놀렸다가는 어떻게 되는지 두고 봐."

"더 두고 볼 일이 남아 있는 건가요?"

"네가 상상조차 하지 못하는 방법으로 널 짓밟아줄 수도 있어."

"설마 사촌 시동생을 뺏는 일 같은 건 안 일어나겠죠?"

부르르 몸을 떤 희정이 테이블 한쪽에 놓여 있던 커피를 소연의 얼굴과 어깨에 쏟아 부었다.

찐득거리는 액체를 뒤집어쓴 소연은 한쪽 눈을 감은 채 티슈를 꺼내 얼굴과 머리를 닦았다.

우윳빛 셔츠와 목덜미에 찐득거리는 커피 얼룩이 고스란히 묻은 상태로 소연은 의자에서 일어났다.

"경고하는데 나에 대해 함부로 입 놀리면……."

소연은 그녀의 말을 일축했다.

"난, 당신 따위에게 관심 없어. 다만 당신이란 여자가 날 거추장스럽게 한다면 나야말로 더는 두고 보지 않을 거야. 기대해도 좋아."

소연은 코트와 가방을 들고 뒤도 보지 않고 카페를 나왔다.

"내 얘기 듣고 가!"

뒤따라 나온 희정이 사나울 정도로 세게 그녀의 팔뚝을 움켜쥐었다.

"내가 왜 그래야 하지?"

"넌 여자니까, 내가 어떤 꿈을 꾸는지 아는 여자니까!"

싸늘한 눈동자가 희정을 향했다. 소연은 그녀를 향해 조소를 아끼지 않았다.

"당신은 다른 사람을 짓밟으면서 행복해지고 싶어 하는 여자야. 거짓과 기만, 은폐 따위는 아무것도 아닌 여자야. 그런 당신과 나를 동일하게 여기지 마. 내가 당신에 대해 참고 있는 건 내자존심 때문이야. 감히 당신 같은 여자와 똑같이 굴고 싶지 않아서라고!"

소연은 더러운 벌레를 떼어내듯 팔뚝을 잡고 있는 희정의 팔을 떨쳐 냈다.

희정이 근래 들어 그토록 자주 자신에게 연락을 해온 이유는 단 한 가지, 그녀의 과거가 성진에게 들통나는 게 두려워서였다.

그녀의 마음 어디에서도 양심의 가책이니 미안함 따위는 찾아볼 수 없었다.

"내가 아니어도 성진 씨는 널 떠났어."

"고작 하고 싶은 얘기가 그거야?"

"넌 결코 성진 씨 짝이 아니야. 그 남자 기준에 미칠 수 없는 여자라고!"

"윤희정 씨, 당신 지금 많은 걸 착각하고 있어. 내 머릿속엔 더이상 당신들 두 사람의 자리 따위는 남아 있지 않아."

"네가 아무리 아닌 척해도 난 너에 대해 알고 있어."

"그래? 난 솔직히 당신이란 여자에 대해 잘 모르겠어. 다른 사람의 남자를 빼앗은 일에 대해 일말의 가책도 못 느끼는 여자가 왜 그토록 자주 전화를 했던 건지도 모르겠어. 설마 내가 윤희정 씨의 행복해하는 모습을 보고 질투 따위를 하길 바랐던 건 아니겠지? 미안하지만 난, 당신들 두 사람 오래전에 정리했어. 당신들을 이해하고 싶지도 않고, 당신들 때문에 답답해하는 일 같은 건 하기 싫었어."

"거짓말하지 마."

희정의 눈빛만큼이나 그녀의 목소리가 떨리고 있었다. 결코 믿을 수 없다는 듯.

"믿을 수 없었을 거야. 아니, 믿기지 않았을 거야. 당신이 아는 나는 선뜻 다른 남자를 사랑하게 될 그런 여자가 못됐을 테니까. 윤희정 씨, 당신이야말로 나에 대해 전혀 아는 게 없는 사람이야. 그 사실을 인정하는 게 편할 거야. 그런 나한테 고작 자기변명 따위나 하려고 덤비는 당신이 얼마나 유치해 보이는지 알기는 해? 차라리 사정을 하고 애원을 하지그래?"

희정은 믿을 수 없는 눈으로 그녀를 바라봤다.

하지만 그녀의 눈동자 어디에서도 상처의 아픈 흔적을 찾아볼 수 없었다. 소연은 오히려 자신을 귀찮아하고 있었다.

"마지막 경고야, 준혁 씨와 내 사이에 대해 간섭하지도 말고 끼어들지도 마. 차 한 잔을 마시는 시간조차 당신 때문에 방해받고 싶지 않아. 두 번 다시 어제처럼 무례하게 군다면 그땐 후회가 어떤 건지 뼈저리게 알 게 될 거야."

빠른 걸음으로 도로로 내려간 소연은 빈 택시를 잡아탔다.

오물을 뒤집어쓴 것 같은 불쾌감이 온몸은 물론 가슴까지도 젖게 만들었다.

"소연 씨!"

준혁은 우윳빛 셔츠에 누런 얼룩을 뒤집어쓴 그녀를 놀란 눈으로 바라봤다. 입술을 뾰족하게 모은 소연이 장난스럽게 그에게 말했다.

"이런 몰골도 괜찮아요?"

"후우!"

화를 삭이듯 한숨을 내쉰 그는 소연을 꼭 끌어안았다. 축축하게 젖은 앞머리가 준혁의 뺨에 닿았다.

"커피 뒤집어썼어요?"

"고약한 여자더라고요."

소연은 두 손으로 그의 등을 바짝 끌어안으며 두 눈을 감았다.

"많이 춥지 않아요?"

축축하게 젖은 옷과 머리카락을 가리키며 그가 물었다. 괜찮다는 듯 소연이 고개를 저었다.

낯선 길을 따라 한동안 달리던 준혁의 차가 지하주차장으로 들어서는 순간 그녀가 물었다.

"어디예요, 여긴?"

"내 비밀을 소연 씨한테 보여주려고요."

"비밀이요?"

그는 주차 요원에게 차와 키를 맡긴 채 소연을 데리고 엘리베이터 입구로 향했다. 엘리베이터에 탄 뒤에도 소연의 얼굴에선 의아한 표정이 사라지지 않았다.

엘리베이터에서 내리자 구릿빛 조각이 심플한 현관이 눈에 들어왔다. 문을 연 그가 소연의 손을 잡고 안으로 들어서며 말했다.

"아무도 모르는 비밀 공간이에요."

실내로 들어선 소연은 어리둥절한 눈으로 주위를 두리번거렸다.

긴 소파와 테이블 그리고 책이 꽂혀 있는 장식장이 전부인 거실은 모델하우스를 연상시킬 정도로 깔끔했다.

"어디예요, 여긴?"

"일단 옷부터 갈아입어요. 입을 만한 옷이 있을지 모르겠지만."

그는 소연의 손을 잡고 방 안으로 들어섰다.

빌트인 옷장과 침대 따위가 자리한 평범한 방에 들어선 순간 소연이 그에게 물었다.

"준혁 씨, 집이에요?"

사귄 시간이 길진 않지만 그녀는 준혁이 부모님과 함께 살고 있다는 사실을 알고 있었다.

옷장 문을 열며 그가 대답했다.

"혼자만의 시간을 위해 준비해둔 곳이에요."

"몰랐어요."

"공식적으로는 아무도 모르는 곳이에요. 입을 만한 옷이 있는지 한번 봐요."

서랍을 연 그가 소연에게 자리를 내주었다.

소연은 많지 않은 상의 중에서 평범해 보이는 긴팔 티셔츠를 골랐다.

"자주 와요?"

"입사 초기엔 거의 이곳에서 지내다시피 했고, 기전실을 출범할 때도 그랬어요."

그녀의 고개가 끄덕여졌다.

비밀스런 공간이 준혁에게 어떤 의미가 있는 곳인지 알 것 같았다.

"밖에 있을게요."

"준혁 씨!"

소연은 방을 나서려는 그에게 다가섰다. 준혁은 물끄러미 자신을 올려다보는 소연을 조심스럽게 안았다.

발뒤꿈치를 치켜 든 소연이 그에게 입을 맞추었다. 준혁은 그녀를 꼭 안은 채 침대 위로 무너졌다.

헝클어진 머리카락을 두 손으로 걷어내며 소연이 미소를 지었다. 그런 그녀에게 입을 맞추며 준혁은 우윳빛 셔츠의 단추를 풀었다.

그는 보드라운 목덜미와 어깨를 손끝으로 어루만졌다.

소연은 매달리듯 그의 목을 두 손으로 끌어안은 채 전에 없이 적극적으로 키스를 했다. 자극을 받은 듯 그의 손길이 거칠어졌다.

"하읏!"

한 손으로 그녀의 등을 받쳐 든 채 준혁은 오늘따라 더 풍만하게 느껴지는 가슴을 입에 물었다. 눌린 숨소리를 터뜨리며 소연의 고개가 뒤로 젖혀졌다.

그녀는 팔꿈치로 무게를 지탱한 채 조심스럽게 고개를 들었다.

밀려드는 쾌감에 신음하며 소연은 거침없이 가슴을 탐닉하는 준혁의 모습에서 눈을 떼지 않았다.

"아아!"

격한 신음과 함께 소연의 몸이 튕겨 오를 것처럼 바르작댔다.

준혁은 더는 그럴 수 없을 만큼 바짝 몸을 밀착시킨 채 잘 익은 과일처럼 단맛을 내는 열매를 빨아댔다.

달아오른 그녀의 살갗에서 느껴지는 열기가 순식간에 그를 물들였다.

한쪽 허벅지로 그의 허리를 감싸 안으며 소연이 가쁜 목소리로 외쳤다.

"준혁 씨!"

타들어갈 것처럼 가쁜 숨소리만큼이나 소연의 표정은 절박했다. 준혁이 그녀를 꼭 끌어안았다.

"괜찮겠어요?"

소연은 귓불에 입술을 댄 채 속삭이는 그를 힘껏 끌어안았다.

"충분해요…… 하아!"

바람이 불 듯 타들어가는 숨소리…….

준혁은 기우를 내려놓고 단숨에 그녀의 깊은 곳으로 그 자신을 밀어 넣었다.

"하으!"

어깨를 심하게 떨며 소연이 할퀴듯 손끝으로 준혁의 등을 끌어안았다.

격정에 사로잡힌 준혁의 검붉은 눈동자가 그녀를 향했다.

그는 벌어진 입술을 다물지 못한 채 헐떡이는 숨소리를 토하는 소연을 향해 깊숙이 그리고 대담하게 그 자신을 밀어 넣었다.

소리조차 크게 내지 못하는 소연의 뺨과 가슴에 꽃들이 만개한 것처럼 붉은 물이 들었다.

단 한마디의 말도 할 수 없게 만드는 지독한 열정 속에서 준혁은 지금껏 단 한 번도 경험해 본 적 없는 새로운 순간을 만나고 있었다. 감히 쾌감이라는 말로는 표현할 수 없는 무서운 희열이 그의 온몸을 휘감았다.

"아가씨, 그만 유혹하는 게 좋을 텐데."

가슴을 더듬는 손을 잡으며 그가 말했다.

"유혹한 거 아니에요."

손목을 잡힌 소연이 시치미를 잡아뗐다.

그리 넓다고 할 수 없는 방, 소연은 이곳이 좋아지기 시작했다.

준혁과 자신의 은밀한 사랑을 간직한 비밀스런 공간이다. 단 둘만의.

그는 소연의 손목을 쥔 채 붉은빛이 도는 입술에 입을 맞추었다.

"피곤하지 않아?"

마치 새하얀 눈처럼 서로가 서로에게 스며드는 것 같은 절정의 순간은 준혁뿐 아니라 소연에게도 같은 생각을 불러일으켰다. 마치 자신들이 처음부터 나뉠 수 없는 하나의 존재였던 것 같은.

그건 단순하게 친밀감이라는 말로 표현해 낼 수 있는 것이 아니었다.

소연이 그를 바라보며 고개를 저었다. 하지만 지독한 사랑의 불길 속에서 밤을 태운 그녀의 얼굴에는 기진한 빛이 가득했다.

준혁은 그녀의 목에 팔을 괴 주었다.

가느다란 팔과 손이 가뿐하게 가슴 위로 내려앉는 느낌이 그의 기분을 좋게 만들었다.

"진즉 데려올 걸 그랬어."

"호텔보다 여기가 훨씬 더 좋아요."

"이젠 우리 둘만의 비밀 공간이야."

소연은 그의 말이 마음에 들었다.

우리 둘만의 비밀 공간……

"생각이 많을 때만 이곳에 와요?"

"일에 관한 생각이 많을 땐 방해 받지 않는 게 좋으니까."

"준혁 씨도 예민해질 때가 있어요?"

"소연 씨한테 그럴까 봐 걱정돼?"

그는 사랑스럽기만 한 소연의 뺨을 손바닥으로 부드럽게 어루만졌다.

"어쩐지 나한테는 안 그럴 것 같아요."

"후후……. 맞아, 소연 씨한테는 그럴 일 없어."

"확신하는 말투예요?"

"생각이 많아서 예민해지는 순간, 더는 이곳이 아니라 소연 씨를 찾게 될 거야."

어깨를 움츠린 소연이 쿡, 소리를 내며 웃음을 터뜨렸다. 놀란 듯 그녀를 쳐다보던 준혁 역시 이내 웃음을 터뜨렸다.

"그렇게 재미있게 웃어도 되는 거야?"

"웃기잖아요."

폐부를 가득 채우는 행복을 느끼며 소연은 두 팔로 그를 꼭 끌어안았다.

"어제, 내가 사랑한다는 말도 했었나요?"

"숨 넘어갈 때마다 하잖아."

짓궂은 그의 말에 소연의 얼굴이 새빨개졌다.

"준혁 씨!"

"부끄러워할 것 없어. 그런 소연 씨 모습이 얼마나 사랑스러운지 몰라."

그는 못마땅한 듯 붉어진 얼굴로 칭얼거리는 소리를 내는 소연을 품에 꼭 안았다. 한동안 그의 품에 안겨 있던 소연이 나직한 목소리로 물었다.

"우리, 결혼할래요?"

"그만 좀 일어나는 게 어때?"

벌써 세 번째. 동생을 깨우러 방에 들어온 주연은 애벌레처럼 이불을 둘둘 말고 자는 소연을 흔들었다.

"언니, 제발⋯⋯."

"문밖에 계신 너희 부모님께선 네가 금요일 밤에 갑작스럽게 생긴 일로 인해 야근을 하고 새벽에 들어온 줄 알아. 하지만 오후 네 시가 넘은 시간까지 자는 널 보면 과연 야근⋯⋯."

"몇 시라고?"

소연이 벌떡 눈을 떴다.

"네 시."

"아!"

소연이 믿을 수 없다는 눈으로 언니를 쳐다봤다.

"정확히 세 시 사십칠 분이네."

"대체 내가 얼마를 잔 거야."

버둥거리며 말고 있던 이불을 풀어낸 소연이 침대에서 일어났다.

"너희 회사에 일이 있어서 야근을 한 거라고 말씀드렸으니까 걱정 마."

"언니!"

"형만 한 아우 없어, 이것아. 문제는 그럼에도 불구하고 엄마의 촉이 예리하게 발동하고 있다는 거지."

"촉이라니 그게 무슨 말이야?"

소연은 헝클어질 대로 헝클어진 머리를 손으로 빗었다.

"너하고 준혁 씨 관계에 대해 물어보시더라."

"관계를 물어보다니, 그건 또 무슨 말이야? 우리, 잘 만나고 있는 거 엄마도 잘 알면서."

"내 변명에도 불구하고 네 외박의 근거를 준혁 씨한테서 찾는 거겠지."

"헉!"

"정성진 그 인간 이후로 엄마가 너에 대해 전보다 열 배 이상 예민해졌어. 게다가 넌 지금 반복적으로 사내 연애 중이잖아."

"엄마가 다른 얘긴 안 해?"

"넌지시 너한테 물어보라고 하셔서, 아까부터 깨우는 척하러 이 방에 들락거린 거야. 너, 준혁 씨하고 정말 진지하게 만나고 있는 거 맞지?"

소연이 고개를 끄덕이며 언니에게 대답했다.

"결혼할 거야, 우리."

"뭐?"

"결혼하기로 했어."

"야, 백소연, 결혼이 무슨 장난이니?"

"장난으로 결혼하는 사람이 어디 있어?"

"만난 지 얼마나 됐다고 벌써 결혼이야?"

"언니, 내가 경솔하다고 생각하는 거지?"

"당연히 경솔하지."

"내가 이래 뵈도 말이야, 4년이나 사귄 남자한테 배신을 당한 여자야."

"그 얘기가 왜 나와?"

주연이 미간을 찡그렸다.

"경솔하려고 해야 경솔할 수가 없다는 말이지."

"……!"

"대신 확신에 대한 남다른 근거 같은 게 생겼어."

"남다른 근거?"

"말로 풀어서 설명할 수 있는 건 아닌데, 준혁 씨는 남달라. 준혁 씨 놓치면 후회할 것 같아서 내가 먼저 프러포즈했어."

"정말이야?"

"처음엔 당황하더라고. 얼마나 당황했는지 나더러 생각할 시간을 달라는 거야."

주연이 깔깔대며 웃기 시작했다.

생각할수록 우스운지 소연 역시 나직하게 웃음을 터뜨렸다.

"그래서 뭐라고 했니?"

"뭐라고 할 시간도 없었어. 두 손으로 머리를 감싸 쥐고 생각하는 시늉을 하던 사람이 갑자기 두 팔을 벌리더니 만세를 불렀거든."

"그 남자, 보기와 달리 푼수기 있니?"

"만세를 부르는 모습이 얼마나 멋졌는지 언니는 상상조차 못할 거야."

"진짜 할 말이 없게 만드는구나. 이 일에 대해서 엄마한테 어떻게 말할 건지 그건 생각해 봤니?"

소연은 언니의 말에 크게 개의치 않았다.

"엄마하고 아버지한테 솔직하게 말씀드려야지."

"반대하시면?"

"준혁 씨하고 나하고 힘을 합해서 설득해야지."

주연은 동생이 어느 때보다 진지하게 얘기하고 있다는 걸 알 수 있었다.

"자신 있는 거야?"

"준혁 씨와 내가 모르는 사이인데 맞선 같은 걸 봤다면……."

"봤다면?"

"아마도 난 일주일 만에 준혁 씨한테 결혼하자고 프러포즈를 했을 거야."

"뭐라고?"

"나한테는 그 정도로 마음에 드는 남자야."

"야, 프러포즈를 하면 준혁 씨가 해야지, 네가 먼저 해?"

"그게 무슨 상관이야? 더 사랑하는 사람이 하면 되는 거지."

태연한 표정으로 언니에게 대답한 소연은 뻐근한 두 팔을 길게 뻗어 기지개를 켰다.

4분의 4박자의 템포로 움직이던 세상이 별안간 4분의 3박자로 바뀐 것 같은 기분이다.

걸음걸이는 물론 표정마저도 왈츠에 물들게 할 것 같은 경쾌함.

사내 연애를 시작한 지 한 달 반 만에 프러포즈에 성공한 소연에겐 세상 전부가 다르게 보였다.

부모님은 물론 준혁의 부모님 역시도 지나치게 서두르는 감이 있다며 둘의 결혼에 대해 우려했다. 하지만 반대를 하는 분은 없었다.

준혁과 소연은 시간을 넉넉히 갖고 가을쯤 결혼을 하는 게 좋겠다는 부모님들을 설득해 늦봄에 결혼을 하기로 했다.

출근을 할 때도 퇴근을 할 때도 두 사람은 늘 서로의 손을 꼭 잡은 채였다.

양가의 어른들끼리 상의를 해 결혼 날짜가 구체적으로 잡히고 난 뒤에야 두 사람은 회사에 결혼에 대한 소식을 공개했다.

소연이 생각한 것 이상으로 동료들은 하나같이 놀람을 금치

못했다. 너무 놀란 나머지 축하한다는 말조차 하지 못하는 동료들도 있었다.

소연의 예상을 깨고 희정은 전화를 걸어오지 않았다. 기전실로 찾아오는 일도 하지 않았다. 다행이다 싶으면서도 한편으로는 그녀의 태도가 의아했다.

다른 하나의 예상은 정확히 적중했다.

번호를 차단한 뒤 연락이 끊긴 성진이 회사 내선 전화로 연락을 해온 것이다. 듣고 싶은 말은 없지만 해야 할 말이 생긴 소연은 흔쾌히 그와 만날 약속을 했다.

그녀는 성진을 만나는 일을 준혁에게 감추지 않았다.

비밀은 질색이었다. 잘 안다고 생각했던 두 사람에게 배신을 당하고 난 뒤 그녀가 깨달은 사실 가운데 하나였다.

신중함을 기하기 위해 만든 비밀 역시도 상대방에겐 서운한 일이 될 수 있었다. 어설픈 비밀로 인해 준혁과의 사이에 갈등의 여지가 생길 수도 있었다. 그녀에겐 그런 가능성들이 다른 어떤 것보다 중요했다.

"자리를 옮겨서 저녁을 먹는 게 낫지 않을까?"

재스민 차를 주문하는 그녀에게 성진이 물었다. 소연이 웃는 얼굴로 그에게 말했다.

"차 한 잔 마실 시간이면 충분해."

"……."

"할 얘기 있으면 먼저 해."

테이블 위에 놓인 냅킨을 만지작거리며 성진이 말했다.

"지난 번 일은 사과할게."

복수를 하겠다느니 하면서 보내온 많은 메시지와 끝내 스팸 처리를 하게 만든 전화를 두고 하는 말이었다.

소연은 괜찮다는 듯 미소를 지어보였다.

"뜻밖의 소식이라서 많이 놀랐어."

"그럴 수도 있지."

"너답지 않다는 생각이 들어."

소연은 사과하는 척하면서 현재형으로 불만을 이야기하는 그에게 강한 반감을 느꼈다.

"내 일은 내가 판단하고 결정해."

"후회하지 않을 자신 있어?"

"그 질문은 정성진 씨가 할 만한 질문이 아니야."

"내가 너한테 한 짓에 대해선 정말 미안하게 생각해."

소연이 그를 바라보며 피식 웃음을 터뜨렸다.

"고작 그 얘길 하려고 만나자고 한 건 아닐 거야, 그렇지?"

"고작이라니?"

소연은 텁텁하기도 하고 향긋하기도 한 재스민 차를 마셨다.

잘된 일인지 아쉬운 일인지 알 수 없지만 성진의 배신은 자신에게 그리 큰 상처를 남기지 못했다. 적어도 지금 이 순간 그때를 돌아보면.

사랑으로 인해 받은 상처조차 아름다운 기억으로 받아들이길 원하는 사람에겐 아쉬운 일이겠지만 소연은 그렇지 않았다.

찻잔을 내려놓은 그녀가 담담한 목소리로 말했다.

"윤희정 씨 통해서 전해 들었겠지만, 난 두 사람에게 관심 없어."

"그렇게 말하고 싶은 거겠지."

"당신들 두 사람의 공통된 특징이야?"

"무슨 말을 하는 거야?"

"마치 당신들이 내 생각의 기준인 것처럼 말하잖아. 당신들 때문에 내가 몹시 아파했을 거라고 생각해? 당신들 때문에 내가 준혁 씨를 만난 거라고 생각해? 말 그대로 당신들 생각일 뿐이야."

긴 침묵 끝에 성진이 말했다.

"널 위해서라도 서도물산을 떠나는 게 옳았어."

"당신들이 서도물산을 떠나는 건 생각조차 안 해봤나 봐?"

"네가 어떤 질타를 해도 달게 받을 수밖에 없다는 거 알아. 내가 너한테 어떤 짓을 했는지 모르지 않아. 하지만……."

"당신이 나한테 어떤 짓을 했는지 정말 알고 있다면, 내가 내 방식대로 살게 둬. 당신들 두 사람이 날 귀찮게 하는 걸 제외하면 아무런 불만 없이 잘 살고 있어."

성진의 눈빛이 그녀에게 묻고 있었다. 거짓말 같은 소리는 그만두라고.

다시금 긴 침묵 끝에 그가 말했다.

"네가 생각하는 것처럼 나, 잘 살고 있지 않아."

"당신들 둘 사이를 다른 사람에게 말하지 못하는 걸 내 탓이라고 생각하나 봐?"

"그런 얘길 하는 게 아니야."

"그럼 당신 내면에 있는 불안함을 얘기하는 거야?"

성진이 답답한 표정으로 허공을 향해 길게 한숨을 내쉬었다.

"당신과 내가 왜 헤어졌는지, 또 어떻게 헤어졌는지 아무도 모르고 있다는 사실에 안도감을 느끼는 게 옳지 않아?"

"소연아!"

"배려라곤 눈곱만큼도 없던 당신들한테 그렇게 배려를 해줬는데, 지나치게 불안해하고 있는 거 아니야?"

소연은 눈을 질끈 감은 채 답답한 숨소리를 내뱉는 그를 뚫어질 듯 쳐다봤다.

"아침에 출근을 하는 게 두려워."

"당신들에 대해 떠들고 다닐 만큼 한가하지 않아."

"넌 오로지 네 생각만을 얘기하고 있을 뿐이야."

"내가 내 생각 외에 누구 생각을 해야 하지?"

"넌 내 목덜미를 쥐고 즐기고 있어, 백소연."

"윤희정 씨 말이 맞아. 당신은 윤희정 씨가 아니었어도 날 떠났을 남자야. 어떤 의미에선 윤희정 씨가 당신에게 가장 잘 어울리는 여자인지도 모르겠어. 너무 닮았거든."

"……너에게 돌아갈 생각이었어."

"크게 웃어줄까?"

"결국엔 너한테 돌아갈 생각이었다고! 나라고 쉬웠는지 알아? 흔들리는 내가 경멸스러웠고 죽이고 싶을 정도로 싫었어. 하지만 사람 마음이 생각대로 되는 게 아니야. 넌 죽었다 깨어나도 모를 거야. 죄책감을 끌어안은 채 다른 사람을 사랑하는 기분이 얼마나 더러운지. 죽을 것 같은 갈등 속에서 난 네가 내 마지막 여자가 되리라는 걸 알고 있었어."

"그만해. 더 듣고 싶지 않아."

"소연아!"

소연은 소름이 돋았다.

"그런 식으로 부르지 마. 내가 당신을 만나자고 한 건 한 가지 이유 때문이야. 정성진 씨 당신이 내 결혼에 대해 아무런 상관이 없는 사람이라는 걸 말해주고 싶어서야."

"소연아!"

아직 할 말이 남은 성진이 달래듯 나직하게 그녀의 이름을 불렀다. 하지만 소연은 벌떡 자리에서 일어나는 것으로 그에 대한 반감을 드러냈다.

가방을 어깨에 두르며 그녀가 말했다.

"당신들 두 사람은 정말 최고의 커플인 것 같아."

카페를 나서려는 그녀의 귀에 이기죽거리는 것 같은 성진의 목소리가 들려왔다.

"최준혁 실장 부모님이 너와 내 관계에 대해 알고 있는지 정도는 대답해 줬으면 해. 진심으로 궁금해서 하는 말이야."

늦은 밤, 소연은 침대에 걸터앉은 채 홀로 맥주를 마셨다.

의미 따위를 부여하고 싶지 않은데 성진의 목소리가 저녁 내내 귓전을 어지럽히고 있었다.

"악연이 따로 없네."

그녀는 성진에 대해 생각하고 있다는 것 자체가 짜증스러웠다.

화장대 위에 올려둔 채 충전 중인 휴대폰이 윙윙거리는 소리를 내고 있었다. 소연은 맥주병을 손에 든 채 자리에서 일어나 휴대 폰을 집어 들었다.

"준혁 씨!"

[안 자고 있었어?]

"자기엔 조금 이른 시간이잖아요."

소연은 두 시간쯤 전에 헤어진 그의 얼굴이 눈에 아른거렸다.

[어머니가 주말에 저녁 식사를 같이 하자고 해서 이번 주는 곤 란하다고 말씀드렸어.]

"준혁 씨, 나한테 물어도 안 보고 그러면 어떻게 해요?"

[우리 두 사람의 시간이 먼저라고 말씀드렸어.]

"내 편 맞아요?"

[명확하게 해두는 게 나아. 다음 주나 그 다음 주 평일에 시간 을 내보겠다고 말씀드렸으니까 그렇게 알고 있어.]

"어머님께서 서운해하세요, 그러지 말아요."

[언뜻 서운하게 들릴 수도 있지만 실상은 그렇지 않아.]

소연은 어쩌면 준혁과 자신이 닮은꼴인지도 모른다는 생각이
들었다.

유순하게 보이는 외모와 달리 부러지는 성격을 가진 사람들.

깊이 그리고 오래 상처 받는 대신 성진과 희정을 정리했던 자
신처럼 준혁 역시 이성적이고 냉정한 사고를 지닌 남자인 것이다.

그는 자신이 희정을 만난다고 했을 때도 그렇고 성진을 만난다
고 했을 때도 그렇고 반대 같은 건 하지 않았다. 그들을 만나고
난 뒤에도 꼬치꼬치 귀찮을 정도로 묻는 일 같은 것도 하지 않았
다.

그런 준혁과 결혼을 생각하게 된 건 당연한 일인지도 몰랐다.

"고마워요."

[기분이 그다지 좋아 보이지 않는 목소리야.]

"준혁 씨 착각이라고 우길래요."

[후후…… 우길 걸 우겨야지. 나한테 할 얘기가 있는 건 아니
야?]

"시간이 빨리 갔으면 좋겠어요."

[이유는?]

"시간을 덮는 건 시간밖에 없잖아요."

[정성진 씨를 만난 일에 대해 물어봐야 할 것 같은 생각이 들
어.]

"그 얘길 하는 게 아니에요."

[그럼?]

"얼마든지 다른 사람들이 수군거릴 수 있는 환경 속에 있잖아요. 내 얘길 하고 있는 거예요. 흔치 않은 사내 커플이었던 여자가 어느 날 갑자기 헤어졌다는 얘기를 해요, 그리고 다음날 새로 사귄 남자친구를 공개해요, 어처구니없게도 또 사내 커플이에요. 그러더니 갑자기 결혼을 하겠다고 해요. 그것도 너무 빨리요. 헤어진 예전 남자친구는 여전히 같은 직장에 다니고 있어요. 다른 사람들은 모르지만 그 남자가 사랑하는 여자 역시 같은 직장에 근무해요."

[더욱이 그녀는 결혼을 약속한 남자친구의 사촌 형수이기도 하고.]

"거미줄 속에 갇힌 것 같은 기분이 들어요."

[소연 씨 말대로 시간이 흘러야 그 거미줄이 걷히겠지만, 흐르는 시간을 기다리는 건 마땅히 사람이 해야 할 일이야.]

"잔인하게 말하네요."

피식 웃음을 터뜨린 소연은 맥주병을 입으로 가져갔다.

[솔직해야 할 일에 대해선 솔직하게 말해주길 바라고 있어.]

"그럴게요."

그녀는 뒤돌아서 오던 자신에게 비웃듯 던진 성진의 말을 떠올렸다. 그 말에 동요한다는 것 자체가 성진이 놓은 빈정거림의 덫에 걸려드는 것이다.

일어나는 좋은 일도 나쁜 일도 성진이나 희정과는 아무런 관계가 없는 것이다. 지금 이 순간 소연 자신에게 필요한 생각은 그것뿐이었다.

어느덧 빈 맥주병을 바닥에 내려놓은 그녀는 슬그머니 침대에 등을 대고 누웠다.

"몇 시에 출근할 거예요?"

[데리러 갈까?]

"보고 싶어요."

나직한 웃음소리를 들으며 소연은 가만히 두 눈을 감았다.

애써 졸음을 청하고 싶은 기분이 드는 건 무언가 잊고 싶은 것이 생각을 장악하고 있다는 뜻이었다.

가슴으로 하는 말

〈소연 씨, 오늘 점심은 따로 먹어야 할 것 같아. 미안해.〉

준혁이 보내온 흔치 않은 메시지.

소연은 느낌이 좋지 않았다.

업무 때문에 사정이 생긴 거라면 그가 굳이 이런 뉘앙스의 메시지를 보냈을 리 없었다.

점심시간 무렵 재킷을 챙겨들고 방에서 나오는 그의 모습이 보였다. 소연은 눈인사를 하듯 웃어 보인 그가 빠른 걸음으로 기전실을 나서는 모습을 바라봤다.

무슨 일이지?

예감 자체를 신봉하는 건 아니지만 준혁이 사적인 일로 인해 누군가를 만나러 가는 게 분명했다. 마음에 걸리는 건 자신에게 선뜻 말하지 못하는 일로 인해 준혁이 누군가를 만나러 가고 있다는 것이었다.

한편 차를 가지고 회사를 나온 준혁은 약속 시간보다 이십 분쯤 늦게 일식집에 도착했다. 사촌 누나 준혜가 일러준 곳이었다.

신발을 벗고 방 안으로 들어서자 낮은 테이블 앞에 앉은 준혜의 모습이 보였다.

"늦었어, 누나."

"괜찮아."

"두 시간 전에 전화해서 약속 잡는 사람, 별로 좋아하지 않아."

"갈등하다가 전화해서 그래, 이 녀석아. 잘 지내지?"

준혜는 오랜만에 보는 사촌 동생을 반가운 눈으로 바라봤다.

"덕분에 잘 지내고 있지. 누나는 얼굴이 더 좋아진 것 같네?"

"편한 것도 없는데 체중이 느네. 결혼한다며? 정말 갑작스러운 거 알기는 하지?"

"그렇게 됐어."

"준일이 기일엔 고마웠어."

"가족끼리 그런 말이 어디 있어?"

"아버지하고 어머니한테 많은 위로가 됐을 거야."

"누나한테만 동생이 아니야, 나한테는 형이라고."

고마운 표정으로 고개를 끄덕이던 준혜가 어느 순간 그에게 물었다.

"올케, 어떻게 할 거니?"

죽은 동생 준일의 이야기를 하던 순간의 온화한 표정은 준혜의 얼굴에서 간 데 없이 사라진 뒤였다.

"어떻게 하다니?"

"독립해서 나간 데다 한솔이마저 준화 댁이 맡아서 키우기로 했으면 얘기 끝난 거잖니. 제가 서도물산에 남아 있을 이유가 없잖아."

준혁은 뜨겁지도 차갑지도 않은 일식 특유의 밍밍한 국물을 떠서 입안에 넣었다.

"누나가 직접 만나서 얘기했어?"

"도무지 말이 통하질 않아."

"서로 다른 얘길 하는 거라면 그렇겠지."

"새롭게 시작하고 싶대."

준혜가 가장자리를 깨끗하게 발라낸 전복 조각을 그의 밥그릇 위에 놓아주었다.

"어떤 의미에서?"

"여자로서 행복해지고 싶다고 하더라. 정확하게 이렇게 말했어. 형님, 저도 이제 그만 여자로서 행복하게 살고 싶어요."

준혁은 그녀의 말에 어떤 대답도 하지 않았다.

"그런데 하필 그 행복을 서도물산에서 찾아야 한다는 게 우습지 않니?"

"누나는 뭐라고 얘기했어?"

"도덕까지는 운운하지 않겠지만 상식선에서 생각하자고 했지."

"흠……."

"도무지 이해는 안 되는데 올케가 왜 그러는지 정도는 알겠더라. 이해한다는 게 아니라 말 그대로 걔가 왜 그러는 건지 알겠다는 뜻이야."

"……?"

"제가 준일이하고 결혼했던 일 자체를 부인하고 싶어 해."

"무슨 뜻이야, 그게?"

"사별한 여자, 곧 있으면 초등학교에 갈 아들, 이런 것들을 부인한 채 제 또래의 커리어우먼처럼 살고 싶어 해. 내 말이 무슨 뜻인지 알지? 커리어우먼으로 살고 싶은 게 아니라 커리어우먼처럼 살고 싶어 한다고."

준혁은 조금 전 준혜가 그랬던 것처럼 무쇠 냄비 안에서 익혀진 대구를 한 조각 떠서 그녀에게 건넸다.

"먹어."

"일도, 사랑도 다 갖고 싶다고 하는데 순간적으로 할 말을 잃었지 뭐니. 올케, 원래 멘탈에 문제 있던 여자니? 정상적인 사람이 어떻게 그런 생각을 할 수가 있니?"

준혜는 갑자기 사촌동생을 만나러 온 이유에 대해 말했다.

"그걸 나한테 물으면 어떻게 해?"

"준일이 가고 난 지금이야 내키지 않고 힘들겠지만 나중을 위해서라도 새 출발 할 수 있게끔 친정으로 돌아가라고 했어. 하지만 한솔이가 사리 분별할 때까지는 무슨 일이 있어도 엄마의 자리를 지키겠다고 말한 사람은 저야. 제가 한솔일 잘 키울 수 있게 할아버지 할머니가 그늘이 돼달라고 해서 그간 같이 살았던 거라고. 아들은 가고 없는데 같은 집에서 며느리 보면서 사는 아버지 어머니 마음이 좋았겠니?"

"……."

"대견한 며느리라고, 기특한 며느리라고 증여로 넘겨줄 수 있는 재산은 죄다 넘겨줬어. 재산뿐이니? 어머니 패물이니 뭐니 다 올케한테 줬어. 난 그게 어머니가 올케가 고마워서 그런 거라고만은 생각하지 않아."

"여러 가지 마음이 복합적으로 작용했겠지."

어느 날 갑자기 불의의 사고로 세상을 떠난 아들에 대한 미안함과 죄책감부터 시작해 다양한 감정들이 큰어머니의 마음을 움직였을 것이다. 물론 그것들 가운데는 어린 손자 한솔이를 끝까지 책임지겠다던 희정에 대한 보상의 마음 또한 크게 작용했을 것이다.

"넌 올케에 대해 어떻게 생각하니?"

"지켜보는 중이야."

"내 입장에서 듣기엔 속 터지는 소리야. 참, 그게 무슨 말이니?"

"무슨 말?"

사촌 누나의 말을 들으며 식사를 하던 준혁이 숟가락을 내려놨다.

예감한 그대로인 것이다.

"올케가 그러는데……."

"소연 씨 얘길 한 모양이군."

"그럼 그게 사실이란 말이야?"

"왜 그렇게 놀라?"

"놀랄 일이 아니니? 난 한솔 엄마가 헛소리를 하는 거라고 생각했단 말이야."

그는 기절할 듯 놀라하는 사촌누나에게 태연하게 말했다.

"누나가 생각하는 것처럼 복잡하게 얽힌 일 없어."

"너하고 결혼할 여자가 한솔 엄마가 만나는 남자하고 사귀던 사이라며?"

"그래서?"

"그래서? 하! 그걸 지금 말이라고 하는 거니? 작은아버지하고 작은어머니도 알고 계셔?"

"누나, 첫사랑하고 결혼했어?"

"뭐?"

"매형한테 누나가 첫사랑이냐고 묻고 있잖아."

준혜는 기가 막혀 할 말을 잃었다.

"첫사랑은 아니지만 복잡하게 얽힌 관계 같은 건 없었어."

"우리 역시 마찬가지야. 복잡하게 얽힌 관계 같은 건 없어."

"말장난하니?"

"나하고 소연 씨, 두 사람 사이의 일이야. 누나야말로 우리 두 사람 일에 다른 사람 개입시키지 않아주길 바라."

윤희정!

준혁은 지금껏 자신이 희정에게 어떤 말도 삼가길 잘했다는 생각이 들었다.

어느 순간 그녀가 이런 식의 도발을 해오리라는 걸 예상했다. 자신의 행복을 위해서라면 다른 사람들이 어떻게 되든 상관없는 그녀였다.

답답한 듯 신경질적으로 머리를 헝클던 준혜가 어느 순간 그에게 말했다.

"네가 정리해, 윤희정. 서도물산에 그림자조차 남기지 못하게."

소연은 목이 긴 화병에 흰색 칼라(Calla) 몇 송이를 꽂아 테이블 위에 올려놓았다.

지나치게 단출한 가구 때문에 사람이 사는 집인지 아닌지 구분되지 않던 거실이 고작 꽃 몇 송이로 인해 환해진 기분이었다.

점심 약속을 깨뜨린 준혁은 누구를 만났는지에 대해 말하지 않았다. 퇴근을 하고 난 뒤 넌지시 물어보리라 생각한 소연에게 날아온 건 그가 보내온 또 다른 메시지였다.

〈퇴근 후에 급한 약속이 잡혔어. 나중에 얘기해 줄게. 오늘은 미안한 하루네. 사랑해.〉

소연은 집으로 가는 대신 이곳 준혁의 오피스텔로 향했다. 간단하게 저녁 식사를 하고 꽃집에 들러 흰색 칼라 몇 송이를 사서.

아홉 시 반쯤 그녀는 준혁에게 메시지를 보냈다. 오피스텔에 와 있다는 간단한 내용의 메시지였다.

하지만 열 시 사십 분이 넘은 지금까지도 그에게선 연락이 없었다. 전화는 물론 짧은 메시지조차 없었다.

"후우!"

석연치 않은 느낌들…….

괜한 느낌이라 생각해 보지만 소연은 손에 쥐고 있는 휴대폰을 내려놓지 못했다.

웅웅거리는 소리와 함께 손바닥에 진동이 느껴졌다.

"여보세요?"

[아직 준혁 군하고 같이 있니?]

"엄마!"

[만나기는 했어?]

"아직."

[무슨 일인데 아직도 못 만난 거니?]

"연락도 안 되네."

[회사에 대체 무슨 일이 있는 거니?]

언니 주연의 지원사격 덕분에 어머니는 이따금 회사에 돌발 상황이 발생하는 것쯤으로 알고 계신다.

"급하게 사람을 만난다고 했는데 아직 안 들어와서 기다리는 중이야."

[난 당연히 둘이 만났겠거니 하고 시간이 늦었는데 언제쯤 오나 궁금해서 전화했지. 회사에 안 좋은 일이 생긴 거니?]

"그런 건 아니야. 그래도 준혁 씨 오고 난 다음에 가는 게 옳을 것 같아서 기다리고 있어."

[주연이 말이 니들처럼 수출하고 수입을 하는 회사는 툭하면 사고라고 하더구나.]

"그렇지만 크게 걱정할 일은 아니야, 엄마."

[저녁은 먹었니?]

"엄마한테 전화할 때 그때 먹었어."

[잘했다, 잘했어.]

어머니에게 미안하다는 말을 하고 전화를 끊은 소연은 칠흑 같은 어둠이 가득한 창밖을 내다보며 길게 한숨을 쉬었다.

'대체 어디서 누굴 만나고 있는 걸까?'

"말이 되는 소리를 해!"

희정의 얼굴은 당장이라도 울음을 터뜨릴 것처럼 붉게 달아올라 있었다. 반면 그런 그녀를 내려다보는 준혁의 얼굴은 무서울 정도로 무표정했다. 준혁의 눈동자에는 그녀가 느끼는 어떤 감정도 그 자신과는 상관없다는 의지가 분명했다.

"네가 어떻게 나오든 내 생각엔 변함없어."

간절한 눈으로 그를 바라보는 희정의 얼굴에선 강한 투지마저 엿보였다.

"네 생각 따위는 중요하지 않아."

"최준혁! 어떻게 말을 그렇게 할 수 있지?"

"물론 네 행복 따위에도 관심 같은 건 없어."

"준일 씨 소원이 뭐라고 생각해? 그 사람이 바라는 게 과연 이런 거라고 생각해?"

원망스럽게 그를 올려다보는 희정의 눈에 투명한 물기가 고였다.

"네가 형 소원에 관심이 있는 여자인 줄은 몰랐네."

"너마저 나한테 이러지 마. 결과가 이렇게 됐지만 난 최선을 다했어. 준일 씨의 아내로 사는 동안에도, 준일 씨가 떠나고 난 뒤 한솔이 엄마로 사는 동안에도 너나 네 가족들이 알지 못하는 고통을 끌어안고 견뎠어."

"너한테 고의적인 고통을 강요한 사람은 아무도 없어. 오히려 나중에 네가 겪을 고통을 생각해서 떠날 길을 준비해 줬어. 그걸 거부한 사람은 너야."

두 손으로 귀를 틀어막은 희정이 별안간 비명을 질렀다.

"아아악! 니들이 뭘 알아! 뭘 안다고 그래! 고작 서른 살에 남편 죽은 과부의 이름을 안고 친정으로 돌아가라고! 네가 내 부모가 어떤 사람인지 알기는 해? 남편 잡아먹은 박복한 년, 시댁에서도 못 들어본 소리를 서슴지 않는 사람들이야. 그런 사람들한테 돌아가라고? 내가 왜 그래야 하는데? ……난 안 간 게 아니라 못 간 거라고!"

벗은 재킷을 소파에 던진 준혁이 그제야 자리에 앉았다.

"네 사정이라는 것이 네가 한 짓에 대한 변명은 될 수 없어."

"왜 나는 행복해지면 안 되는데?"

"그런 억지소리로 사람을 몰고 가지 마."

피식 웃음을 터뜨린 희정이 손바닥으로 눈물을 닦으며 말했다.

"나한테 일을 하라고 권유한 분은 아버님이야. 병든 화초처럼 시름시름 앓아가는 며느리 보기가 미안하셨던 거지. 넌, 며느리가 돼본 적 없지? 아니, 네 큰아버지나 큰어머니가 며느리한테 어떤 분들인지 상상조차 못하지. 집 물려주고, 땅 물려주고, 빌딩에 하다못해 서도물산의 주식까지 넘겨주실 때, 그때마다 내가 미칠 것처럼 기뻤다고 생각하니? 하! 내가 속물이긴 해도 그 정도 속물은 아니야. 내 생명과 인생을 담보로 주어지는 것들까지 기뻐하진 않는다고."

"대체 무슨 소릴 지껄이는 거야? 생명을 담보로 해?"

"놓아주기 싫으셨던 거야. 당신들의 체면을 위해서라도 내가 필요했던 거지."

"하!"

준혁은 어처구니가 없었다.

큰어머니와 어머니가 거실에 앉아 희정의 재혼(再婚)을 의논하는 일을 준혁의 눈으로 똑똑히 지켜봤다. 한두 번이 아니라 여러 번이었다.

"동서, 빈말이 아니라 진지하게 고심한 끝에 내린 결정이야. 우리 한솔 어멈한테 어울릴 만한 사람이 있으면 조심스럽게 연결 좀 해줘."

"안 그래도 지난번 형님이 하신 말씀 때문에 저도 여러 모로 알아보고 있어요. 정말 괜찮으신 거죠?"

"내 아들이 좋아서 선택했던 아이일세. 그 아이가 남은 세월을 행복하게 잘 사는 게 우리 준일이 뜻일 거야. 자네 생각도 그렇지?"

"그야 그렇죠. 신중하게 알아볼게요, 형님."

"나도 조심스럽게 알아볼 테니 우리 서로 힘을 합해보자고."

그는 신경질적으로 코를 풀어대는 희정을 딱한 눈으로 바라봤다.

인간에게 연민이 필요하다면 그 대상은 아마도 저런 사람들일 것이다. 자기 자신 외의 다른 사람은 무조건 적으로 치부하는. 아니, 유용한 대상쯤으로 이해해 버리는.

"내가 왜 아버님 회사가 아닌 너희 회사를 선택했는 줄 알아?"

"자유로움이라는 건 스스로 떳떳하고 못 하고의 문제야. 장소의 문제가 아니라."

"교과서 같은 소리 그만 읊어. 시부모님 눈치 보면서 아이를 키우던 과부의 삶과 사회생활은 하늘과 땅 차이였어. 땅을 치면서 통곡하고 싶을 정도로 후회스럽더라. 내가 왜 그동안 그렇게 살았지, 싶은 게. 넌 죽었다 깨어나도 그 마음 모를 거야. 내가 얼마나 행복했는지 아니? 모두가 나를 일찍이 남편이 죽은 과부쯤으로 알았는데, 서도물산에서만큼은 그게 아닌 거야. 나도 잊어버렸던 윤희정이란 이름을 가진 평범한 여자로 대해주더라."

붉은 핏줄이 선 희정의 눈동자에 간간히 눈물이 고였다.

또래 혹은 또래보다 나이가 적은 여자들을 보면서 느낀 인생의 자유와 행복……

새의 깃털처럼 가벼운 무게로, 세상 어디로든 날아갈 수 있을 같던 그 행복을 떠올리며 그녀는 미소를 짓기도 했다.

"그건 행복이 아니라 망상이야."

"말 함부로 하지 마!"

"현실은 변하지 않아, 외면할 수 있는 것 또한 아니야. 네가 말하는 행복은 네가 현실을 외면한 순간 느낀 감정일 뿐이야."

신랄하기만 한 그의 지적에 희정은 분노를 느꼈다.

"슬픈 사람은 영원히 슬퍼야만 한다는……."

"그런 식으로 타인을 매도하지 마! 형에게 일어난 일은 슬프지만, 너를 제외한 세상 모든 사람이 마냥 행복하지는 않아. 지금 이 순간도 어디에선가 어떤 이들에겐 감당 못할 슬픈 일이 일어나고 있어."

"네가 무슨 말을 해도 난 서도물산에서 떠나지 않아. 내가 있어야 할 자리에 있을 거야."

"난 껄끄러운 사람하고 같이 일 안 해."

"모르는 사람처럼 지내면 돼."

"그야 네 입으로 정성진과 네 관계에 대해, 그리고 소연 씨에 대해 떠들기 전의 일이지."

희정은 놀라지 않았다. 오히려 비웃듯 그를 쳐다보며 물었다.

"네 입으로 말했지? 나만 슬픈 건 아니라고. 그래, 나만 당혹스럽고 나만 불행한 일 당하고 싶지 않았어. 나 하나를 두고 생각하면 모든 게 간단할 거야. 네 입장에서도 작은아버님 입장에서도. 나 까짓 거 하나쯤 사표 쓰게 하는 게 무슨 일이겠어? 하지만 백소연이 개입된다면 얘기가 달라지겠지."

왜곡된 시선⋯⋯.

그는 희정이 삶에 대해 지나칠 정도로 왜곡된 눈을 가지고 있다는 사실을 발견했다.

잠시 현실을 외면한 채 느낀 행복의 감정. 그건 행복이 아니었다. 찰나적인 감정일 뿐. 하지만 희정은 행복과 감정을 혼동하고 있었다. 그리고 그 양가적인 감정 사이에서 더 큰 행복에 대한 욕구에 시달리고 있었다.

성진에게 여자친구가 있다는 사실을 알면서도 그를 얻어내고야 만 것도, 여전히 서도물산 BP 지원팀의 팀장 자리에 머물고 싶어 하는 것도, 희정의 입장에선 행복의 조건인 것이다.

준혁은 깍지를 낀 손을 우드득 소리 나게 비틀었다.

이제는 그 자신의 이야기를 할 차례였다.

"하나 묻지. 내가 왜 정성진이나 너를 지금껏 그냥 지켜보고 있다고 생각하지?"

"내가 그걸 왜 알아야 하지?"

"너나 정성진에겐 계획이라는 게 있었을 테지. 소연 씨가 사표를 쓰고 서도물산을 떠나는 일 말이야."

"모두에게 최고가 되는 일이었지. 너까지 포함해서 말이야."

"그 소연 씨를 내가 잡았을 때, 당황했을 거야."

"……"

"거기에서부터 너하고 내가 걷는 길이 달라지는 거야."

"어렵게 말하지 마."

"나는 너와 정성진, 두 사람이 떠나줄 거라 생각했어."

"우리가 왜?"

"너나 내가 다른 길을 걷는 사람이라고 말했잖아. 떠나기는커녕 떠날 준비조차 하지 않는 널 보면서, 네가 어떤 짓을 꾸밀지 모른다는 생각이 들기 시작했지. 네가 소연 씰 괴롭히는 걸 알면서도, 그녀가 널 만나는 걸 보면서도 내가 지금껏 가만히 있어온 이유야."

희정이 콧방귀를 뀌며 놀리듯 그에게 물었다.

"네가 아무리 잘난 척을 하고 말해봐야 소용없어. 우린 함께 엮인 처지야. 네가 나에 대해, 성진 씨에 대해 허튼 소리를 하거나 허튼 짓을 하는 순간 너 역시 함께 몰락할 수밖에 없어."

"병든 허상으로 오랜 시간을 버텨온 모양이군."

"성진 씨와 내가 결혼할 때까지 만이야."

그는 할 말을 잃은 얼굴로 물끄러미 그녀를 바라봤다.

희정의 얼굴 어디에서도 사랑하는 사람을 둔 이의 행복한 표정은 찾아볼 수 없었다. 오직 그녀에게서 볼 수 있는 건 행복이라는 추상적인 감정에 대한 집착뿐이었다.

"두 사람 모두 마음의 준비를 하는 게 좋을 거야."

자리에서 일어선 준혁은 벗어둔 재킷을 집어 들었다. 뒤따라 일어선 희정이 붉어진 눈으로 그를 올려다봤다.

"시끄러워지는 걸 원해?"

"이미 충분히 시끄러워졌어."

"후후…… 이제 알겠네. 형님 만났구나? 고작 그런 일을 가지고……"

여유를 찾은 표정으로 도도한 미소를 짓던 희정의 얼굴이 구겨진 종잇장처럼 일그러졌다. 그녀의 멱살을 움켜쥔 준혁이 냉기가 뚝뚝 떨어지는 표정으로 말했다.

"소연 씨는 건드리지 말았어야 했어. 네가 진심으로 행복해지길 원했다면 말이지."

아직 어둠이 가시지 않은 이른 시간, 소연은 서둘러 집을 나섰다.

라이트를 켠 채 대문 앞에 멈춰 서 있는 준혁의 차를 보는 순간, 왈칵 하고 그리움이 밀려들었다.

"내리지 말아요."

운전석의 문을 여는 그에게 말한 소연은 얼른 조수석의 문을 열고 차에 올라탔다.

하루의 시작을 알리는 것처럼 상쾌한 오션 향이 긴장돼 있던 후각을 기분 좋게 만들었다.

소연은 가볍게 입을 맞추는 그의 목을 한 손으로 끌어안았다.

"괜찮아요?"

"괜찮지."

아쉬운 듯 짧게 한 번 더 입을 맞춘 그는 소연의 손을 잡았다. 미끄러지듯 골목을 빠져나온 차가 어둑한 대로에 접어들었다.

지난밤 준혁을 만나지 못한 채 집으로 돌아온 소연에겐 묻고 싶은 말이 많았다. 하지만 그의 얼굴을 보는 순간 소연은 그렇게 하지 않는 편이 나을 것 같다는 생각이 들었다.

알고 싶은 것을 알게 된다고 해서 마음이 편해지리라는 보장 같은 건 없었다.

"이렇게 이른 시간에 커피를 내리는 곳이 있어요?"

"새벽에 문전성시를 이루는 곳이지. 어제 늦게까지 연락 안 돼서 미안해."

"휴대폰을 늦게 본 걸 어떻게 하겠어요. 괜찮아요."

미안한 듯 준혁이 미소를 지었다.

매듭을 찾을 수 없는 지루한 이야기.

긴 시간 희정과 이야기를 하고 그녀의 오피스텔을 나선 뒤에야 소연이 보내온 메시지를 봤다.

많이 늦은 시간이기도 했지만 가누기 힘든 감정이 북받치기도 한 터라 되도록 소연을 보지 않는 것이 나았다.

사촌 누나 준혜가 안 이상 성진과 소연의 관계가 부모님의 귀에 들리는 건 시간문제였다.

호인이지만 의협심이 강한 준혜는 큰어머니를 통하는 대신 직접적으로 어머니에게 그 일을 이야기하고도 남을 사람이었다.

물론 그녀가 아주 융통성이 없는 사람은 아니었다. 사촌 동생인 자신이 통사정을 한다면 백번 양보하는 의지를 보여줄 수도 있었다. 하지만 그런 일은 오히려 소연에게 마니너스가 될 뿐이었다.

자칫 소연과 성진 사이에 꺼림칙한 일이라도 있었던 것처럼 보일 소지 또한 있었다.

준혁은 그런 식의 곡해를 원하지 않았다. 오히려 부모님이 사실을 알게 되도 떳떳하게 정면 돌파를 할 생각이었다. 원치 않는 곤란한 시간을 겪게 되더라도.

"사촌 동생은 언제쯤 인사시켜 줄 거예요?"

"어?"

"천사 같은 분, 하루라도 빨리 만나보고 싶어요."

"아! 난 또 무슨 얘길 하나 했나. 다음 주에라도 시간을 맞춰 보도록 할게."

괜스레 예민을 떨었던 것일까.

소연은 여느 때와 다름없이 느껴지는 그를 바라보며 빙긋 미소를 지었다.

"어제 점심 때 사촌 누나가 왔었어."

"그랬어요?"

안도하는 마음과 동시에 소연의 목소리가 약간 하이톤이 됐다.

"지나가는 길에 들렀다면서 난데없이 전화를 해왔더라고."

"그랬구나. 난 그것도 모르고……."

"나중에 겪어보면 알겠지만 사람은 나쁘지 않은데 살짝 독불장군 같은 성향이 있어. 처음 겪는 사람들은 곤란해하는 성격이지."

"긴장돼요."

"천천히 인사시키는 게 나을 것 같아서 혼자 나갔던 거야. 누나하고 할 얘기도 있었고."

"사촌 형제들하고 가깝게 지내나 봐요?"

"거의 친형제처럼 자랐으니까. 아버지하고 큰아버지께서 우애가 돈독하신 편이야. 소연 씨는 사촌이 많은 편이야?"

"아버지가 외동이라 사촌이 아예 없어요. 이모가 한 분 있어서 이종 사촌은 있는데 워싱턴에 살아요. 초등학교 때 보고 아직 못 봤어요."

"저런!"

"준혁 씨, 우리가 서로에 대해서 다 알게 되려면 얼마나 많은 시간이 필요할까요?"

"서로에 대해, 아니면 서로를 둘러싼 환경에 대해?"

"음…… 질문을 잘못한 것 같아요."

두 사람이 동시에 웃음을 터뜨렸다.

그에 관한 것을 아는 것과 그를 둘러싼 환경에 대해 아는 것은 별개이다. 비록 길지 않은 시간 동안 사귀었지만 소연은 그 사실만큼은 분명하게 알 수 있었다.

서서히 거둬지는 어둑함을 가르고 두 사람은 회사에서 멀지 않은 곳에 있는 커피숍을 찾았다.

커피숍은 일부러 창고 느낌을 내려 한 것처럼 어둑하고 을씨년스러웠다. 하지만 그건 첫인상에 불과했다.

흔들거리는 백열등이 테이블마다 달린 2층.

갓 내린 고소한 커피를 마시는 사이, 소연은 음악처럼 음울하고 시처럼 은은한 카페의 이중적인 분위기에 매료되고 말았다.

이른 시간임에도 불구하고 혼자서 커피를 마시러 온 사람들이 많은 이유를 알 수 있었다.

"할 얘기가 있어."

커피를 절반쯤 마셨을까. 준혁이 그녀에게 말했다.

"복잡하게 설명하지 않을게."

"무슨 일인데 그래요?"

"윤희정이 얘길 한 걸로 알아. 소연 씨가 전에 정성진 씨를 만났던 일에 대해."

"……!"

"예민하게 받아들일 필요 없어. 해결은 내가 해. 하지만 소연 씨가 알고는 있어야 할 일이야."

"준혁 씨, 어제 그 일 때문에 그랬던 거예요?"

그는 어제 일에 대해 굳이 설명하지 않았다. 준혁에게 있어 중요한 건 현재와 미래이지 어제가 아니었다.

"부모님께서 알게 된다면 좋게는 말씀하지 않으실 거야."

"그렇겠죠."

"하지만 세상 어떤 사람도 지나간 일에 대해 책임을 묻진 않아. 책임을 져야 할 이유 따위도 없고."

"후우!"

소연은 앞머리가 흩날리도록 자욱하게 한숨을 쉬었다.

준혁이 그런 그녀의 손을 꼭 잡았다.

"한 가지 사실만 기억해. 2년 전, 소연 씨 때문에 가슴이 뛰던 그때보다 지금 내 가슴이 더 뛰고 있다는 걸."

"준혁 씨, 미안해요."

"내가 듣고 싶어 하는 말이 그런 말이 아니라는 것쯤 알고 있지 않아?"

천천히 고개를 젓던 소연이 희미하게 미소 짓는 눈으로 그를
바라보며 말했다.

"사랑해요, 아주 많이."

흡족한 듯 고개를 끄덕인 준혁은 사람들의 시선 따위는 아랑
곳없다는 듯 그녀에게 입을 맞추었다.

너무나도 치명적인

며칠 뒤.

치명적으로 와 닿는 것들이 있다. 어느 한 순간 혹은 여러 순간에 나뉘어 '어!' 하는 느낌과 함께 다가오는 것들.

보라카이 여행에서 돌아온 이후 성진은 몇 번인가 그런 강렬한 느낌을 받았다. 자신이 희정에 대해 잘못된 판단을 한 것 같은, 늦어도 아주 많이 늦은 후회 같은 것이었다.

하지만 어떤 후회는 내색을 하는 것조차 불가능한 것이 있었다.

성진이 원한 건 파괴적인 파워를 지닌 것처럼 보이는 눈부신 이기심이지 불안이 아니었다. 위험할 정도로 오만하고 지독할 정도로 독선적인 여자를 정복하는 희열과 쾌감. 성진이 갈등하는 양심을 외면하고 희정을 선택한 이유는 분명했다.

언젠가 소연에게 돌아가려 했던 건 진심이었다.

물론 처음 희정을 선택하던 순간에 이미 그런 생각을 갖고 있었던 건 아니다.

희정은 그가 꿈꾸는 모든 것을 가진 여자였다. 어쩌면 성진이 생각하는 것 이상으로 그 자신의 삶을 흥미롭게 해줄 여자인지도 몰랐다.

하지만 막상 그녀를 품에 안고 난 뒤 성진에게 든 생각은 그녀가 자신의 삶에 매우 위험한 존재일 수 있다는 것이었다.

심장이 터질 것 같은 희열과 통제하지 않아도 되는 음욕의 해갈은 일탈을 통해서만 맛볼 수 있는 것. 그것들이 일상이 되는 건 상상하는 것만으로도 끔찍한 일이었다.

희정을 얻고 나서야 비로소 성진은 자신이 외면한 소연을 뒤돌아보기 시작했다.

희정이 쾌락을 자극하는 팔색조라면 소연은 울퉁불퉁한 삶을 고른 빛으로 채색하는 화가의 손 같은 여자였다.

성진은 스스로를 설득하고 이해시켰다.

자신이 꿈꾼 건, 아니, 행동으로 옮긴 건 광적인 일탈이었다. 기꺼이 비상하고 만 이카로스처럼 지독한 상흔이 남더라도 생에 단 한 번뿐인 일탈을 맛보고 싶었던 것이지, 삶을 포기하고 싶었던 건 아니다.

희정과의 관계가 깊어지면 깊어질수록 그는 자주 고개를 돌려 뒤에 남은 소연을 바라보곤 했다.

어떤 의미에서 그건 희정이 만들어낸 일이었다.

양가적인 감정 사이에서 몹시 심하게 흔들리는 불안한 사람은 성진이 가장 싫어하는 부류였다. 남자도 여자도 주관적인 중심이 없는 사람은 혐오스러웠다.

덜 취한 사람처럼 불안한 눈빛을 번득거리는 희정의 모습, 더욱이 그 불안한 모습을 감추기 위해 과장되게 오만한 척 구는 모습이 반복적으로 그의 신경을 자극하기 시작했다.

당혹스러웠다.

희정의 실체가 그렇다는 사실보다 성진 자신이 말도 안 되는 판단 착오를 했다는 사실이.

순순히 인정하고 받아들일 만한 일이 아니었다. 당연히 오기 같은 것이 발동했다. 어떻게든지 자신의 판단이 틀리지 않았다는 사실을 입증해 내고 싶은.

[괜찮다면 퇴근 후에 만나서 얘기를 하고 싶군요. 원한다면 윤희정 씨와 함께 봐도 괜찮습니다.]

그런 성진에게 걸려온 준혁의 전화는 너무나도 뜻밖이었다.

태연한 척 그렇게 하자는 대답을 하긴 했지만 그 순간부터 역류하기 시작한 감정은 성진으로 하여금 다른 어떤 일도 손에 잡히지 않게 만들었다.

오후 두세 시가 지나면서부터 성진은 자신이 지나칠 정도로 불쾌한 감정에 시달리고 있다는 사실을 깨달았다. 늦었지만 그럴 듯한 구실을 대고 반차를 내고 싶은 정도였다.

'내가 왜 이러는 거지?'

다른 사람이 불안한 것도 싫지만 성진 자신이 불안해하는 건 견딜 수 없이 싫었다.

그는 희정이 휴대폰으로 걸어온 전화를 받지 않았다. 제법 거리를 사이에 두고 책상에 앉은 그녀와 눈이 마주쳤을 때에도 못 본 척했다.

이런 기분으로는 도저히 희정과 얘기라는 걸 하고 싶지 않았다. 그것이 어떤 얘기이든 간에.

몸이 아프다는 핑계를 대고 일찍 들어가야겠다는 생각을 하는 찰나 낭랑한 희정의 목소리가 PB 지원팀 안에 울려 퍼졌다.

"정성진 씨!"

관자놀이 한쪽을 관통하는 통증을 느끼며 그는 두 눈을 질끈 감았다.

"정성진 씨!"

여느 때와 다를 바 없이 자신감으로 똘똘 뭉친 그녀의 목소리에는 기분 좋은 웃음기마저 감돌았다.

상사가 두 번씩이나 큰소리로 직원을 불러대는데 다른 직원들의 시선이 쏠리지 않을 리 없었다.

그는 체념한 듯 태연한 목소리로 말했다. 마치 중요한 일에 몰두하고 있던 것처럼 마우스를 한쪽 손에 든 채.

"예!"

"2분기 전략실무 코스트 차트는 잘 진행되고 있나요?"

"지금 하고 있는 중입니다."

성진은 누군가 자신의 넥타이를 사정없이 잡아당기는 것 같은 불쾌함을 경험했다.

2분기 전략실무 코스트 차트는 이미 이틀 전에 깨끗하게 끝난 일이다. 직속 상사인 희정의 사인을 받은 서류는 출장 차 자리를 비운 전무의 사인을 받기 위해 그의 책상 서랍 속에 들어 있었다.

고의적으로 휴대폰을 받지 않은 일에 대해 희정은 그런 방법으로 자신을 푸쉬(Push)하고 있는 것이다. 너와 내 사이에 할 말이 있지 않느냐는 식으로.

"중간 보고서를 봤는데 확인해야 할 부분이 보이더군요. 잠깐 회의실로 들어와 줬으면 해요."

"네?"

그는 하는 수 없이 희정과 눈을 마주쳤다. 그녀를 바라보는 성진의 눈이 강한 반감을 드러냈다.

하지만 그런다고 해서 뒤로 물러설 그녀가 아니라는 건 성진 역시 잘 알고 있었다.

의자에서 일어나며 희정이 경쾌한 목소리로 말했다.

"전무님 오시기 전에 확실하게 끝내둬야 하는 건 정성진 씨도 잘 알고 있잖아요. 회의실에서 봐요."

PB 지원팀이 자체 회의를 위해 사용하는 공간은 그리 넓지 않았다. 다행인 건 비교적 좁은 공간임에도 불구하고 다른 직원들에게 자신들의 모습을 보이지 않을 수 있다는 사실이었다.

회의실 안으로 들어선 성진은 무표정한 얼굴로 의자에 앉아 있는 희정에게 다짜고짜 물었다.

"뭐 하는 짓이지?"

"당신이야말로 뭐 하는 짓이야?"

"후우!"

"세 번이나 전화를 하는데 안 받아?"

"안 받는 걸 보면서 반복해서 거는 당신은 뭐지?"

"온종일 벌레 씹은 얼굴이야. 당신 이 사이에 벌레가 끼어 있는 표정이라고! 분명히 메시지로 물었지. 무슨 일이냐고."

"안 봤어."

답답한 듯 긴 한숨을 쉰 그는 신경질적으로 의자를 잡아당긴 뒤 풀썩 소리를 내며 앉았다.

"안 봐?"

"당신이 보낸 메시지를 안 본 게 아니라 휴대폰 자체를 안 봤어."

"왜?"

"그런 날도 있는 거지, 그걸 왜 일일이 다 설명을 해야 하지?"

"내 책상에 앉아 있으면 성진 씨 얼굴뿐 아니라 표정까지 다

보여."

성진이 짜증스럽게 말했다.

"그렇게 할 일이 없어?"

"말을 험하게 하네."

가소롭다는 말투. 생글거리며 웃고 있는 희정의 얼굴이 그는 전처럼 도발적으로 느껴지지 않았다. 오히려 불안함을 견디지 못하는 여자가 긴 손톱으로 자신의 목덜미를 짓누르고 있는 것 같은 기분이 들었다.

"후우!"

희정은 화를 삭이는 것처럼 긴 한숨을 내쉬는 그를 뚫어질 듯 쳐다봤다.

"무슨 일이야?"

"사사건건 다른 사람 일에 꼬치꼬치 캐묻는 성격이야?"

"당신이 나한테 다른 사람이 아닌가 보지."

"내가 아닌 이상 모두가 타인이야. 그 상대가 누구라고 해도."

"내가 아는 정성진 씨가 아닌 것처럼 굴고 있는 그 이유가 궁금하다고."

웃음기를 가득 담고 있는 그녀의 눈이, 붉은 입술이 성진에게 대답을 재촉하고 있었다.

'어서 말해!'

비스듬히 고개를 돌린 성진의 입에서 바람이 빠지듯 피식 하고 웃는 소리가 났다. 그가 희정을 쳐다보지 않은 채 물었다.

"대답할 사람은 내가 아니라 당신인 것 같아. 대체 뭐가 그렇게 불안해서 좌불안석이지?"

"툭하면 그런 식으로 넘겨짚는 소리, 슬슬 신물이 나고 있다는 사실만 알아둬."

"없는 사실을 있다고 말할 만큼 파렴치하진 않아. 당신, 혹시 나한테 감추는 사실 같은 거 있어?"

홧김에 억지소리가 튀어나왔다.

"뭐, 뭐라고?"

그는 순식간에 정색을 한 채 눈동자가 흔들리는 희정에게서 눈을 떼지 못했다.

"놀라는 거야, 당황하는 거야? 그 표정은 뭐지?"

"당신이…… 지금 말 같지 않은 말을 하고 있잖아! 내가 뭘 속였다고 생각하는 거지? 어떻게 그런 말을 하고 있는……."

성진이 엄지와 검지로 그녀의 턱을 움켜쥐었다.

혹시나 하는 의혹이 그림자처럼 짙게 내려앉았다.

"당신, 최준혁 실장한테 들은 얘기 있지?"

"뭐?"

"예스 혹은 노로 대답해. 최준혁 실장 만난 적 있어, 없어?"

입을 굳게 다문 희정이 집어치우듯 턱을 잡고 있는 그의 손을 떼어냈다.

"대답해."

"대답할 이유 없어."

"윤희정 씨!"

"고작 그게 이유야? 최준혁한테 전화라도 받았나 보지? 그래? 그게 불안하고 못마땅해서 이렇게 구는 거야? 하!"

당황했던 것도 잠시 평소의 페이스를 찾은 희정이 신랄한 표정으로 그에게 물었다.

"지금 고작이라고 했어?"

"그래, 고작이라고 말했어. 왜 이렇게 당당하지 못해?"

"그걸 지금 말이라고 해?"

"성진 씨, 당신 말 한마디면 끝나는 일이야. 날 사랑한다는 말, 그 말 한마디면 모든 게 해결되는데 차마 그 말을 할 용기가 없나 보지?"

물끄러미 그녀를 바라보던 성진의 입이 놀람으로 벌어졌다.

'당당하다'는 말이 자신들에게 어울리는 말인가? 그것도 서도물산 안에서.

성진을 놀라게 한 건 당당하지 못하다는 나무람이 아니라 어느 때보다 정색을 하고 있는 희정의 눈빛이었다.

화가 나서 순간적으로 하는 감정적인 실언과 진언 사이엔 커다란 차이가 있었다. 그건 바로 눈빛이었다.

성진이 그녀에게 말했다.

"우리 두 사람, 퇴사하는 게 좋겠어."

"누구 맘대로?"

"……!"

"말이 지나쳤어."

아차 한 표정을 한 희정이 사과를 하듯 양쪽 손바닥을 그에게 내보였다.

"다시 말해봐."

성진은 자신도 모르는 사이 고성을 내게 될까 봐 안간힘을 썼다.

"실언이라고 말했어."

"당당하다는 말이 우리한테 가당한 말이라고 생각해?"

"당당하지 못할 게 뭐가 있는데? 우리가 불륜이라도 저질렀어?"

"그보다 떳떳하다고 생각해?"

"성진 씨!"

"아무도 모른다는 전제 하에서 당신 이렇게 당당하게 구는 거잖아. 아닌가?"

"뭐라고?"

"당사자인 소연이와 최준혁 실장, 두 사람밖에 우리 일에 대해 아는 사람이 없다고 확신하는 거 아니냐고?"

벌떡 의자에서 일어선 희정이 믿을 수 없다는 듯 떨리는 목소리로 그에게 말했다.

"성진 씨, 당신 나한테 할 말이 있는 사람 같아 보여."

"말을 안 하기 위해 기를 쓰고 있어. 그러니 제발 나를 그냥 놔두란 말이야. 전화를 받든 받지 않든지 간에 말이야. 내가 무슨 생각을 하는 것처럼 느껴지든 말이야."

"성진 씨!"

"내 감정에 반응할 줄 아는 여자라면 퇴사를 할 마음의 준비 정도는 해야 할 거야."

"진심으로 하는 말이야?"

"빈말하는 것처럼 보여?"

"후우!"

희정이 손가락으로 긴 머리를 사납게 쓸어 넘겼다.

"분명하게 말하지만 난 서도물산을 떠날 마음 없어."

"후후…… 어떻게 해서든 당신 뜻을 관철하겠지."

그제야 자리에서 일어난 성진이 바지 주머니에 손을 꽂았다. 그녀와의 사이에 거리를 두려는 심리적인 제스쳐였다.

"내 입에서 극단적인 말이 안 나오게 해줬으면 해."

"극단적인 말?"

"아마 당신이 생각하는 그런 류의 말일 거야."

희정이 등을 돌린 채 문 쪽으로 걸어가는 그에게 목소리를 높였다.

"얘기하다 말고 그냥 가버리면 어떻게 하겠다는 거야?"

"무슨 얘길 더 하자는 건데? 당신이 원하는 대답, 당신이 듣고 싶은 얘기, 아무 때나 그런 것들이 자동적으로 튀어나온다고 생각해?"

"성진 씨, 말이 정말 심하지 않아?"

"당신한테선 다른 사람에 대한 배려를 찾아볼 수 없어."

"뭐라고?"

"소름이 끼칠 정도야."

"······!"

"극단적인 말 안 나올 수 있게 협조해 달라고 말했잖아!"

"그걸 지금 말이라고 해? 소름이 끼쳐? 어떻게 나한테······."

"제발 부탁인데 본질을 왜곡하지 마. 어떻게 된 게 모든 본질이 당신이어야 하지? 당신 감정이 모든 걸 이루는 중심이길 바라?"

"됐어, 됐고, 최준혁이 전화해서 무슨 소릴 했는지 얘기해."

"그 말투는 뭐야?"

만만치 않은 두 사람의 눈빛이 마치 칼이 부딪치듯 허공에서 마주쳤다.

"말해."

"해야 할 필요를 못 느껴."

"정성진 씨! 당신 입으로 말했지? 나는 다른 사람에 대한 배려 같은 건 모르는 여자라고. 모든 본질보다 앞서는 건 내 감정이라고. 내 목소리가 저 문밖으로 새어나가는 것쯤 나한테는 일도 아니야. 아니, 사무실 한가운데서 지금 우리가 하는 얘길 그대로 할 수도 있어."

"후우!"

도저히 대화 자체가 되지 않는 그녀를 보며 성진은 두 손으로 얼굴을 감싸 쥐었다.

미안이니 실언이니 하는 말로 넘어갈 일이 아니었다.

'대체 내가 무슨 짓을 한 거지?'

성진은 숨이 콱 하고 막혔다.

자신이 스스로에게 돌이킬 수 없는 실수를 한 건지도 모른다는 불길한 예감이 밀려들었다.

그가 움직이고 있다.

말은 하지 않았지만 소연은 그 사실을 알 수 있었다.

그녀는 준혁이 자신에게 굳이 말하지 않는 것들을 독단적이라고 생각할 수 없었다. 그가 전적으로 자신들 두 사람을 위해 선택하고 행동하고 있다는 것을 알고 있기 때문이었다.

궁금하기도 하고 답답하기도 하고 비겁한 방관자 같은 기분이 들기도 한다. 하지만 그때마다 소연은 그가 했던 말을 떠올렸다.

"날 믿어줬으면 해."

수동적이 된다는 것.

무엇보다 사랑하는 사람에 대해 수동적이 된다는 건 굉장히 어려운 일이다. 하지만 소연은 그를 믿는 것이 자신이 가장 우선적으로 해야 하는 일이라는 생각을 버리지 않았다.

먼저 퇴근을 하라는 준혁의 말대로 그녀는 6시가 조금 넘은 시간, 선애와 함께 사무실을 나섰다.

오늘 같은 날 함께 저녁을 먹자고 얘기해 준 선애가 고마울 따름이었다.

"실장님하고 따로 퇴근하는 날도 있고 별일이네."

빌딩을 나온 뒤 선애가 말했다.

"덕분에 선애 씨하고 저녁도 같이 먹고 좋잖아."

"빈말도 잘하지."

"저녁, 뭐 먹고 싶어?"

"내가 주빈이야?"

"쿠폰 남았잖아. 너무너무 먹고 싶은 걸로 말해 봐."

"갑자기 이런 기회가 오니까 생각이 안 나네. 잠깐 생각을 좀 해볼까."

선애가 고개를 갸웃거렸다.

그때였다.

지나치다 싶게 큰 클랙슨 소리가 소연과 선애는 물론 근처에 있던 이들의 시선을 잡아끌었다.

소연은 자신의 눈을 의심했다.

차창을 내린 채 자신을 쳐다보던 희정이 문을 열고 차 밖으로 내리고 있었다.

빠른 걸음으로 다가오는 그녀를 보며 소연은 자신도 모르게 바짝 긴장이 됐다. 희정의 입에서 이상한 말이 나올까 봐 염려스러웠다. 하지만 아무런 내막도 알지 못하는 선애에게 자리를 피해

달라는 말 같은 건 하기 어려웠다.

"윤 팀장님!"

반색을 하며 다가간 선애가 희정에게 인사를 했다. 하지만 희정은 그녀를 본 체 만 체하며 소연에게 다가섰다.

"귀가 먹었어?"

누가 들어도 눈치챌 수 있을 정도로 다분히 감정이 실린 목소리였다. 소연은 당황해하는 선애의 얼굴을 못 본 척했다. 그녀는 더 당황스러운 일이 생기지 않길 간절히 바랐다.

"클랙슨을 그렇게 누르는데 어쩌면 고개 한 번 안 돌려볼 수가 있지?"

"못 들었어요."

소연은 습관처럼 미안하다는 말이 나오려는 걸 애써 참았다.

관계의 문제.

생글생글 웃는 얼굴로 미안하다는 말을 해도 조금도 자존심이 상하지 않던 관계였다. 희정과 자신은.

그랬던 그녀와 자신이 지금은 서로 모르는 사람이었으면 좋았을 관계가 돼 있었다.

"얘기 좀 해."

"오늘은 곤란해요."

"중요한 얘기야."

선애가 바보가 아닌 이상 자신들 두 사람의 분위기가 전과 같지 않다는 것은 바로 눈치챘을 것이다. 하지만 희정 역시 바보가 아닌 이상, 더한 상황을 자초하지는 않을 것이다.

소연은 일방적으로 구는 그녀를 거절했다. 희정이 자신에게 얼마나 급한 용무를 가지고 있는지는 모르지만······.

"선애 씨하고 저녁 약속이 있어요. 나중에 전화 주세요."

"전화?"

같잖다는 표정으로 그녀를 올려다보며 희정이 헛웃음을 터뜨렸다. 소연은 그녀의 그런 행동에 반응하지 않았다.

"그럼 나중에 뵐게요."

"백소연!"

"회사 앞이네요, 퇴근 시간이기도 하고요."

"후후······. 어린 고양이가 이제 발톱이 나기 시작하는 건가?"

소연은 감정을 삭이듯 고개를 몇 번 끄덕였다. 어느 순간 고개를 든 그녀가 희정을 똑바로 쳐다보며 물었다.

"회사 앞에서 이러고 싶으세요?"

"소연 씨야말로 이러고 싶어?"

"하고 싶은 얘기가 있으면 지금 이 자리에서 하세요."

"뭐라고?"

기가 막혀하는 희정의 눈동자가 그녀에게 물었다.

'너 제정신이니?'

하지만 소연은 그런 그녀의 눈빛을 뚫어질 듯 쳐다보는 것으로 반감을 드러냈다.

"잘됐네요, 저 역시 물어볼 말도 있고 할 얘기도 있는데."

"무, 무슨 소릴 하는 거야, 지금?"

"정성진 씨가 준혁 씨하고 같이 있나 보죠, 지금?"

소연의 말 한마디에 희정의 얼굴이 밀랍처럼 창백하게 변했다. 달려들 것처럼 희정에게 바짝 다가선 그녀가 한껏 소리를 죽인 채 말했다.

"미쳤어?"

"그러길 원하고 이러는 거 아니에요?"

"너, 정말…….."

소연은 몇 걸음 떨어진 곳에 서서 심상치 않은 얼굴로 자신들을 훔쳐보는 선애를 외면했다. 조금 전 희정이 그랬던 것처럼 낮게 가라앉은 목소리로 그녀가 말했다.

"후회할 상황, 자초하지 마."

"백소연!"

"마냥 만만하고 우스운 존재 같은 건 없어. 당신이 요란한 걸 원한다며 기꺼이 그렇게 해줄 수도 있어."

희정은 휘둥그레진 눈으로 그녀를 올려다봤다.

언니, 언니 하며 자신을 따르며 살갑게 굴던 소연의 표정과 눈빛은 흔적조차 찾아볼 수 없었다.

한때는 진심으로 소연을 아끼고 좋아했었다. 희정은 그 사실을 부인하고 싶지는 않았다.

하지만 언젠가부터 희정 자신이 소유하지 못한 행복을 독차지하는 것 같은 그녀에게 상대적인 박탈감을 느끼곤 했었다. 소름이 끼치도록 유치했지만 박탈감은 점점 심화되어 갔다.

소연이 뇌까리듯 나직한 목소리로 그녀에게 말했다.

"할 얘기가 있으면 10시 이후에 전화해. 얼마든지 받아줄 테니까."

그녀는 희정의 대답 같은 건 필요하지 않다는 듯 밝은 목소리로 선애를 불렀다.

"선애 씨, 거기서 뭐 해? 빨리 가자, 우리."

팽팽함 같은 건 찾아볼 수 없는, 다만 무거울 뿐인 침묵이 계속되고 있다.

먼저 연락을 한 준혁이지만 굳이 자존심 따위를 가늠하고 싶은 생각 같은 건 없었다. 자존심을 거들먹거릴 만한 일이 결코 아니었다.

침묵이 무거워진다 싶을 즈음이면 어김없이 윙윙거리며 휴대폰 진동 소리가 들려왔다. 그때마다 그는 울리는 휴대폰을 외면하는 성진의 모습을 보곤 했다.

너덧 번째 휴대폰 진동 소리가 울리고 난 뒤 더는 그러고 싶지 않은 듯 성진이 말했다.

"말씀하시죠."

도전적이라고도 볼 수 없고 체념적이라고도 볼 수 없는 지극히 상투적인 말투였다.

"무슨 말을 어떻게 하는 것이 효과적일지 생각하는 중입니다."

준혁의 말이 채 끝나기 전에 다시 휴대폰 진동이 울려대기 시작했다.

밤이 새도록 그럴 것 같은 집요한 진동 소리에 준혁은 구역질이 날 것 같은 불쾌함을 느꼈다.

"잠깐 자리 좀 비우겠습니다."

더는 참고 견딜 재간이 없는지 벌떡 자리에서 일어난 성진이 양해를 구하고 빠른 걸음으로 테이블에서 멀어져 갔다.

십여 분쯤 뒤 자리로 돌아온 성진의 얼굴에는 애써 화를 가라앉힌 표정이 역력해 보였다.

준혁이 그에게 말했다.

"원한다면 함께 보는 것도 상관없습니다."

"오는 중일 겁니다."

"네?"

"어디 있는지 알려줬습니다."

주어 따위가 필요치 않은 말. 두 남자는 자신들이 누구에 대해 말하는지 알고 있었다.

준혁은 그가 체념에 찬 눈빛을 하고 있다는 사실을 알 수 있었다.

희정에게 말을 강하게 하긴 했어도 준혁은 삼자대면 형식의 대화를 결코 바라지 않았다. 하지만 희정이 그런 상황을 자초하는 것까지 막아줄 이유는 없었다.

그는 희정이 도착하기 전에 성진에게 해야 할 말을 떠올렸다.

"윤희정 씨가 실언을 했더군요."

준혁은 호칭에서부터 희정과 자신 사이에 거리를 두었다.

"실언이라니요?"

"저와 가까운 사람에게 지난 시간의 일에 대해 언급한 걸로 알고 있습니다."

"그게 무슨 말씀입니까?"

"다른 건 차치하고 정성진 씨한테 한 가지 묻고 싶은 말이 있어 만나자고 했습니다. 윤희정 씨와 정성진 씨, 두 사람 관계에 왜 저나 소연 씨가 개입이 되어야 하는지 그 이유를 알고 싶습니다. 자칫 문제가 있고 불완전한 관계라고 할지라도 어디까지나 두 사람 사이의 일, 아닙니까? 어린아이도 아니고 이 무슨 유치한 짓입니까?"

"……!"

그는 순간적으로 얼굴이 달아오르는 성진을 보았다.

희정에게 브레이크가 되어줄 사람은 한 사람, 성진밖에는 없었다. 그 사실을 누구보다 잘 알고 있는 준혁은 미안한 마음이 들 정도로 그를 나무랐다.

"불미스럽다는 말의 뜻 정도는 알고 있을 거라고 생각합니다. 그 불미스러운 일이 외부에 알려지는 걸 원하는 겁니까?"

"죄송합니다."

"지나간 일, 지난 시간에 의미 따위를 두진 않습니다. 하지만 어떤 소리가 됐든 소연 씨가 다른 사람들 입에 오르내리는 일은 결코 용납하지 않을 겁니다."

그는 결코 성진이 착각 따위를 할 수 있는 여지를 허락하지 않았다.

설령 그가 지난 시간 소연의 남자친구였다고 해도 과거 따위는 현재에 있어 아무런 의미가 되지 못했다. 준혁은 그 사실을 분명히 했다.

그리고 제 멋대로인 희정에게 충분히 브레이크 역할을 해줄 수 있을 만큼 성진에게 무안을 주었다.

성진이 적잖이 당황한 표정으로 그를 바라봤다.

성진이 듣기엔 지독할 정도로 일방적인 말이었다. 하지만 반박할 만한 말이 선뜻 떠오르지 않았다.

하지만 거듭 죄송하다는 말을 할 마음 또한 그에겐 없었다.

첫 번째 결론은 간단했다. 거기엔 소연에게 돌아가겠다는 계산 같은 건 없었다. 성진 자신에게 최고의 선택인 것 같은 희정과의 관계가 전부였다. 그때까지만 해도 그에게 있어 희정은 목이 마를 정도로 사랑하고 싶은 여자였다.

하지만 어느 때부터인가 간간히 되살아나기 시작한 소연의 얼굴과 두 가지 삶에 대한 갈등. 불꽃처럼 화려한 삶과 별다를 것 없는 일상적인 삶에 대한 갈등.

그 둘 가운데 차차 후자를 향해 생각이 기울기 시작했던 것이다.

언젠가는 돌아갈 자리.

더할 나위 없이 비열하고 치졸하다는 걸 알면서도 성진이 내린 두 번째 결론은 그랬다.

　양다리⋯⋯.

　어느 날 갑자기 소연과 준혁의 관계가 드러나지 않았다면 어느 시간엔가 양다리 역시 표면화되었을 것이다. 부인할 수 없는 사실이다.

　하지만 변하지 않는 사실 또한 존재한다.

　자신과 소연이 사 년 남짓 연인이었다는 사실 말이다.

　그는 그 사실마저 부인하듯 너무나도 당당하게 말하는 준혁에게 심한 반감을 느낄 수밖에 없었다.

　준혁은 과거 따위는 어디에도 존재하지 않는다는 듯, 자신을 희정의 그림자쯤으로 단정 짓고 있었다.

　자신의 반감 따위가 아무 의미 없다는 걸 준혁은 잘 알고 있는 것이다.

　하긴 그는 단순하게 소연의 남자친구가 아니다. 얼마 지나지 않아 그녀의 남편이 될 남자이다. 그 굳건한 관계가 성진을 할 말이 없는 존재로 만들어놓은 것이다.

　무엇보다 성진을 함구하게 만드는 또 다른 이유도 있었다.

　그는 등 뒤에서 다가오는 구두 소리를 들으며 잠시 미간을 찡그렸다.

　기꺼이 일탈의 불구덩이에 스스로를 던지게 만들었던 희정이 이제는 위험천만한 덫처럼 느껴졌다.

'끝이군.'

부인할 수 없는 현실에 대한 감각이 성진의 입술을 쓰게 만들었다.

그는 아무런 말 없이 자신의 옆에 앉는 희정을 쳐다보지 않았다. 더는 그녀의 감정 따위를 신경 써줄 여유가 성진에겐 없었다.

"최준혁 실장님, 성진 씨한테 무슨 얘길 하고 있는 거죠?"

준혁은 사적인 친분을 부인하려는 듯 구는 희정을 무표정한 얼굴로 바라봤다.

"묻고 있잖아요, 성진 씨한테 무슨 얘길 하고 있는 건지."

그는 대답하는 대신 한쪽 손을 뺨에 댔다. 마치 고심하는 표정으로. 하지만 뚫어질 듯 희정을 바라보는 그의 눈동자에는 강경한 뜻이 담겨 있었다.

위험을 자초하는 사람에겐 위험한 일이 생길 수밖에 없는 법이었다.

고까운 눈으로 그를 바라보던 희정이 성진을 향해 고개를 돌렸다.

"그만 일어나요, 성진 씨."

하지만 성진 역시 무거운 침묵으로 그녀를 대할 뿐이었다.

한 번, 두 번, 세 번…….

천천히 눈을 감았다 뜨는 그녀에게선 화를 참는 기색이 역력했다.

뇌까리듯 희정이 낮은 목소리로 성진의 이름을 불렀다.

"성진 씨!"

나직한 목소리는 충분히 강압적으로 들렸다. 준혁에게도 성진에게도.

그녀를 향해 고개를 돌린 성진이 대답했다.

"최준혁 실장님과 사적인 대화를 하는 중이에요."

희정이 믿을 수 없다는 눈으로 그를 바라봤다.

갑작스러운 그의 존댓말이 희정으로선 견딜 수 없이 불쾌했다.

차마 부인까지는 못하지만 마치 그가 자신과의 관계를 은폐하는 것처럼 느껴졌다.

희정은 사납게 되받아치고 싶은 충동을 죽을힘을 다해 이겨냈다.

성진에게 '그래서?'라고 되묻고 싶은 마음이 간절했다.

그녀가 피식 웃음을 터뜨렸다.

"사적인 자리이니까 우리 세 사람이 같이 있는 거잖아. 안 그래?"

"얘긴 나중에 해요."

희정은 정수리가 저릿할 정도로 배신감을 느꼈다.

성진의 말에는 주어가 생략돼 있었다. 다분히 고의적이었다.

그가 자신에게 하고 싶은 말은 분명했다. 우리 얘기 따윈 나중에 하자는.

하지만 그는 준혁이 보는 앞에서 '우리'라는 말조차 하고 싶지 않은 것이다. 아니, 할 수 없는 사람처럼 굴고 있는 것이다.

희정은 명백하게 고의적으로 구는 그에게 견딜 수 없는 배신감과 수치심을 느꼈다.

다른 사람도 아닌 준혁과 함께 있는 자리이다.

인내 따위에 후할 수 없는 희정은 그가 아닌 준혁에게 화살을 겨누었다.

"자신감이 상당히 부족한가 봐요. 이런 사적인 자리를 만든 걸 보면."

"윤 팀장님!"

제지하듯 성진이 그녀를 불렀다.

윤 팀장님?

희정은 갈수록 치명적인 실수를 하는 성진을 힐끔 쳐다봤다. 그러곤 준혁에게 퍼붓듯 말했다.

"이런 자리를 통해 희열이라도 느끼시나 봐요? 아니면 결핍된 자신감을 이런 식으로 채우는 건가요?"

재미있다는 듯 준혁의 한쪽 입꼬리가 위로 치켜 올라갔다.

타인의 모든 것을 침해하고 훼손하면서 정작 자신에 관한 것만은 지키려 하는 사람의 편의를 봐줄 의향 따위는 그에게 남아 있지 않았다.

분명 두려움을 느끼고 있을 텐데 희정은 괘씸할 정도로 태연한 척하고 있었다.

머그잔을 손에 쥐며 그가 말했다.

"윤희정 씨, 꼬리가 지나치게 길다는 생각은 해본 적 없겠지?"

"무슨 말을 하는 거예요?"

발끈하며 시치미를 떼고 있지만 희정은 당황하고 있었다. 준혁은 순식간에 무너지는 그녀의 눈동자를 볼 수 있었다.

의아한 눈으로 자신을 바라보는 성진과 믿을 수 없다는 듯 자신을 바라보는 희정. 그 두 사람 사이에서 준혁은 어느 때보다 냉정함을 발휘했다.

뚫어져라 희정을 바라보며 그가 말했다.

"이미 충분히 얘기했던 걸로 기억해. 그럼에도 불구하고 줄곧 소연 씨를 걸고넘어지고 귀찮게 해댔지. 모든 사람이 자신의 행복을 소중하게 여기지만 모든 사람이 자신의 행복을 위해 다른 사람을 희생시키거나 아프게 하진 않지. 안 그런가요, 형수님?"

"……!"

희정의 얼굴이 밀가루를 뒤집어 쓴 것처럼 하얗게 질렸다.

두 눈이 휘둥그레진 성진은 자신의 귀를 의심했다. 당혹스러운 중에도 그는 희정이 아닌 준혁에게 물었다.

"형수님이라니요?"

"정성진 씨가 잘 알고 있는 윤희정 씨에게 직접 듣는 게 좋을 겁니다."

준혁의 대답은 성진과 희정 두 사람을 걷잡을 수 없는 충격으로 몰아넣었다.

"어떤 일에도, 어떤 말에도 요동하지 마."

선뜻 이해가 되는 건 아니지만 소연은 준혁이 한 말을 붙들었다.

어떤 일이 벌어지고 있는 건지 궁금하지 않은 건 아닌데 그렇다고 해서 미친 듯 궁금하지도 않았다.

사랑에 빠지는 느낌.

늪처럼 질편한 곳에 몸과 마음이 푹푹 빠져 들어가는 기분은 다른 것들을 깊이 생각하지 못하게 만들었다.

소연에게 가장 중요한 건 한 가지. 준혁과 자신의 사랑이었다.

사랑이라는 말을 하는 데 거리낌이 없을 만큼 그에 대한 사랑이 깊어지고 있었다. 준혁을 만날 때마다 가슴이 늘 새롭게 뛰었고 주체하기 힘든 설렘으로 얼굴이 붉어지기까지 했다.

사흘 전, 그에게 희정과 성진을 만났다는 이야기를 들었다.

듣는 순간 가슴이 콱 하고 막히긴 했지만 소연은 고개를 끄덕이는 것으로 모든 말을 대신했다. 준혁은 그 이상의 다른 어떤 말도 하지 않았다. 다행스럽게도.

금요일 저녁, 소연은 여느 때처럼 준혁과 함께 퇴근을 했다. 여섯 시를 조금 넘었을 뿐인데 진즉부터 어둑해진 하늘은 다소 캄캄하기까지 했다.

운전을 하던 준혁은 손을 잡고 있는 그녀를 돌아보며 미소를 지었다.

소연의 부모님의 허락을 받고 떠나는 2박 3일의 여행. 결혼 적

령기를 가득 채운 나이이지만 부모님의 허락은 상당한 의미로 다가왔다. 소연과 자신의 관계가 훨씬 더 깊어진 것 같은 기분이었다.

"정말 저녁 안 먹고 가도 괜찮겠어?"

"가다가 배고프면 얘기할게요. 준혁 씨는 괜찮아요?"

"난 아직 괜찮아."

소연은 잡고 있는 그의 손을 만지작거리며 미소를 지었다.

여행이 목적이 아니었다. 부모님에게 준혁과 단둘이 여행을 다녀오겠다는 말을 할 수 있었던 건 분명한 이유가 있었기 때문이다.

성진이 자신과 사귀는 동안 만난 여자가 누구인지 말씀드렸고, 그 여자가 준혁과 어떤 관계인지도 말씀을 드렸다.

뛸 듯 놀란 부모님에게 희정의 입에서 나온 성진과 자신의 과거가 준혁의 부모님의 귀에 들어가게 될지 모른다는 말씀을 드렸다.

"아니, 대체 이게 무슨 일이니, 소연아?"

"허허, 이 일을 어떻게 해야 하는 거냐?"

할 말을 잃은 채 근심하는 부모님에게 소연은 여행의 이유를 말씀드렸다.

"주말에 준혁 씨하고 여행을 다녀올까 해요. 해야 할 말도 있고 하고 싶은 말도 있고, 무엇보다 준혁 씨한테 듣고 싶은 얘기가 있어요."

그렇게 떠나는 여행 길.

소연의 머릿속엔 적지 않은 생각들이 자리하고 있었다.

서울을 벗어날 즈음, 그녀는 말문을 열었다. 차 안에서 하는 것이 나은 말들도 있었다.

"정성진 씨한테 그 뒤로 연락 온 적 있어요?"

"아니."

그건 왜 묻느냐는 듯 준혁이 그녀를 향해 고개를 돌렸다.

"만난 적도 없고요?"

"응."

소연은 그가 자신의 질문을 내켜하지 않는다는 걸 느낄 수 있었다. 하지만 그녀에겐 하고 싶은 말과 해야 할 말이 있었다.

"그럼 윤희정 씨는요?"

"대답하기 전에 질문부터 할게."

"이유가 있어서 묻는 거예요. 설령 이유가 없다고 해도 준혁 씨한테 이런 질문 정도는 할 수 있다고 생각해요."

"윤희정 씨한테는 당연히 연락이 있었겠지."

"비꼬는 말처럼 들려요."

그녀는 준혁이 오해하지 않도록 웃으며 말했다. 소연이 그랬듯 그 역시 웃는 얼굴로 대답했다.

"그 두 사람 일은 나한테 맡겨줬으면 해."

"우리 일이잖아요."

멋쩍은 듯 고개를 숙인 소연이 다시금 그에게 말했다.

"엄밀하게는 저로 인해서 벌어진 일이에요."

"우리 일이라며?"

준혁은 모순되는 그녀의 말을 지적했다.

"원인을 얘기하는 거예요."

"흐음……."

"준혁 씨가 기분 나쁘게 받아들일까 봐 염려스러웠어요."

"기분 나쁘게 받아들일 만한 말이라면 안 하는 게 옳지 않을까?"

소연의 작지 않은 눈이 한동안 그를 쳐다봤다.

무심한 척 운전석 앞을 바라보는 준혁에게서 그녀는 서운함이 아닌 다른 감정을 느꼈다.

자신이 그렇듯 준혁 역시 하고 싶은 말과 듣고 싶은 말이 있는 것이다. 오해를 낳을까 봐, 자칫 소연 자신의 기분을 상하게 할까 봐 망설이고 있는 것이다.

"우리 솔직하게 얘기하면 안 돼요?"

"우리가……."

"우리가 지금껏 솔직하지 않았다는 뜻이 아니에요. 제 말은, 준혁 씨나 나나 신경 쓰이는 일이 있잖아요. 그 일에 대해서 신경 쓰이지 않는다고 말할 수 있어요? 그래요?"

"내가 알아서 하겠다고 했잖아."

"알아요, 준혁 씨가 충분히 알아서 하고 있다는 거. 앞으로도 그래줄 거라는 거. 하지만 그 사람들과의 일이 전부는 아니잖아요."

답답한 듯 한숨을 내쉰 그가 낮은 목소리로 그녀에게 물었다.

"하고 싶은 얘기가 뭐지?"

비로소 주어진 시간. 소연은 긴장을 덜어내듯 침을 삼켰다. 그리고 그에게 말을 하기 시작했다.

"과거라는 말이 우리 두 사람 모두에게 듣기 좋은 말이 아니라는 걸 알고 있어요. 듣는 준혁 씨도 거북하겠지만 말을 하는 전 더 불편해요. 가시방석에 앉아 있는 기분이 어떤 건지 알아요? 뾰족뾰족한 가시가 잔뜩 있는 방석 말이에요."

"누구에게든 과거는 있어. 흔한 말이지만 과거는 과거일 뿐이야."

"준혁 씨가 아니었다면 그 과거를 곱씹으면서 오랜 시간을 보냈을 거예요. 그거 알아요?"

"······?"

"과거라는 말이 낯설게 들릴 만큼 준혁 씨를 사랑하고 있다는 거."

나직한 소리로 웃음을 터뜨린 그가 소연의 손을 꼭 잡았다.

"지금껏 들어온 말 중에 가장 마음에 드는 말이야."

"불과 얼마 되지 않은 일인데 아주 오래된 일처럼 느껴지기도 해요. 준혁 씨가 말한 것처럼 어떤 일에도 어떤 말에도 요동하고 싶지 않아요. 그 두 사람에 대해선 얼마든 그렇게 할 수 있을 것 같기도 해요. 하지만 수동적으로 모든 걸 준혁 씨에게 맡겨둘 순 없다는 생각이 들어요."

"왜지?"

"난 준혁 씨를 사랑하고, 준혁 씨와 결혼하길 원하고, 무엇보다 우리 두 사람이 행복하길 원해요. 만약에 준혁 씨 부모님께서 제 과거에 대한 이야기를 듣고 우리 두 사람의 결혼을 반대하신다면……."

"일이 그렇게까지 되게 놔두진 않아."

"만약에, 라고 말했잖아요. 그런 일이 생긴다고 해도 뒤로 물러서지 못할 만큼 준혁 씨를 사랑해요."

"……!"

"솔직하게 말하면 과거 때문이 아니라, 무언가 준혁 씨와 제 사이를 방해하는 것 같은 불편함이 싫어요. 이기적이라는 거, 저도 알아요."

"그게 왜 이기적이지?"

길게 한숨을 내쉰 소연이 고개를 숙인 채 그에게 말했다.

"어떤 면에선 제 생각만 하고 있잖아요."

"아직까지 '우리'라는 말의 의미를 모르고 있는 거야."

"제가요?"

"내가 원하는 게 어떤 건지 생각해 본 적 있어?"

소연이 천천히 고개를 끄덕였다.

"전혀 갈등이 없을 순 없잖아요. 준혁 씨는 안 그래요?"

"갈등할 이유가 없는 일이야."

고개를 돌린 소연이 그를 바라봤다.

"말이 된다고 생각해요?"

"내 생각엔 갈등 운운하는 게 더 말이 안 된다고 봐."

소연은 순간 목이 따끔거렸다.

"소연 씨가 괜한 일로 인해 신경 쓰는 걸 원치 않아."

"괜한 일이요?"

"우리 둘 사이의 일이 아닌 건 모두 괜한 일이야."

준혁은 단 한마디의 말로 그녀의 머릿속에 있는 생각들을 일축시켰다.

"후우!"

소연은 어깨가 움츠러들 정도로 깊은 한숨을 내쉬었다. 그 속에 소연이 지녀온 갈등과 염려가 묻어났다.

한결 밝아진 목소리로 그녀가 말했다.

"그 두 사람, 퇴사했으면 좋겠어요. 이 말이 너무너무 하고 싶었는데, 제가 너무 뻔뻔한 것 같아서 차마 못 하고 있었어요."

"전혀 뻔뻔하지 않아."

"피차 불편한 관계라면 눈으로 안 보는 게 나을 것 같아요."

"퇴사하게 될 거야."

그녀가 천천히 고개를 끄덕였다.

"더 솔직한 얘기, 해도 되죠?"

무슨 말이냐는 듯 준혁이 그녀를 향해 고개를 돌렸다.

"지난 일 때문에 미안한 마음이 없는 건 아닌데 사실은…… 훼방 당하는 기분이 더 컸어요. 넘치게 행복한데 누군가 그 행복을 방해하는 것 같은 기분 말이에요."

"기분이 아니라 사실이 그래. 그 두 사람 모두 지나칠 정도로 어리석어."

"정성진 씨는 제삼자로 생각할 수 있지만 희정 언니, 아니, 윤희정 씨는 그렇지 않잖아요."

"결국엔 그 사람도 제삼자야."

그는 희정의 얼굴을 떠올렸다. 그녀를 생각하게 되는 순간이면 어김없이 떠오르는 사촌 형 준일의 얼굴…….

희정이 형의 아내가 아니었다면 이렇듯 일이 복잡하게 되진 않았을 것이다. 아니, 희정 역시 지나치게 당당하게 굴진 못했을 것이다.

소연이나 자신이나 그 일에 대해 선뜻 말문을 열지 못하는 것 역시 결코 단순하지만은 않은 관계 때문이다.

"욕심이 많은 건 알고 있었지만 저 정도로 어리석은 사람이라고는 생각하지 못했어."

그녀는 자신도 모르게 고개를 끄덕였다.

누군가를 안다고 말하는 게 얼마나 조심스러운 일인지 희정으로 인해 뼈저리게 알게 됐다. 자신이 알던 희정이 아니었다. 절친한 직장 후배의 남자친구를 빼앗는 것도, 수시로 전화를 걸어와 성진과 함께 있는 순간의 희열을 과시하던 비열한 짓도 소연이 알던 그녀의 모습은 아니었다.

"다소 마음이 복잡했던 것 같아요."

"소연 씨가?"

"네."

머쓱하게 웃어 보인 소연이 말을 계속했다.

"준혁 씨는 저한테 신경 쓰지 말라고 했지만, 사실 그 두 사람 일에 대해 크게 관심이 없어요. 궁금한 것도 없고. 준혁 씨와 함께 있으면 다른 어떤 것도 생각하고 싶지 않아져요. 하지만 어떤 부분에선 분명 우리 두 사람이 함께 나눠야 할 얘길 못하고 있는 기분이 들었어요."

"썩 내키는 이야기는 아니지."

"그렇다고 해서 외면만 할 일도 아니긴 해요."

"그건 소연 씨 말이 맞아."

준혁은 먼저 말을 꺼내준 그녀가 한편으로는 고맙게 느껴졌다.

신경 쓰고 싶지 않은 일이지만 외면하고 부인하는 것으로 끝이 날 일 또한 아니었다.

아무리 지난 일이라고 해도 소연의 전(前) 남자친구의 이름을 입에 올리는 건 거북하고 싫은 일이었다.

온전하게 준혁 자신에게만 속한 여자여야 했다. 소연은.

어쩌면 그런 생각 때문에 지나치게 성진에 관한 일을 소연에게 드러내지 않고 싶었던 건지도 모른다. 스스로 깨끗하게 해결하고 싶은 마음을 느낀 것이다.

소연이 웃는 얼굴로 그에게 말했다.

"사실 이런 얘기 안 하고 싶었어요. 피하고 싶은 게 솔직한 마음이었을 거예요."

"얘기하길 잘한 거야."

"저도 그렇게 생각해요. 해야 할 얘길 회피하고 나면 나중에 준혁 씨하고 제 사이에 앙금 같은 게 남을까 봐 그게 걱정이 됐어요."

"앙금?"

말도 안 된다는 듯 그가 코웃음을 웃었다.

"준혁 씨한테 완벽한 여자가 되고 싶어요. 그럴 수 없다는 걸 알면서도 늘 그런 생각을 하게 돼요."

"이미 충분할 정도로 완벽해."

소연이 그에게 눈을 흘기는 시늉을 했다.

"세상에 완벽한 사람이 어디 있어요? 그런 사실을 알면서도 완벽해지고 싶은 건 그만큼 준혁 씨를 사랑하기 때문인 것 같아요."

소연을 바라보는 그의 눈동자가 잔잔한 빛을 띠며 웃고 있었다.

"소연 씨하고 내 사이에 앙금 따위가 남는 일은 없어. 그런 걱정 하지 마."

"정성진 씨하고 윤희정 씨가 퇴사를 했으면 좋겠다는 말을 하고 나니 속이 너무너무 후련해요. 마치…… 어떻게 표현을 하면 좋을까요? 아, 그러면 되겠네요. 앙큼하게 속을 감추고 있다가 솔직하게 털어놓은 기분이요."

"후후……. 많이 복잡했나 봐?"

"신경 쓰고 싶지 않은 마음만큼이나 복잡했나 봐요."

소연은 잡고 있는 그의 손등에 가만히 입을 맞추었다. 그리고 답답했던 마음을 다 털어낸 사람답게 솔직하게 말했다.

"이런 사랑이 또 있을까 싶을 만큼 준혁 씨를 사랑해요."

정염으로 붉게 물든 눈빛이 애절함을 호소한다.

"준혁 씨!"

그는 황홀할 정도로 아름다운 소연의 얼굴에서 눈을 떼지 못했다.

두 손으로 힘껏 준혁의 어깨를 움켜쥔 그녀의 입술 사이로 앙칼진 신음이 흘러나왔다.

"아흑!"

소연은 저절로 감기는 눈을 사력을 다해 부릅떴다.

자신을 바라보는 준혁의 눈동자. 지독할 정도로 뜨거운 사랑을 고백하는 눈빛이 그녀를 행복의 늪에 빠져들게 만들었다.

준혁은 곡선을 긋는 쇄골에 입을 맞추었다.

"사랑해."

밀려드는 쾌감을 이기지 못한 소연이 두 눈을 스르르 감으며 그의 등을 힘껏 끌어안았다.

"아아……."

그는 만월처럼 탐스러운 가슴을 두 손으로 그러쥔 채 소연을 향해 더 깊숙이 자신을 밀어 넣었다.

소연이 한껏 고개를 뒤로 젖힌 채 억눌린 숨소리를 토하기 시작했다. 준혁은 본능에 물든 숨을 거칠게 몰아쉬는 그녀의 입술에 짓이기듯 입을 맞추었다.

정염에 물든 그녀의 모습은 눈이 부실 정도로 아름다웠다.

실오라기 하나 남기지 않은 건 소연의 나신만이 아니었다. 부끄러움을 잊은 채 강렬한 쾌락에 물든 스스로를 드러내는 솔직함. 대담하기까지 한 그 솔직함이 있기에 섹스를 통한 희열이 클 수밖에 없었다.

마치 극심한 고통을 느끼듯 그녀가 어깨를 들썩일 때마다 땀으로 흠뻑 젖은 준혁의 등줄기의 근육들이 한껏 팽창했다. 본능에 몸을 맡긴 소연이 그에게 헤어 나올 수 없는 쾌감을 가져다준 것이다.

소연의 귀엔 아무것도 들리지 않았다. 심지어 힘껏 포개진 준혁의 입술 때문에 그녀 자신이 억눌린 숨소리를 내는 것조차 들을 수 없었다.

커다란 불덩이가 자신을 삼키는 것 같은 극한의 공포와 두려움 그리고 그보다 더 큰 희열이 소연을 무아의 찰나에 도달하게 했다.

어느 순간 소연이 온몸을 웅크린 채 마치 경련을 하듯 떨기 시작했다. 그녀의 몸속 깊숙한 곳에서 시작된 떨림이 준혁의 남성을 강하게 옥죄기 시작했다.

억눌린 숨소리를 삼킨 준혁은 고개를 뒤로 젖힌 채 더욱 격렬하게 그녀를 취했다.

찢길 듯 앙칼진 교성을 내지르던 소연이 어느 순간 활처럼 상체를 둥글게 휜 채 환희의 찰나에 도달했다.

"아흑!"

순간적으로 그녀의 몸을 빠져나온 그는 소연을 꼭 안은 채 허공을 올려다보며 거친 숨을 내쉬었다.

시간이 멈춰 버린 것 같은 아득함 속에서 두 사람은 서로를 꼭 안은 채 무아의 순간을 함께했다.

준혁은 곤하게 잠이 든 것처럼 보이는 소연의 젖은 머리카락을 이마에서 떼어냈다.

소연이 스르르 눈을 떴다 감았다. 그녀는 자신의 이마와 뺨에 입을 맞추는 준혁의 손을 잡았다.

"사랑해요, 준혁 씨."

"사랑해."

그는 여전히 발그레한 뺨을 한 채 빙긋 미소 짓는 소연을 꼭 끌어안았다.

"어떤 일이 있었든, 어떤 일이 일어나고 있든, 그것들이 별일 아닌 것처럼 느껴져요. 준혁 씨를 사랑하는 내 마음만이 진짜 현실인 것처럼 느껴져요."

"그게 사실이야."

소연이 길게 뻗은 팔로 그의 등을 꼭 끌어안으며 나직한 목소리로 말했다.

"사랑해요."

어두운 그림자

    책이며 옷이며 하는 것들이 커다란 여행용 가방을 가득 채우고 남는다. 결국 박스 하나를 더 채우고 나서야 짐 정리가 끝이 났다.

    '후우!'

    박스 입구를 테이프로 붙인 성진은 가슴 속으로 깊은 한숨을 쉬었다.

    1년이 채 되지 않는 시간, 자신이 얼마나 위험천만한 짓을 했는지 이제야 비로소 실감이 됐다. 달콤한 일탈이라고 믿었던 그 시간이 성진 자신의 삶에 지워지지 않을 오점이 되고 말았다.

    팔짱을 낀 채 그가 짐을 정리하는 모습을 오랫동안 지켜보던 희정이 답답한 듯 손가락으로 머리카락을 헝클었다. 하지만 여전히 그녀의 눈빛과 목소리에는 당당함이 자리하고 있었다.

"달아나는 게 방법이라고 생각해?"

짐을 정리하느라 바닥에 앉아 있던 성진이 자리에서 일어나며 대답했다.

"당신 편리한 대로 생각해."

"후후……."

곱지 않은 그의 시선이 희정을 향했다.

"성진 씨, 당신이 나보다 나은 것처럼 구는 그 눈빛, 말투, 얼마나 우스운지 알기는 해? 역겨울 정도야."

"다행이야."

"다행이라니?"

"당신 입에서 나온 말에 의미를 둔다는 게 우스운 일이지."

"스스로에게 그렇게 말해주고 싶은 거겠지."

성진은 바지 주머니에 손을 꽂은 채 무표정한 얼굴로 그녀를 바라봤다. 문틀에 기대선 희정의 얼굴은 여전히 오만하게 웃고 있지만 한때 그의 마음을 흔들어놓던 그런 당당함은 찾아볼 수 없었다.

동요하지 않는 것.

오직 그것만이 자신이 할 수 있는 유일한 일이었다. 비참하게도.

"아직 할 말이 남아 있는 건가?"

"당신이 내 말에 귀를 기울이긴 했어?"

"그렇다면 들을 얘기가 없었던 거겠지."

여행용 가방과 누런 포장 박스.

그 안에 꾸깃꾸깃 밀어 넣은 건 짐이 아니라 돌이킬 수 없는 시간이었다.

도도하게 턱을 치켜든 채 희정이 물었다.

"뭐가 문제야?"

"하!"

성진이 실소를 터뜨렸다.

"다시 물어야 하나 보네. 뭐가 당신이 생각하는 문제의 본질이지?"

"당신하고는 그 어떤 얘기도 하고 싶지 않다는 게 내 생각이야."

"참 쉽게 사는 사람이야, 나 말고 당신 말이야."

"당신이 할 말은 아닌 것 같아."

"피해자인 것처럼 굴지 마. 안 어울리는 가면을 쓴 것처럼 우스워. 당신이나 나한테는 그런 가면이 안 어울려."

성진의 눈썹이 꿈틀거렸다.

"아무것도 모른 채 나한테 기만당한 것처럼 구는 그 모습, 시간이 지나고 난 뒤에 생각해 보면 당신 스스로 머리카락을 쥐어뜯고 싶을 거야."

"윤희정 씨, 당신의 뻔뻔함은 어디까지지?"

"당신이 스스로를 피해자라고 생각하는 만큼?"

"그만두지."

희정이 그를 바라보며 피식 웃음을 터뜨렸다. 성진을 지나친 그녀는 장식장 문을 열고 투명한 잔과 위스키 병을 꺼냈다.

"성진 씨도 마실래?"

대답하지 않는 그를 바라보며 한 번 더 피식 웃음을 터뜨린 그녀는 잔에 채운 위스키를 물처럼 벌컥벌컥 마셨다.

빈 잔에 위스키를 채우며 희정이 말했다.

"소연이한테 잘하는 당신이 좋았어."

"시끄러워!"

성진이 격앙된 목소리로 그녀의 말을 일축했다.

"당신 때문에 행복해하는 소연일 보면서 같은 여자로 태어났는데 나는 왜 이렇게 살아야 하지, 하는 생각을 하게 됐어. 그 앤 늘 행복해했어. 봄에도 여름에도 가을에도. 그 앨 그렇게 행복하게 해주는 남자가 어떤 사람인지 궁금했어. 나한테도 그런 남자가 있다면 나 역시 행복해질 것 같았어. 사실 당신이 너무 쉽게 나한테 다가와서 많이 놀랐어."

"……."

"후후, 그것 봐, 아니라는 말은 못 하겠지? 사실 당황스러웠어, 당신이 너무 쉽게 나한테 넘어와서. 소연이가 말했던 대로라면, 아니, 내가 옆에서 지켜본 대로라면 소연이를 넘치게 행복하게 해주던 남자친구는 그렇게 쉽게 다른 여자한테 넘어오면 안

어두운 그림자 **323**

됐거든. 그런데 성진 씨는 마치 다른 여자를 기다린 남자 같았어."

"입 다물지 못해!"

질끈 감았던 눈을 뜬 그는 희정의 손에 들려 있는 위스키 잔을 빼앗아 입안에 들이부었다.

"소연이와는 다른 내가 당신 마음에 들었던 거야. 우린 생긴 것도 극과 극이지만, 성격 또한 그렇거든. 그렇지 않다면 아니라고 대답해 봐."

성진은 그녀의 손에 들려 있는 위스키 병마저 빼앗았다.

"아마도 당신보다 위에 있는 내 자리도 마음에 들었을 거야. 당신, 은근히 스펙을 중요하게 여기는 남자더라. 소연이가 아는 남자친구는 그렇지 않은데 말이야."

성진은 아예 대꾸라는 걸 하지 않았다. 빠른 속도로 술을 마시는 그의 눈동자가 서서히 붉어지기 시작했다.

"말은 안 했지만 내가 상당한 재력가의 딸쯤 되는 줄 알았을 거야. 당신한테 어울리는 여자는 소연이가 아니라 나일 거라고 확신하기도 했고."

송곳으로 찌르는 것처럼 가슴이 욱신거렸지만 성진은 비웃는 얼굴로 그 사실을 부인했다.

"마음대로 지껄이시지."

"대여섯 달쯤은 그랬어. 어떻게 해서든 날 당신 여자로 만들려고 작정한 것처럼 굴었지. 마치 내가 당신 인생에 주어진 기회의 발판처럼 느껴졌을 거야. 후후…… 우스웠던 게 뭔지 알아? 내가 당신 여자라고 확신을 한 건지 어느 순간부터 슬금슬금 소연일 뒤돌아보기 시작했어."

쿵 소리를 내며 술병을 내려놓은 성진이 손으로 그녀의 턱을 들어 올리며 말했다.

"그게 이제 와 무슨 상관이지?"

"몰라서 물어?"

"지껄이고 싶은 얘기가 있으면 지금 지껄여. 이 집에서 나가고 난 뒤에 할 말이 있느니 어쩌느니 하며 연락 따위 하지 말고."

"아, 소연이 기분이 이랬겠네."

이기죽거리듯 눈웃음을 친 희정이 고개를 끄덕였다. 그리고 자신의 턱을 움켜쥔 그를 뚫어질 듯 쳐다보며 말했다.

"이런 기분이라면 당신 보란 듯 곧바로 다른 남자를 만날 수 있지. 게다가 당신보다 훨씬 나은 남자를 만났으니……."

철썩!

턱을 움켜쥐고 있던 그의 손이 화장기 없는 희정의 뺨에 붉은 자국을 남겼다.

성진은 죽일 듯 자신을 노려보는 그녀를 힘껏 벽에 밀쳤다. 그리고 한 손으로 목덜미를 움켜쥐었다.

분노와 취기가 뒤섞인 그의 숨소리가 위태로울 정도로 가빠지기 시작했다.

"기회의 발판? 하! 감히 네가 그런 말을 할 자격이 있다고 생각해?"

"놔!"

억눌린 소리를 내며 희정이 목을 조르는 그의 손을 떼어내려 바르작댔다.

"네 입으로 대답해 봐. 네가 누군가에게 기회의 발판이 되어줄 주제가 되는 여자인지! 넌 한마디로 쓰레기야!"

"……!"

"네가 가진 건 나처럼 멍청한 놈을 기만하는 데 쓸 그 오만한 표정뿐이야."

그는 사력을 다해 자신의 손을 떼어내려 하는 희정을 더욱 세게 벽으로 밀쳤다.

"컥!"

공포를 느낀 희정이 흰자위를 드러낸 채 사납게 고개를 가로저었다. 그러지 말라는 듯.

"넌 소연이한테 나와의 관계를 드러내려 애썼어. 그러면서 희열을 느꼈겠지. 멍청한 난, 네가 소연이에 대한 질투 때문에 그러는 거라고 생각하고 모르는 척 넘기곤 했어. 하지만 내가 더 어리석었던 게 뭔지 알아! 네가 네 시동생 최준혁과 소연이의 관계를 가지고 날 기만한 짓이야! 넌, 너란 여자는, 세상 모든 사람의 행복을 깨뜨리는 데서 만족을 느끼는 인간이야. 내가 널 왜 쓰레기라고 했는지 알겠어!"

"서, 성……."

"그 추악한 입으로 함부로 내 이름 부르지 마! 내가 너와 같은 인간이라고? 후후…… . 세상의 어떤 인간도 너와 같은 부류는 되지 못해. 너한테는 깨뜨려질 행복 같은 게 없기 때문이야. 넌 빼앗는 인간이야, 오로지 다른 사람의 행복을 파괴하고 망가뜨리는 인간이라고! 아, 그게 좋겠군!"

별안간 생각이 난 듯 그가 움켜쥐고 있던 희정의 목덜미를 놓았다.

"하아!"

두 눈을 감은 채 본능적으로 긴 호흡을 한 희정이 그의 앞에서 달아나려는 듯 빠르게 걷기 시작했다. 성진이 그런 그녀의 한쪽 어깨를 움켜쥐었다.

그는 겁에 질린 눈으로 자신을 돌아보는 희정에게 비웃음을 퍼부었다.

"하하, 너야말로 그런 표정 안 어울려. 집어치워."

"성진 씨…… ."

희정은 그의 얼굴에 가득 찬 광기를 보았다. 그녀는 공포와 두려움을 동시에 느꼈다.

"내 손으로 싼 저 짐, 네가 다시 풀어."

"……?"

"잠시 착각했어. 내가 얼마나 철저히 망가진 인간인지. 윤희정이란 여자, 너로 인해서 말이지. 망가질 게 없는 인간이 너 하나만은 아니야. 내가 기꺼이 너와 함께 있어줄 거야. 기회의 발판.

네 입에서 그 좋은 말이 실현되길 바랄게."

그는 뒷걸음질 치는 희정의 다른 한쪽 어깨마저 손으로 힘껏 움켜쥐었다. 그녀가 단 한 발자국도 움직일 수 없도록.

"성진 씨, 이 손 놔."

"너답지 않게 왜 떠는 거지?"

"이 손 놓고 얘기해."

"아니, 내가 너를 놓는 일은 없을 거야. 네 덕분에 너와 비슷한 인간이 됐으니 함께 살아가야지."

두려움으로 떨리던 희정의 눈이 질끈 감겨졌다.

어깨를 움켜쥐고 있던 손을 놓은 성진이 문 쪽으로 걸음을 옮기며 뇌까리듯 말했다.

"돌아올 때까지 저 짐 다시 풀어놔. 만일 이 집에서 한 발자국이라도 나간다면 윤희정 씨 시댁으로 찾아갈 테니 그렇게 알아. 그보다 더한 짓도 할 수 있어."

일주일 사이 성진은 퇴사를 했다.

소연은 그 소식을 준혁이 아닌 동료 직원들을 통해 들었다. 안도의 한숨이 나올 것 같던 생각과 달리 오히려 담담한 기분이 들었다.

"정성진 씨하고 윤희정 팀장님하고 진지한 관계라던데, 소연 씨도 얘기 들었어?"

동료인 선애는 거의 매일처럼 퇴근 시간에 성진이 희정을 데리러 온다는 얘길 들려주었다.

"나도 두어 번 보긴 했는데 두 사람 다 얼굴이 넋이 나간 것처럼 완전히 무표정한 거 있지. 사랑에 빠진 사람들 얼굴은 아니었어."

소연이 바란 것처럼 성진과 희정, 두 사람이 회사에서 사라지는 일 같은 건 일어나지 않았다.
희정은 여전히 PB 지원팀의 팀장 자리를 고수하고 있었다.

"윤희정 팀장하고 퇴사한 정성진 씨하고 동거 중이라며?"
"두 사람 동거한 지 한참 됐대요. 소연 씨하고 사귀는 중간에 정성진 씨가 딴짓을 했나 봐요."
"어머! 그런 일이 있었던 거야?"

가십처럼 성진과 희정을 둘러싼 이야기가 계속적으로 회사 사람들의 입에 오르내리기 시작했다.
그런 얘기를 전해들을 때마다 소연은 자신도 모르게 가슴이 답답해지곤 했다.
두 사람의 일 때문이 아니었다. 자신이 들을까 봐 목소리를 낮춘 채 수군거리는 동료들의 말 때문도 아니었다.

어느 순간 갑자기 준혁의 부모님으로부터 연락이 올 것만 같은 불길한 예감 때문이었다. 마치 커다란 실수를 한 어린아이가 혼이 날 순간을 기다리고 있는 것 같은 기분이었다.

점심시간, 소연은 가슴이 너무 답답한 나머지 기분 전환을 하기 위해 회사 근처에 있는 꽃집에 들러 작은 화분을 샀다. 만 원 남짓 하는 작은 화분을 하나 샀을 뿐인데 바람이라도 쐬고 온 것처럼 기분이 아주 많이 좋아졌다.

소연은 새로 사온 화분을 책상 한쪽에 놓아두었다. 그녀는 이따금 답답한 기분이 가슴을 짓누를 때면 꽃집에 들러 화분 구경을 해야겠다고 생각했다.

하지만 괜찮아졌던 그녀의 기분은 오후 네 시 십오 분을 기점으로 종잇장처럼 구겨졌다.

평소와 다르게 얼굴이 하얗게 질린 희정이 성마른 걸음으로 기전실 안으로 들어선 것이다. 그녀는 자신에게 쏟아지는 기전실 직원들의 시선 따위는 아랑곳하지 않는다는 듯 거침없이 준혁의 방으로 들어섰다.

소연은 그녀가 들어선 뒤 의자에서 일어선 준혁이 유리벽과 문에 블라인드를 내리는 모습을 보았다. 체한 것처럼 명치 쪽에 뼈근하게 아파오기 시작했다.

블라인드를 내리고 책상 의자에 앉은 준혁은 자신의 귀를 의심했다.

깍지 낀 손을 책상 위에 둔 채 그는 희정의 얼굴을 쳐다봤다.

"도와줘."

그는 저의를 알 수 없는 희정의 말에 반응하지 않았다.

"하루라도 빨리 퇴사해. 해줄 수 있는 말은 그것뿐이야."

"부탁이야. 도와줘. 날 도와줄 사람은 너밖에 없어."

화장기라곤 찾아볼 수 없는 얼굴, 당장에라도 주저앉을 것처럼 퀭한 눈동자.

처음 보는 희정의 모습이지만 그는 크게 동요되지 않았다.

"어떤 일을 어떻게 도와달라는 건데?"

"퇴사할게. 네 말대로 퇴사할 테니까 내가 다른 곳으로 떠날 수 있는 길을 마련해 줘."

"다른 곳?"

"견딜 수가 없어."

끔찍하다는 듯 희정이 고개를 저으며 말했다.

"정성진 씨 얘길 하고 있는 건가?"

"두려워서 견딜 수가 없어. 내가 알던 성진 씨가 아니야. 이곳 생활 깨끗하게 다 정리하고 갈게, 나중에라도 다른 얘기 절대 하지 않을게. 제발 부탁이야."

희정은 무표정한 얼굴로 자신을 바라보는 준혁에게 다가섰다.

블라인드가 빈틈없이 내려진 걸 확인한 그녀는 스카프를 푼 뒤 걸치고 있던 두툼한 카디건을 벗었다.

의아한 듯 그녀를 바라보던 준혁의 눈동자가 놀람으로 꿈틀거렸다.

목덜미에는 붉은 손자국이 선명했고 어깨에서부터 이어지는 팔뚝과 팔목엔 검붉은 멍이 가득했다.

"후우!"

답답한 숨을 내뱉은 그는 신경질적으로 머리를 헝클었다.

희정이 쫓기듯 초조한 목소리로 말했다.

"내가 잘못했다는 거 알아. 단지 행복해지고 싶어서 그랬어. 소연이가 너무 행복해 보여서 나도 그렇게 행복한 여자가 되보고 싶었어. 적어도 회사 안에서 나는 남편이 죽은 여자도 아니고, 애가 딸린 여자도 아니었어. 철저하게 아닌 척하면서 살다보니 더 행복한 척하고 싶었던 거야. 그 욕심이 너무 커서 다른 사람 행복을 빼앗고 망가뜨리는 것쯤 아무렇지 않게 여겼어. 죄지은 사람이 벌 받는다는 건 나도 알아. 물론 나한테는 그런 일이 없었으면 해. 준혁아, 나 지금…… 생명의 위협마저 느껴. 그냥 하는 말 아니야, 지어서 하는 말이 아니라고. 내가 알던 성진 씨가 아니야, 만나보면 알 거야. 네가 알던 그 사람이 아니야."

위태로울 정도로 불안한 눈빛만큼이나 그녀의 말이 횡설수설하고 있었다. 준혁은 적어도 그녀가 말하는 위협이 진의라는 것쯤은 알아들을 수 있었다.

"너한테 내가 어떤 존재인지 알아. 부탁할 사람이 한 사람만 있었어도 너한테 와서 이렇게 사정하지 않았을 거야. 미안하지만 지금 이 순간은 날 윤희정이 아닌 준일 씨 아내로 봐줬으면 해."

"아내였던 사람이지."

준혁은 잔인할 정도로 명확하게 그녀의 말을 수정했다.

"그래, 그렇게라도 생각해 줘."

"후우! 너도 참 힘들게 산다."

"이성을 잃은 사람 같아. 갑자기 눈빛이 돌변할 때면 난생처음 보는 사람처럼 굴어."

준혁은 그녀가 줄곧 성진에 대한 말만 하고 있다는 걸 깨달았다. 자신이 하는 어떤 말조차 개의치 않은 채.

"왜 같이 지내지?"

눈을 감은 희정이 길게 한숨을 쉬며 말했다.

"아버님과 어머님을 찾아뵙겠대."

"하!"

기가 막힌 듯 그가 나직하게 헛웃음을 터뜨렸다.

"네가 몰라서 그래. 정말 그렇게 하고도 남을 것처럼 굴어."

"차라리 그렇게 하게 놔둬. 그러면 정리가 훨씬 빠를 수도 있어."

"정리될 사람이 아니니까, 정리할 사람이 아니니까 이렇게 널 찾아와서 사정하는 거잖아! 나 때문에 망가진 자기 인생 보상할 수 없으면 같이 망가지래. 내 몸을 왜 이렇게 만들었는지 알아? 이웃에 사는 사람들한테마저 우스갯거리가 되게 만들어야 하겠대. 이래도 내가 하는 말을 모르겠어?"

물끄러미 그녀를 바라보며 준혁이 물었다.

"신고해."

"신고해서 잡혀갔다가 다시 나오면?"

"……."

희정이 벗었던 카디건을 챙겨 입으며 말했다.

"괜히 찾아왔나 봐."

그는 카디건 위로 긴 스카프를 두르는 희정을 답답한 마음으로 바라봤다.

"형이 왜 널 선택했는지 지금도 모르겠어."

고개를 돌린 희정이 씁쓸하게 웃으며 대답했다.

"준일 씨가 좋은 사람이라 그래."

이야기를 듣는 소연의 얼굴이 급속도로 어둑해졌다.

그녀는 아이스크림을 먹던 스푼을 접시 위에 내려놨다. 저녁을 먹고 준혁의 오피스텔로 오던 길, 갑자기 생각이 나 색색이 예쁜 아이스크림을 사 가지고 왔다.

성진이 폭력을 쓰다니!

달콤하기만 하던 아이스크림 맛이 순식간에 달아났다.

"어떻게 할 생각이에요?"

"저대로 그냥 둘 순 없지."

소연은 자신도 모르게 고개를 끄덕였다. 혹시라도 준혁이 냉정하게 나올까 봐 내심 걱정을 하고 있었던 것이다.

"어떻게 그런 일이 있을 수 있죠?"

"사실 그런 것까지 생각하고 싶진 않아. 이기적이라고 해도 할 수 없어. 그 두 사람 때문에 소연 씨가 많이 힘들었던 게 내겐 사실의 전부야."

"하지만 준혁 씨한테는 남이 아니잖아요."

"어떤 의미에선 남보다 못한 사람이지. 소연 씨 말처럼 남이 아닌 사람이기도 하고. 형이 부탁하는 말처럼 들려서 도와주려는 것뿐이야."

"그래요, 그렇게 해주는 게 좋을 것 같아요. 준혁 씨, 혹시 하고 싶은 얘기 있는데 못하는 거예요?"

"······?"

소연은 자신을 바라보는 그의 손을 꼭 잡았다.

"정성진 씨가 어떤 사람인지 물어봐도 돼요."

머쓱한 듯 준혁이 손가락으로 뒷머리를 긁적였다. 남자답지 못하게 옹색한 모습을 그녀에게 들킨 기분이었다.

"시간은 오래 지나지 않았는데 솔직히 기억이 흐릿한 부분들이 많아요. 내가 정말 저 사람을 잘 알았나, 회의를 지녔던 시간이 길어서인지도 모르겠어요. 하지만 폭력적인 사람은 아니에요. 아니, 아니었어요."

소연은 자신이 희정의 현재를 부인하는 것 같아 얼른 말을 바꿨다.

"사람은 변하기 마련이지. 희정이 때문에 자기 인생이 망가졌다고 생각하는 모양이야."

"그럴 만한 소지는 있는 사람이에요. 인생의 목표와 목적이 가
시적인 사람이니 충분히 그럴 수 있어요. 그리고……."

준혁은 조심스러운 듯 말을 멈추는 그녀의 손등을 자신의 손
으로 덮었다.

"무슨 얘긴데 그래?"

"우습게 들릴 거예요."

"괜찮아."

"희정…… 언니, 그런 일 견딜 만한 사람 못돼요. 욕이라도 해
주고 싶은 사람인데 호칭조차 제 마음대로 안 되네요."

"희정인 자기가 저지른 결과를 보는 것뿐이야."

"정성진 씨는 남자예요. 절대적으로 윤희정 씨가 약자일 수밖
에 없다고요."

준혁은 자칫 마음이 약해질 것 같은 소연에게 자신의 생각을
말했다.

"그보다 더한 일이 일어난다고 해도 그건 희정이가 제 스스로
무덤을 판 거야. 난 그렇게 생각해."

"준혁 씨! 도와줄 거라고 했잖아요."

"형을 생각해서 도와주겠지만 소연 씨가 감정적으로 그녀에게
연민 따위를 갖는 건 바라지 않아."

잡고 있던 손을 놓은 소연은 내려놨던 스푼을 집어 들었다. 그
리고 살며시 녹기 시작한 아이스크림을 스푼으로 훑기 시작했다.

"준혁 씨, 나에 대해 잘 모르는 사람 같아요."

"그런 식으로 말하지 마. 난 누구보다 소연 씨에 대해 잘 알고 있어."

소연은 똑바로 그의 눈을 응시했다.

"내가 정성진 씨한테 미련이 남은 여자로 보여요?"

"뭐?"

"내 말에 대답해요."

"아니."

그녀는 스푼 끝에 묻은 아이스크림을 준혁의 손등에 떨어뜨렸다.

"그런데 왜 솔직하게 묻지도 못하고 말하지도 못해요?"

"그런 적 없어."

"아뇨, 그러고 있어요. 미친 듯이 준혁 씨를 사랑해서 시작한 관계는 아니었어요. 하지만 지금은 우리가 어떻게 시작했는지 기억이 희미할 정도로 준혁 씨를 사랑해요. 솔직하게 말할게요. 어떤 사람도 준혁 씨처럼 사랑해 본 적 없어요."

준혁은 스푼을 쥐고 있는 그녀의 손에 입을 맞추었다.

"미안해."

"다음부터 그러지 말아요. 난 우리 사랑을 방해하는 어떤 사람한테도 연민 같은 거 갖지 않아요. 설령 그것이 기억이라고 해도 말이에요."

그녀는 나직하게 웃음을 터뜨리는 준혁에게 눈을 흘겼다. 다시는 그러지 말라는 듯.

분위기라는 것이 있다. 그리고 느낌이라는 것도 있다.

현관문을 열고 거실로 들어선 순간 준혁은 우려하던 순간이 자신을 기다리고 있다는 걸 직감할 수 있었다.

소파에 앉아 있는 아버지와 어머니의 모습은 여느 때와 다르지 않은데 가슴을 엄습해 오는 답답한 감정을 느낄 수 있었다.

"이제 오니?"

"늦었구나."

"예, 조금 늦었습니다."

그는 재킷을 벗고 소파에 앉았다.

"소연이하고 함께 있다 오는 길이니?"

"예, 어머니."

파자마 차림의 최 회장이 아들이 아닌 아내에게 말했다.

"여보, 괜히 뜸들이지 말고 바로 얘기해."

남편의 말이 맞게 여겨진 홍 여사가 고개를 끄덕였다.

준혁은 선뜻 말문을 열지 못하는 어머니에게 물었다.

"소연이하고 제 얘기인가요?"

"그게…… 소연이가 전에 만나던 사람이 있었다지?"

"예, 저도 아는 사람입니다."

"그 남자가 준일이 댁하고 만나는 사이라는 것도 알고 있니?"

"예."

준혁은 비교적 담담하게, 하지만 힘 있는 말투로 대답했다.

최 회장이 대화 사이에 끼어들었다.

"어떻게 된 일인지 설명을 해봐."

"기전실이 출범하고 난 뒤 부서 직원들의 친목을 위해 MT를 겸한 체육대회를 다녀온 적이 있습니다."

"그야 잘 알고 있는 일이지. 2년 넘었지?"

"예, 3월이었으니까요."

"체육대회가 어찌됐다는 말이야?"

"그곳에서 처음으로 소연일 봤습니다. 여러 해 만에 제 가슴이 뛰는 걸 경험했지요."

"그래?"

결혼을 앞둔 준혁의 짧은 연애 기간이 마음에 걸렸던 최 회장에겐 다소 위안이 되는 말이었다.

"알아보니 남자친구가 있더군요."

"사내에?"

"하는 수 없이 포기를 하긴 했지만 그때부터 줄곧 소연이가 제 이상형이 됐죠."

"남자친구하고 헤어지고 널 만난 게냐?"

"남자친구하고 형수가 만나는 걸 알면서 퇴사를 준비하고 있었습니다."

"누가? 소연이가?"

준혁이 어머니를 바라보며 고개를 끄덕였다.

"상당한 시간 동안 마음으로 퇴사 준비를 한 걸로 알고 있어요."

"그럼 준일이 댁하고 그 남자친구라는 사람은 소연이 생각을 전혀 몰랐다는 거니?"

"예, 어머니. 다른 직원을 통해 형수가 만나는 사람이 누구인지 듣고, 제가 바로 소연이에게 연락을 했어요. 제겐 결코 놓치고 싶지 않은 여자였어요."

준혁은 누나 준희에게 들은 얘기를 마치 회사 직원에게 들은 것처럼 말했다. 그러는 편이 부모님에겐 더 설득력이 있을 것이다.

"그게 전부야?"

"예, 아버지, 그게 전부예요."

"아무 문제없다?"

"문제가 있어야 하는 일인가요?"

"준일이 댁하고 얼굴을 붉혔을 거 아니냐?"

"퇴사할 겁니다."

"누가 그래? 제 입으로 그래?"

"예."

잠자코 대화를 듣고 있던 홍 여사가 조심스럽게 아들에게 자신의 생각을 피력했다.

"준혁아, 너는 서도물산의 직원이기 이전에 오너의 아들이잖니."

"그렇죠."

"나아가 언젠가는 서도의 오너가 될 사람이기도 하고."

"직원들의 눈에 비친 제가 걱정 되서 하는 말씀이시죠?"

"구설(口舌)이 많은 것이 결코 좋은 일이 될 수 없잖니. 그래서 하는 말인데 결혼식을 가을로 미루는 건 어떻겠니? 너나 소연이 관계를 어떻게 하자는 게 아니야. 한참 직원들 사이에 말이 많을 텐데 이 시간은 피하는 게 좋겠다는 뜻이지."

"분분한 의견도 많고, 괜한 말도 많아요, 어머니. 생각과 억측 에서 비롯된 말들 말이에요."

"사람 사는 곳이 다 그렇지."

"저는 그래서 더 소연이하고 빨리 결혼을 하고 싶어요. 현재가 분명하고 확실하면 억측이 자리할 수 없으니까요."

최 회장이 아들에게 물었다.

"소연이가 만나던 남자는 퇴사를 했다지?"

"예, 그렇습니다."

"네 말대로라면 넌 소연이를 2년 넘게 짝사랑을 했고, 소연인 다른 남자를 사랑했었다는 게지?"

"짝사랑이라는 말이 모호하네요, 아버지."

"모호해?"

"제가 꽤 오랫동안 여자를 만나지 않은 걸 아버지도 잘 아실 거예요."

"염려스러울 정도였지."

"소연인 마음에 드는 여자가 아니라 마음을 움직이는 여자였어요. 그런 여자한테 남자친구가 있다는 사실을 알고 계속적으로 짝사랑을 했다면 제가 이상한 사람이죠."

"그게 왜 이상해?"

"제가 냉정한 성격이라 그런지 모르지만 그런 상황에서 짝사랑 같은 건 하지 않습니다. 훗날 누군가를 만나게 된다면 소연일 닮은 여자여야 한다는 기준 같은 게 생겼을 뿐이에요."

"녀석, 까다롭기는."

최 회장은 아들이 하는 말이 다 이해가 되지는 않았다. 하지만 아들이 소연을 아주 많이 사랑하고 있다는 것쯤은 알 수 있었다.

"소연이도 너를 그렇게 생각하고 있는 게냐?"

"덜하지 않아요."

"그래?"

"이런 상황에 대해 둘이 여러 차례 얘기를 했어요."

최 회장의 고개가 끄덕여졌다.

"네 생각 말고 소연이 생각은 어때?"

"아버지하고 어머니께서 반대를 하신다고 해도 기꺼이 그 시간을 견뎌낼 여자예요."

최 회장이 옆에 앉은 아내를 돌아보며 물었다.

"당신 생각은 어때?"

"가을쯤 결혼을 했으면 싶긴 한데 얘길 들어보니 준혁이 말이 맞는 것 같기도 하고, 지금으로선 뭐라고 말을 하기가 그러네요.

당신은요?"

"시간될 때 소연이 불러서 한 번 더 얘기해 보지."

"아버지, 소연이 두 분이 생각하시는 것 이상으로 많이 힘들었어요."

홍 여사가 나무라듯 말했다.

"네가 아닌 다른 사람한테 그 얘길 듣고 가슴이 철렁한 우리 생각은 못 하는 거니?"

"죄송해요, 어머니."

"인륜지대사라는 말이 왜 생겨났는지 생각해 보렴. 결혼은 당사자 두 사람만 좋아서 할 수 있는 게 아니야. 물론 할 수야 있겠지. 하지만 결혼을 준비하는 과정부터 결혼식을 하는 순간까지, 주렁주렁 연결된 형식들이 결코 괜한 것이 아니야. 큰아버지나 큰어머니 입장에서 네 옆에 서 있는 소연이가 어떻게 보이겠니?"

묵직한 어머니의 나무람에 준혁은 저절로 고개가 숙여졌다.

그랬다.

큰아버지 큰어머니 두 분은 소연을 통해 자신들에게 등을 돌린 며느리를 떠올릴 것이고, 자연스럽게 준일을 떠올리게 될 것이다.

"제가 생각이 짧았어요, 어머니. 미처 그 부분까지 생각을 못 했어요."

"아버지, 말씀처럼 언제 소연이하고 다시 얘기를 해보자꾸나."

"예, 어머니."

"피곤할 텐데 그만 올라가 쉬어."

"아버지도 그만 주무세요, 시간이 늦었네요."

부모님에게 인사를 한 준혁은 재킷을 챙겨들고 방으로 향했다.

이런 상황이 오면 자신감 있게 부모님을 설득하려고 마음먹었던 자신이 덜 자란 어린아이처럼 느껴졌다.

꿈을 꾸듯 그렇게

은연중에 쉬쉬했던 일이 결국엔 알려지고 말았다. 양가 부모님들이 알게 된 이상 더는 비밀이 될 수 없는 일이었다.

준혁의 부모님이 그렇듯 소연의 부모님 역시 결혼식을 뒤로 미루는 게 좋겠다는 의견을 강하게 드러냈다.

소연은 그의 부모님을 만나 조심스럽게 앞으로의 일을 논의했다.

하루하루 더해지는 직원들의 수군거림 속에서 준혁과의 결혼을 돌파구로 생각한 소연에겐 상당히 난처한 일이었다.

뉴욕으로 떠나게 될 희정이 퇴사를 하고 나면 수군거림은 정점에 달할 것이다. 소연은 자신이 과연 그 시간을 견뎌낼 수 있을지 자신이 없었다.

오늘 아침에만 해도 화장실에서 안 들었으면 좋았을 얘기들을
듣고 말았다.

"소문 들었어?"

"무슨 소문?"

"정성진 씨, 백수로 지낸대."

"퇴사한 지 얼마 안 됐으니까 그러겠지."

"그게 아니라 윤희정 실장님 기사 노릇을 하나 봐."

"말도 안 돼. 정성진 씨가 왜 기사 노릇을 해?"

"말이 기사지, 같이 살면서 직업 없이 윤희정 실장님 출퇴근
을 시켜주는 모양이야."

"정성진 씨처럼 똑똑한 남자가 왜?"

"백소연 씨하고 알콩달콩 예쁘게 사귀는데 윤희정 실장님이
낚아챈 거잖아. 백소연 씨는 더 좋은 남자 만났지, 자기는 회
사마저 그만뒀지, 이래저래 윤희정 실장님한테 복수하는 거
아닐까?"

"너무 유치한 가상 아니야?"

"나중에 두 사람이 같이 있는 모습을 보고 얘기해."

"애증의 관계야?"

"애증이면 가능성이나 보이지."

"그럼?"

"두 사람 다 피폐해 보여. 무표정 그 자체야."

"하긴 요즘 윤희정 실장님 보면 다른 사람 같긴 하더라."

"신입 애들이 윤좀비라고 부른다며?"

"하하, 정말? 윤좀비, 너무 웃긴다."

"그러나저러나 백소연 씨가 정말 잘 치고 빠진 것 같아."

"윤좀비에게 이긴 백신데렐라쯤 되는 거지."

"신데렐라라는 말이 어울리긴 해."

사람들은 다른 사람의 일에 관심이 없는 게 아니다. 아주 짧은
시간 동안 열심히 관심을 보이다가 다른 사람에게 관심이 옮겨가
는 것이다.

좀체 업무에 집중하기 힘든 소연은 망설임 끝에 그에게 메시지
를 보냈다.

〈윤희정 씨, 언제 출국해요?〉

희정이 다녀간 그날 이후로 준혁의 방엔 블라인드가 쳐져 있을
때가 많았다. 그가 무엇을 하고 있는지 알 수 없는 소연은 울리지
않는 휴대폰을 물끄러미 쳐다봤다.

한참 시간이 지나고 나서야 준혁에게 메시지가 왔다.

〈방으로 와.〉

〈눈치 보여요. 문자로 얘기해요.〉

〈내일 출국해.〉

눈치가 보인다는 말을 했던 일을 잊은 사람처럼 의자에서 일어
난 소연은 그의 방 앞으로 다가가 노크를 했다.

방 안으로 들어선 그녀의 눈에 비친 건 수화기를 귀에 댄 채 통
화를 하고 있는 준혁의 모습이었다.

그가 손으로 소파를 가리켜다.

"그래, 네가 직접 나오려고? ……급하게 필요한 것들이 있으면
곧바로 나한테 연락주면 돼…… 신세는 나중에 꼭 갚을게…… 그
래, 그래, 다시 통화하자. 얼른 자라."

수화기를 내려놓은 준혁이 자리에서 일어나 소파로 다가왔다.

"친구가 희정일 공항으로 데리러 나오기로 해서 그 일로 통화
중이었어."

"친구요?"

"대학 친구인데 희정이하고도 아는 사이야. 희정이가 정착하
는 동안 도와줄 거야."

"잘됐네요."

소파에 앉은 그는 초조한 표정으로 자신을 바라보는 소연의
어깨를 한쪽 팔로 감싸 안았다.

"걱정되는 일이라도 있어?"

"아니요, 그런 건 아닌데 마음이 조금은 복잡하네요."

"내일이 지나고 나면 또 다른 감정이 느껴질 거야."

소연이 고개를 끄덕였다.

"한때는 제자리를 지키고 있던 것들이 산산이 부서진 것 같은 생각이 들기도 해요."

그녀는 사각 모양의 큐브를 떠올렸다. 갑자기 왜 큐브가 떠오른 것인지 소연은 알 수 없었다.

도저히 고칠 수 없을 정도로 산산이 부서진 큐브의 알들이 마치 희정과 성진의 현재처럼 느껴진 것이다.

한때는 그들과 함께 영원히 계속될 것 같은 환한 웃음을 나누었었는데…….

그 기억조차 아주 오래된 일처럼 흐릿하게 느껴지곤 했다.

"공항엔 함께 가줄 거죠?"

"그래야지. 같이 갈 생각이라면……."

"그건 아닌 것 같아요."

소연이 그를 바라보며 미소를 지었다.

"나도 그러는 편이 나을 거라고 생각해."

"이런 말을 하기 적절한 타이밍인지 아닌지 모르겠지만, 전에 얘기했던 준혁 씨 사촌 동생 만나보고 싶어요."

"아!"

준혁은 비로소 그녀의 표정이 왜 그리 어둑한지 그 이유를 알 수 있었다.

조카 한솔에 대한 생각이 그녀의 감정을 그토록 복잡하게 만든 것이다.

"조만간 만나보고 싶어요."

"약속할게."

소연은 가만히 자신을 끌어안는 그의 어깨에 고개를 기댔다.

묻고 싶지 않았다. 아니, 그 어떤 말도 물을 수가 없었다.

하나밖에 없는 아들을 남겨두고 홀로 뉴욕으로 떠나는 희정에 대해.

그녀에 대한 안쓰러운 마음이 남아 있는 건 아니었다. 그렇다고 해서 아이를 두고 떠나는 희정을 비난하고 싶은 마음도 없었다.

다만 복잡하게 얽힌 감정들이 답답할 정도로 가슴을 짓누르는 기분이었다.

토요일 오전, 소연은 아주 오랜만에 늦잠을 잤다. 대개 토요일 점심시간 전에 준혁을 만나러 나가느라 한동안 늦잠은 상상조차 할 수 없었다.

"우리 이번 토요일은 저녁에 만나요."

이틀 전, 희정이 뉴욕으로 떠난 그날 소연은 그에게 여느 때와 다른 주말 데이트를 제안했다. 이유를 묻는 그에게 소연은 대답했다.

"지금 우리에게 필요한 건 주말 아침의 늦잠인 것 같아서요."

잠에서 깬 소연이 가장 먼저 한 생각은 허리가 뻐근하다는 것이었다.

"아, 허리야."

저절로 혼잣말이 나왔지만 기분은 상당히 좋았다.

허리가 아플 정도로 긴 잠을 자본 게 얼마만인지 기억조차 나지 않았다. 소연은 뻐근한 허리에 무리가 가지 않도록 조심스럽게 몸을 옆으로 눕혔다.

지난 몇 달 동안의 일이 주마등처럼 뇌리를 스치고 지나갔다. 말 그대로 꿈결 같았다.

모든 걸 정리하고 낯선 곳으로 떠나려 했던 자신이 준혁과 결혼을 약속한 사이가 돼 있었다.

똑똑.

"들어가도 돼?"

문틈으로 얼굴을 들이미는 언니의 목소리가 들려왔다.

"들어와."

"날 잡아서 늦잠 자기로 작정했나 봐?"

후드가 달린 트레이닝 원피스를 입은 주연이 화장대 의자에 걸터앉으며 여전히 침대에 누워 있는 동생에게 물었다.

"허리가 아파서 못 일어나겠어."

"늦잠도 자던 사람이 자는 거야."

"언니야말로 오늘 왜 이렇게 일찍 일어났어? 토요일은 점심시간이 지나야 일어나잖아."

"어젯밤에 일찍 들어왔거든."

"금요일인데?"

"하나둘 결혼을 하더니 금요일 밤의 멤버 수가 급격히 줄어들었어. 달랑 넷 남았는데 그마저 6월이면 하나가 더 줄어. 넷이서 금요일마다 밤을 불태우다 보니 한 주쯤 쉬어가도 될 것 같더라."

"언니는 만나는 사람 없어?"

"없어."

"소개팅 같은 건 하고 다녀?"

주연이 고개를 저으며 대답했다.

"아직까지는 흥미가 없어."

"하! 언니, 언니 나이가 몇 살인데 아직까지라는 말이 나와?"

"사랑에 나이 제한이 있다는 말 들어본 적 없어. 너야말로 구태의연하게 이러기야?"

"언니, 서른넷이야."

피식 웃음을 터뜨린 주연이 주머니에 손을 넣으며 말했다.

"사실은 누군가를 만나려니 어색하고 머쓱해서 그래. 자연스럽게 만나지면 좀 좋아, 나한테는 그런 사람도 안 나타나네."

"회사에는 마음에 드는 사람 없어?"

"오, 노!"

"……?"

"사내 연애는 절대 안 할 거야."

"왜? 사내 연애가 어때서?"

"이유야 여러 가지가 있지만 아무튼 사내 연애는 절대 안 해. 참, 엄마하고 아버지, 준혁 씨 부모님 만나러 가셨는데 알고 있니?"

"왜?"

소연이 누워 있던 몸을 벌떡 일으켰다.

"점심 식사하러 가신다고 하던데. 넌 모르고 있었어?"

"응, 처음 듣는 얘기야."

소연의 얼굴이 어둑해졌다.

'무슨 일이지?'

"무슨 일이 있으면 알게 되겠지."

소연은 별것 아닌 것처럼 말하는 그를 의아한 눈으로 바라봤다.

"걱정 안 돼요?"

"걱정?"

준혁은 오히려 그녀를 더 의아한 눈으로 바라봤다. 그런 일로 걱정을 하는 게 이상하다는 듯.

"결혼 얘기 때문에 만나신 것 같아 신경이 쓰여요."

준혁은 테이블 정중앙에 놓인 꽃이 담긴 길쭉한 병을 그녀의 앞으로 옮겼다.

"소연 씨, 걱정하는 모습 자주 보게 되는 것 같아."

은근한 지적이 배어 있는 그의 말에 소연이 한숨을 내쉬었다.

"그러게요."

"우리에게 우리 둘만의 시간이 있는 것처럼, 다른 사람들에게도 그래. 부모님 역시 예외일 수 없다고 봐."

"그래도 우리 얘길 하기 위해 만나시는 거잖아요."

"내 생각은 그래. 단순하게 함께 점심 식사를 하기 위해 만나셨을 수도 있고 소연 씨 말처럼 그렇지 않을 수도 있어. 하지만 그 일에 우리가 관여할 이유는 없다고 봐. 이야기의 결론이라는 게 나온다면 우리 두 사람에게 말씀하실 테지. 지나치게 신경 쓰는 모습, 썩 좋게 보이지만은 않아."

소연은 그의 말이 조금은 서운하게 들렸다. 틀린 말이라고는 할 수 없지만 지나치게 자신을 나무라고 있는 것처럼 느껴졌다.

"신경을 쓸 수밖에 없는 입장이잖아요."

굳어지는 준혁의 표정을 보며 소연은 순간적으로 자신이 실언을 했다는 걸 깨달았다.

'나도 그렇지, 많은 말을 놔두고 하필 왜 그런 말을 한 거야?'

하지만 미안하다는 말은 안 하고 싶었다.

약간의 틈을 두고 준혁이 그녀에게 말했다.

"감상적이 되는 건 성향의 문제일 수도 있는데 내가 예민하게 반응한 건지도 모르겠어. 하지만 소연 씨가 지난 일에 대해 감상적이 되는 것까지는 보고 싶지 않아."

"준혁 씨, 무슨 말을 그렇게 해요? 마치 내가……."

"어른들이 결혼식 날짜를 조율하려는 일에 대해 전적으로 소연 씨가 잘못한 것처럼 구는 모습, 더는 보고 싶지 않아."

"말이 너무 지나치지 않아요? 아니, 말은 맞는데 어떻게 그런 말투로 말을 할 수가 있어요? 다른 사람 같잖아요."

소연은 무안할 정도로 냉정하게 구는 그로 인해 얼굴이 화끈거렸다.

물끄러미 그녀를 바라보며 준혁이 말했다.

"무안을 당해봐야 두 번 다시 그런 허튼 감상에 빠지지 않을 것 같아서 그래."

"하!"

"차라리 그런 얼굴로 내게 서운해하고 화를 내. 괜한 생각에 빠져서 듣기 거북한 소리 하지 말고."

"듣기 거북하다고요?"

준혁은 발끈하는 그녀를 보며 터져 나오려는 웃음을 참았다.

무덤덤하던 한 남자의 가슴을 설레게 만들었던 미소처럼 소연은 화를 내는 모습조차 풋풋하고 싱그러웠다. 여전히 푸른 풀밭을 떠오르게 만드는 여자였다.

"상당히 듣기 거북해."

"준혁 씨, 진짜 나빠요. 모르는 사람한테도 그렇게 냉정하게 굴진 않을 거예요."

"모르는 사람일수록 친절하게 대해야지."

"못됐어요!"

소연은 미안하다고 사과하며 달래주기는커녕 약을 올리는 그에게 눈을 흘겼다.

그는 뒷맛이 다소 텁텁한 재스민 차를 한 모금 마셨다.

"우리 얘기만 했으면 해."

"부모님 얘기도 우리 얘기 가운데 일부였어요."

"소연 씨 때문이라는 생각은 오늘 이 자리에서 버렸으면 해. 그게 어떤 일이 됐든지 간에."

소연의 얼굴이 화르르 달아올랐다.

그가 하는 말이 지나칠 정도로 직설적이어서 부끄러웠고, 그 말 속에 배어난 의미를 알 것 같아서 민망했다.

소연은 고개를 돌린 채 상당히 식은 재스민 차를 벌컥벌컥 마셨다.

"그렇게 마시기엔 떫어."

준혁의 말이 채 끝나기도 전에 소연은 찻잔을 내려두고 물 잔을 집어 들었다. 혀를 감싸는 떫은맛이 저절로 인상을 구겨지게 만들었다.

소연은 눈을 질끈 감았다가 떴다.

부끄러운 채로 민망한 채로 그냥 넘어갈 얘기가 아니었다.

"부탁이 있어요."

"무슨 부탁?"

"앞으로 저한테 조언을 할 땐 모르는 사람한테 말하는 것처럼 해줄래요? 예의바르고 공손하게 말이에요."

"하하⋯⋯."

"웃지 말아요!"

준혁은 자신에게 눈을 흘기는 그녀의 손을 잡았다. 몇 번인가 뿌리치는 시늉을 하던 소연이 못 이기는 척 그에게 손을 맡겼다.

"백소연 씨!"

"부르지 말아요."

"백소연 씨!"

"흥!"

그는 코웃음을 치는 소연의 손등에 입을 맞추었다.

"소연 씨는 내 여자야. 내가 평생 동안 사랑할 유일한 여자라는 뜻이지. 그런 소연 씨가 괜한 일에 신경 쓰는 모습 보고 싶지 않아서 그래. 결혼식이 조금 미뤄지면 어때? 안 그래?"

"⋯⋯."

"눈 한 번 질끈 감고 내가 하는 말, 따라해 봐. '그러게요'라고 해봐."

"싫어요, 안 할 거예요."

"후후⋯⋯."

그에게 눈을 흘기던 소연의 입가에 서서히 미소가 돌아오기 시작했다. 멋쩍어 보이긴 했지만 그녀의 입가에 드리운 건 미소가 분명했다.

"일어나지, 그만."

"어디 갈 건데요?"

"드라이브 하면서 바람 쐬는 건 어때?"

"저녁 먹으면서 했던 말 중에 가장 마음에 드는 말이에요."

의자에서 일어난 소연은 벗어둔 카디건과 가방을 챙겼다. 준혁이 그런 그녀의 어깨를 한쪽 팔로 감싸 안으며 미소를 지었다.

그날 밤.

준혁은 물론 소연까지도 자신의 귀를 의심했다.

"아버지, 뭐라고 하셨어요?"

소연은 자신의 마음을 읽은 것처럼 대신 물어봐 준 준혁이 고맙기까지 했다.

"예정한 대로 식을 치르라고 하더구나. 소연이 부모님하고 상의를 해봤는데 5월은 너무 촉박하고 6월 말이 어떨까 싶구나. 너희 두 사람 생각은 어때?"

준혁이 그녀를 향해 고개를 돌렸다. 소연의 눈동자에는 놀란 빛이 역력했다.

드라이브를 하다 말고 준혁의 어머니로부터 걸려온 한 통의 전화를 받고 그의 집으로 왔다. 내색하지는 못했지만 너무나도 많은 생각들이 소연을 불안하게 만들었다.

준혁이 부모님을 바라보며 말했다.

"저희는 좋습니다."

"그래, 그럼 그렇게 하자꾸나."

"큰아버지와 큰어머니께는 제가 소연이와 함께 직접 찾아뵙고 인사드리겠습니다."

"당연히 그렇게 해야지!"

적잖은 걱정거리를 지고 있던 최 회장은 비로소 마음이 홀가분해졌다.

준혁과 소연의 결혼으로 인해 형님과 형수님의 아물지 않은 마음의 상처를 건드리게 될까 봐 우려가 됐다. 고작 생각해 낸 것이 둘의 결혼을 가을로 미루는 일에 불과했지만.

하지만 어떻게 알았는지 형님이 직접 연락을 해온 것이다.

"준혜한테 얘기 다 들었다. 그 아이는…… 떠났다지? 그리 될 거라 생각하고 있어서 크게 놀라진 않았다만, 제 자식한테는 인사라도 하고 갈 줄 알았거늘. 용건부터 말하마. 내 아들 준일인 누구보다 내가 가장 잘 알고 있지. 난 그 아이 생각을 알아. 저 때문에 준혁이 결혼이 미뤄지는 걸 결코 원치 않을 아이이지. 아니, 누구보다 준혁이가 좋은 사람을 만나 결혼을 하길 바라고 있을걸. 하루라도 빨리 말이야. 준일이 가고, 한솔이 어멈이 있던 자리도 비지 않았니? 이럴 때일수록 집 안에 좋은 일이 있으면 더 좋지 않겠어? 내가 하는 말이 무슨 말인지 알겠지?"

믿을 수 없는 상황 앞에서 소연은 자신도 모르게 눈시울이 붉어졌다. 참을 사이도 없이 고이기 시작한 눈물이 순식간에 시야를 가렸다. 그녀는 고개를 돌린 채 검지로 쉴 새 없이 눈물을 닦아냈다.

"소연아!"

"예."

"나도 준혁이 큰아버지하고 큰어머니가 그렇게 나오실 줄은 몰랐단다. 하지만 사람이잖니. 혹시라도 두 분을 뵐 때 서운한 마음이 드는 일이 있을지도 모르겠구나. 그때마다 네가 두 분 마음을 헤아려 드려야 한다."

"잘 알겠습니다."

"어느 정도 시간이 필요할 게다."

"예, 어머님."

"6월이라고 해봐야 이제 두 달도 채 안 남았으니 결혼식 준비에 박차를 가해야겠구나. 지나가면서 한두 번 말했지만 난 절대 너희와 같이 살 마음이 없다, 그것부터 알고 있어."

"어머니, 그런 얘기 없으셨잖아요?"

"지나가는 말로 얘기했었어."

"언제요?"

"했다면 한 거야."

홍 여사는 뛸 듯 놀라는 아들에게 시치미를 뚝 잡아뗐다.

분가니 하는 것들을 생각조차 해본 적 없는 건 아들의 결혼을 구체적으로 떠올려 본 일이 없어서이다. 어서 좋은 여자를 만나서 가정을 이뤘으면 하는 막연한 바람만이 컸을 뿐이다.

막상 아들이 소연과 결혼을 하기로 약속을 하고, 사돈이 될 소연의 부모님과 결혼을 의논하다 보니 벌써부터 아들 며느리와 같이 살고 싶은 마음이 들지 않았다.

"아버지, 어머니가 하시는 얘기 아버지도 알고 계셨어요?"

"우선은 분가해서 살다가 훗날 서로 같은 마음이 들면 그때 가서 같이 살아보자꾸나. 서운한 거냐, 좋은 거냐?"

"난데없네요."

"허허, 녀석, 생각조차 안 해본 모양이로군. 아버지가 아니라 인생 선배로서 조언하자면 신혼 때는 단둘이 사는 게 좋아. 니들한테만 좋은 게 아니라 부모 입장에서도 그게 나아. 안 그래, 여보?"

"그럼요, 피차간에 조심스럽고 불편하죠. 엄연히 한 지붕 아래 두 집이 되는 건데요."

최 회장과 홍 여사는 뜻을 같이했다.

거듭 감사하다는 인사를 하고 나서야 거실을 벗어난 소연은 그의 방 안으로 들어섰다.

침대에 풀썩 소리를 내며 주저앉은 그녀가 두 손으로 얼굴을 감싸 쥔 채 길게 한숨을 쉬었다.

"후우!"

두 분 어른 앞에서 참고 있었던 긴장이 한숨으로 새어나온 것이다.

긴장을 풀어주려는 듯 준혁이 선 채로 그녀의 어깨를 두 손으로 주물러 주었다.

"내 말이 맞지?"

"그러게요."

비로소 고개를 든 소연은 그를 올려다보며 미소를 지었다.

"그 미소야."

"네?"

"그런 표정을 지을 때 소연 씨가 가장 아름답게 보여."

그녀는 곁에 앉는 준혁의 어깨에 고개를 기댔다.

"꿈을 꾸고 있는 기분이에요."

"소연 씨를 만나고 난 뒤로 난 줄곧 그래."

"정말이에요?"

"매일 꿈을 꾸는 기분이야."

소연은 두 손으로 그의 뺨을 쥔 채 입을 맞추었다. 나직하게 웃는 준혁의 웃음소리를 들으며 그녀는 두 눈을 꼭 감았다.

바다로 간 소금인형

결혼을 앞두고 소연은 부쩍 생각이 많아졌다.

비교적 평범하게 살아온 편이긴 하다. 하지만 서른한 살이 되기까지 겪은 일들이 적지는 않다.

대학에 입학을 하기 전엔 원하는 학교와 갈 수 있는 학교의 수준이 맞지 않아 나름의 고심을 했고, 졸업을 앞두고 취업을 결정하기까지도 그랬다. 남자친구였던 성진과 헤어지는 과정 역시 소연에겐 결코 사소한 일이 아니었다. 태어나서 처음 경험한 배신감과 스스로에 대한 자괴감은 말로 할 수 없을 정도였다.

하지만 결혼이라는 건 앞서 겪은 그것들과는 감히 비교가 되지 않았다.

난생처음 거대한 강을 눈앞에 두고 서 있는 기분이었다. 이제 곧 그 강을 건널 배에 올라타야 했다. 한번 건너면 돌아올 수 없는 강이 소연의 눈앞에 펼쳐져 있었다.

잘 할 수 있을까?

잘 살 수 있을까?

그런 생각들은 소연의 머릿속에 없었다.

그런 자신감조차 없이 결혼을 할 정도로 그녀의 가슴은 초라하지 않았다.

모든 두려움에 대한 대답은 한 가지, 준혁에 대한 사랑이었다.

"무슨 생각을 하세요?"

차분한 혜주의 목소리가 소연을 상념에서 깨웠다.

"별것 아니에요. 찾았어요?"

"준화 씨한테 카톡으로 보낸 사진이 남아 있네요."

소연은 그녀가 건네주는 휴대폰을 받았다.

준혁과의 결혼으로 인해 친척의 인연을 맺게 된 혜주는 그의 사촌 동생 준화의 아내이다. 전부터 그들 부부를 꼭 만나고 싶던 소연에게 그녀는 친구 같은 사촌 동서가 돼주었다.

"전에 봤을 때보다 더 큰 것 같아요."

"요즘 부쩍 어른스러워지고 있어요."

한 달 전 봤을 때와는 사뭇 다른 한솔의 사진을 보며 소연은 흐뭇한 미소를 지었다.

준화와 혜주가 아니었다면 누구보다 외로웠을 아이이다. 하지만 한솔이의 웃는 표정은 보는 사람의 기분을 행복하게 해줄 정도로 따뜻하기만 했다.

"한솔인 혜주 씨처럼 따뜻한 사람으로 자랄 것 같아요."

"그런 말씀 마세요. 안 그래도 저 부담스러워 죽을 지경이에요."

"부담이요?"

"아버님도 어머님도 형님도…… 하다못해 저희 친정 식구들까지도 제가 사람이 아니라 천사인 줄 아시나 봐요. 저 한솔이하고 다투기도 하고 나무라기도 하는 평범한 사람이에요. 어제도 텔레비전 채널 가지고 오 분 넘게 다퉈서 준화 씨한테 한 소리 들었어요. 갈수록 밴댕이가 돼간다고."

소연이 나직하게 웃음을 터뜨렸다.

"한솔이가 저한테 뭐라는 줄 아세요?"

"뭐래요?"

"속이 좁아서 작은엄마예요?"

"하! 그런 말도 해요?"

"아, 나는 속이 넓은 사람이 우리 엄마가 됐으면 좋겠는데, 하면서 준화 씨를 쳐다보는 거 있죠?"

"그래서 뭐라고 했어요?"

"준화 씨가 한솔이 앞에서 보란 듯 저한테 숙제를 내줬어요."

"숙제요?"

"사흘 동안 한솔이한테 화 안 내고 야단 안 하기."

두 여자가 동시에 웃음을 터뜨렸다.

애틋하고 기특하게도 한솔이는 준화와 혜주가 자신의 아빠와 엄마가 된다는 사실을 순순히 받아들이고 있다고 했다.

"아빠는 하늘나라에 있고 엄마는 먼 나라에 있으니까, 한솔이한테는 함께 살아줄 아빠, 엄마가 필요한 거잖아요. 한솔이는 행복한 아이인가 봐요."

그 말을 전해주던 준혁도 그 말을 듣던 소연도 고개를 숙인 채 한동안 눈물을 삼켜야 했다.

"혜주 씨한테 배우는 게 많아요."

"부끄럽게 자꾸 그럴 거예요?"

서른한 살, 소연과 동갑인 혜주는 준혁을 통해 들어온 얘기처럼 정말 인형처럼 생긴 여자였다. 얼굴도 작고 여자로서는 마른 체형이라 처음 보는 사람은 연예인이 아닐까 착각할 정도였다.

"혜주 씨를 보면 사랑이 모든 걸 가능하게 한다는 말이 생각나요."

"사랑은 원래 모든 걸 가능하게 하는 거예요."

"그래요?"

"에이, 몰랐던 사람처럼 이러기에요?"

"몰랐던 거 맞아요."

"안 되겠다, 오늘 점심은 소연 형님이 사야겠어요."

"후식도 내가 살게요."

"그건 또 곤란하죠."

소연이 그녀를 바라보며 장난스럽게 웃었다.

사랑이 모든 걸을 가능하게 한다는 것…….

준혁을 만나 그를 사랑하게 되면서 소연이 뼈저리게 깨달은 사
실 가운데 하나 있다. 물론 혜주처럼 헌신이니 희생이니 하는 것
들까지는 생각해 본 적이 없다.

하지만 준혁과 함께라면 그곳이 어느 곳이든 함께할 자신이 있
었다.

"결혼을 앞두고 생각이 많죠?"

혜주가 그녀에게 물었다.

"경험자가 다르긴 하네요."

"건너올 수 없는 강을 건너야 하잖아요."

"아!"

"순간 소름 끼쳤어요?"

소연이 놀란 눈으로 고개를 끄덕였다.

"지금 형님하고 하는 대화를 회사 선배 언니하고 똑같이 했던
적이 있어요."

"여자라면 누구나 느끼는 감정인가 봐요?"

"다섯 남매 중에 막내여서 부모님한테 어리광부리고 싶은 마
음도 남아 있었어요."

"그런데도 결혼을 선택한 거죠?"

"지금 생각해 봐도 제 인생에 가장 큰 도전이었어요."

"도전이라는 그 말, 정말 와 닿네요."

"실은 준화 씨가 너무 괜찮은 남자라 다른 여자가 빼앗을까 봐 겁이 나기도 했어요."

"에이, 그건 아니다."

혜주가 어깨를 으쓱 들어 올리며 말했다.

"남들은 다 그렇게 말하는데 진짜 내 마음이 그랬어요. 형님 은 안 그래요?"

"난 그런 마음은 안 들어요."

"부럽다, 그 자신감."

"자신감은 아니고, 그런 거 있잖아요. 이 사람이 내가 있을 곳 처럼 느껴지는 거."

"준화 씨가 나한테 사과할 때면 하는 대사예요."

"하!"

"넌 나한테 고향 같은 존재야, 어쩌고 해요."

"언제 준화 서방님하고 술 한잔해야겠어요."

"술 깬 다음에 들여보내세요."

"……?"

"저희 집엔 이제 애가 있어요. 애한테 술 취한 아빠를 보여주 고 싶지 않아요. 더군다나 준화 씨는 술에 취하면 깃털처럼 가벼 워지는 구석이 있어요. 무슨 말인지 알죠?"

"대단하다, 정말!"

소연은 새삼 그녀의 생각에 감탄했다.

"고향 얘기나 더 해줘요."

"고향이요? 아! 소금인형 얘기 들어봤죠?"

"프러포즈 받았어요, 그 얘기로."

소연이 고개를 젖힌 채 웃음을 터뜨렸다. 혜주 역시 애써 참고 있던 웃음을 터뜨렸다.

"어쩜 새로운 게 없네요."

"형님하고 준화 씨하고 친구인 줄 알겠어요."

"에이, 설마."

"그럼 형님한테는 준혁 아주버님이 바다인 거네요?"

"알면 알수록 그런 마음이 들어요."

"사랑하면 할수록 아니고요?"

"동서, 너무 솔직하게 말하는 거 아니에요?"

"우리 사이에 얼굴 붉어질 일이 있어야 해요?"

사랑하면 할수록.

혜주의 입에서 나온 말은 사실 소연이 하고 싶은 말이었다.

준혁을 사랑하게 되면서 느낀 절실한 감정은 그녀 자신이 그에게 흠뻑 빠져들길 원한다는 사실이었다.

그건 살아오는 동안 단 한 번도 느끼지 못한 감정이었다.

사랑에 빠진 소연이 느낀 건 자신의 형체가 없어지는 것조차 개의치 않고 기꺼이 바다에 몸을 담근 소금인형의 마음이었다.

발끝이 녹고 다리가 녹고 끝내 머리카락 하나까지도 녹아지는 그 일은 슬픔이나 고통과는 거리가 멀었다.

있어야 할 그곳.

있어야만 하는 그곳으로 뛰어드는 그 일에는 용기가 필요하지 않았다.

오직 사랑…….

더 큰 내 자신이 되기 위해, 나보다 더 큰 내 자신을 향해 뛰어드는 일은 행복이면서 동시에 기쁨이었다.

다소 유치한 생각이 들어 아직까지 어느 누구에게도 말해본 적 없는 일인데, 준화 역시 소금인형이 된 자신을 고백하며 프러포즈를 했다니.

"준화 서방님한테 소금인형 얘기를 들을 때 기분이 어땠어요?"

"그보다 더한 프러포즈가 어디 있겠어요."

"감동했구나? 그렇죠?"

"다른 여자가 낚아채 갈까 봐 걱정스러운 남자가 나한테 사랑을 고백하는데 어떻게 감동을 안 해요. 펑펑 울었죠. 설마 형님이 먼저 프러포즈 하려고 그러는 건 아니죠?"

후식으로 나온 에이드를 마시며 소연이 말했다.

"결혼하자는 말, 내가 먼저 했어요."

"설마."

"진짜예요."

혜주의 눈이 휘둥그레졌다.

"진짜예요?"

"나도 내가 왜 그랬는지 모르겠어요."

"아주버님을 진짜 사랑하니까 그런 거죠. 전 신혼여행 가서도 아침마다 옆자리 더듬었어요. 꿈인가 생시인가 해서."

소연이 웃음을 터뜨렸다.

사랑은 모든 것을 가능하게 한다. 유치한 것마저 유치하지 않은 아름다움으로 승화시킨다.

유쾌하게 웃는 그녀를 바라보는 혜주의 얼굴에도 웃음기가 가득 감돌았다.

텅 빈 집을 함께 살 부부의 집으로 채워 넣는 일은 생각했던 것 이상으로 복잡하고 어려웠다.

많은 부분 전문가를 동원해 외부의 일손을 빌렸지만 주인의 손은 절대적으로 필요했다.

결혼을 준비하며 소연은 왜 예비부부들이 1년 혹은 반년 이상의 시간을 두고 결혼을 준비하는지 뼈저리게 실감했다. 아무리 서두른다고 해도 한두 달 사이에 할 수 있는 일이 아니었다.

허둥지둥 하는 사이 결혼식까지는 한 달이 채 남지 않았다.

그 사이 도망치듯 뉴욕으로 떠난 희정에게선 두어 번 정도 연락이 왔다. 아니, 왔었다고 준혁에게 전해 들었다.

정리하지 못하고 떠난 서도물산의 주식과 그녀의 개인 자산을 정리하는 수순을 밟고 있다고 했다.

희정이 사라진 뒤 회사로 찾아올 줄 알았던 성진에게선 단 한 번의 연락도 오지 않았다. 예상을 뛰어넘는 일이지만 그것이 그에겐 상황을 대하는 방식이었을 것이다.

코앞으로 다가온 결혼 덕분에 주말이 평소의 몇 배 이상 바쁜 소연은 고속도로를 달리는 준혁의 차 안에서 내심 불편한 심기를 감추지 못했다.

"왜 이렇게 통통 부었어?"

준혁은 여러 시간 동안 같은 표정을 하고 있는 그녀를 지적했다.

"낭만이나 분위기는 나중으로 미뤄도 될 상황이잖아요."

"신혼집은 살면서 꾸며도 돼."

"논리로 날 설득하고 싶은 거예요?"

"후후…… 제대로 마음이 상했나 보네."

갈 데가 있다는 그의 말에 두 말 않고 따라나서긴 했지만, 소연이 기대한 건 난데없는 여행이 아니었다. 결혼 준비를 위해 갈 곳이 있다는 말쯤으로 준혁의 말을 받아들였던 것이다.

징징거리는 소리를 내며 휴대폰이 울린다.

서너 시간 가까이 고속도로를 달려오는 동안 소연은 대여섯 통의 전화를 받았다.

"여보세요?"

[사모님, 세현의 김 감독입니다.]

"아, 안녕하세요!"

[외부에 계십니까?]

"예, 갑자기 일이 조금 생겨서요."

[말씀하신 격자무늬 밸런스하고 침실과 주방 램프가 도착해서 댁으로 가지고 왔는데, 어떻게 할까요?]

"네? 벌써 도착했다고요?"

[제가 최선을 다하겠다고 하지 않았습니까. 하하……]

인테리어를 맡은 감독에게 '빨리!'를 강조한 결과인 것이다.

"어쩌죠, 감독님, 제가 지금 멀리 있어서 바로 가볼 수가 없는데."

[사진 찍어서 보내드릴 테니 사진으로나마 최종 점검을 해보시겠어요?]

업계에서는 감각으로 소문난 감독이다. 늘 일과 시간에 쫓긴다는 그에게 이렇게까지 실례를 할 수는 없었다.

"아닙니다, 감독님. 감독님 안목에 맡길 테니 최대한 근사하게 시공을 해주세요."

[그렇게 해도 되겠습니까?]

"그럼요. 바쁘신데 이렇게 서둘러 주셔서 정말 감사해요."

[조금 늦어지긴 하겠지만 오늘 안에 시공을 끝낼 수 있을 겁니다. 마치는 대로 사진 보내드리겠습니다.]

"잘 부탁드려요, 감독님."

통화를 끝낸 소연은 운전석에 앉은 그를 돌아보며 한숨을 쉬었다.

"램프하고 밸런스 시공한대요."

"알아서 잘 해줄 거야. 우리보다 전문가잖아."

"그런데 어딜 가는 거예요?"

"가보면 알아."

"벌써 세 시간 넘게 온 거 알기는 해요?"

그는 잔뜩 예민해진 소연을 보며 피식 웃음을 터뜨렸다.

"가보면 압니다."

고속도로를 점령하다시피 한 차량들 속에서 다시 한 시간 이상을 걸려 도착한 곳은 소연에게도 낯설지 않은 곳이었다.

호텔 파킹 직원에게 차를 맡긴 준혁은 그녀와 함께 바닷가로 향했다.

고속도로에서 지겨운 시간을 보낸 바람에 사위에는 어둠이 가득했다.

소연은 한쪽 팔로 자신의 어깨를 감싸 두르는 그에게 여긴 왜 왔느냐는 말 같은 건 하지 못했다.

기왕 이렇게 된 걸 오는 내내 못 마땅한 소리를 대고 부은 얼굴을 보인 일이 오히려 미안해졌다.

"오늘 일방적이어서 미안해."

"오는 내내 짜증내서 미안해요."

"어디 가는지 얘길 안 해줬으니 그렇지."

바닷가에 도착하자 거센 바람이 두 사람을 향해 불어왔다. 준혁은 입고 있던 점퍼를 벗어 그녀의 어깨에 덮어주었다.

"여기 오래 있으면 감기 걸리겠어요."

소연이 웃으며 말했다.

"턱이 떨릴 정도네."

그 역시 덩달아 웃으며 말했다.

소연이 가만히 그에게 고개를 기댔다.

"우리가 이렇게 편안한 사이가 됐다는 게 기뻐요."

"어금니를 악물고 괜한 치기를 부릴 사이가 아니라서 다행이라는 말?"

소연이 웃음을 터뜨렸다.

"분위기에 목숨 거는 건 초짜들이나 하는 짓?"

"하하……. 마치 내가 그랬다는 얘기처럼 들리는데?"

"사무실로 꽃바구니 보낼 때부터 유치했잖아요."

"그게 왜 유치해?"

"그땐 행복했는데 지금 생각해 보면 발가락이 오글거려요. 아니라고 말해 봐요."

"후후……."

무섭게 불어오는 해풍에도 불구하고 그는 소연과 함께 바다를 마주보고 섰다.

아직 해가 있을 때 도착했으면 좋았을 것 같다는 아쉬움이 밀려들었다. 하지만 어둑한 바다라고 해도 상관은 없었다.

"소연 씨!"

잡고 있던 손을 놓은 그는 등 뒤에서 가만히 그녀를 끌어안았다.

"네?"

"난 언제까지 소연 씨한테 바다 같은 사람으로 남아 있을 거야."

소연이 퍼뜩 놀란 얼굴로 그를 향해 고개를 돌렸다. 어둑하긴 해도 그가 미소 짓고 있는 걸 볼 수 있었다.

"내 안에 살아 있는 소연 씨를 느끼면서 평생을 살아가고 싶어."

"준혁 씨, 그게……."

소연은 머릿속이 텅 비었다.

혜주에게 한 얘기를 준화가 들었고, 준화가 그 얘기를 준혁에게 한 게 틀림없었다. 혜주가 직접 준혁에게 그런 얘길 했을 리는 없다.

'맙소사!'

준혁은 당황해서 어쩔 줄 모르는 소연의 약지에 더듬더듬 반지를 끼워주었다.

할 말을 잃은 그녀의 귀에 준혁의 목소리가 들려왔다.

"결혼하자, 우리."

"……."

"왜 대답이 없어?"

소연이 그를 올려다보며 말했다.

"내가 먼저 했던 얘기잖아요."

"언제?"

"했어요."

"후후……."

"진짜예요."

"소연 씨가 그 말을 할 수 있게끔 내가 유도했겠지."

소연이 그에게 눈을 흘겼다.

준혁이 그런 그녀를 꼭 끌어안았다.

"소연 씨 역시 나한테 저 바다 같은 사람이야. 소연 씨를 만나기 전까지 어느 누구도 내 가슴을 그렇게 설레게 하지 못했어. 소연 씨한테 빠져드는 내가 조금도 두렵지 않았어. 지금도 마찬가지야. 여전히 당신이란 바다에 내 자신을 던지고 있는 기분이야. 그것도 아주 기꺼이 말이야. 평생 지금 같은 마음으로 소연 씨를 사랑하며 살아가게 될 거야."

소연은 자신이 눈물을 흘리고 있다는 사실을 깨달았다.

혜주의 말이 옳았다. 견딜 수 없이 사랑하는 사람의 입에서 나오는 말이 감동이 아닐 수 없었다. 그것이 어떤 유치한 고백이라고 해도.

손바닥으로 눈물을 닦은 소연은 그를 올려다보며 나직한 목소리로 말했다.

"평생 당신이라는 바다 속에서 살아 숨 쉬는 소금인형이 될게요. 내가 살 곳은 준혁 씨 당신이에요."

"사랑해."

준혁은 두 손으로 그녀의 차가운 뺨을 쥔 채 달콤하게 입을 맞추었다.

어둑해지는 사위도, 갈수록 차가워지는 해풍도, 바다 같은 서로에게 녹아든 소금인형이 되기를 고백하는 두 사람에겐 의미가 되지 못했다.

발아래에서 바스락대는 모래 소리를 들으며 소연은 힘껏 그를 끌어안았다. 키스 속에 숨겨진 달콤한 숨소리가 준혁을 향한 그녀의 사랑을 고백하고 있었다.

〈끝〉

에필로그

허리도 아프다 못해 머리까지 아픈 기분이다. 끝이 보이지 않는 다육이들의 행렬을 바라보며 소연은 깊은 한숨을 쉬었다.

"내가 왜 이 짓을 시작한 거지?"

겨우내 거실에 있던 다육이들을 원래 그들이 있던 베란다 한쪽으로 옮기려 마음을 먹은 건 갑작스러운 일이었다.

다육이를 키운다는 말에 시누이가 차 트렁크와 뒷좌석에 가득 실어 보내준 작은 화분들은 숫자를 세기 힘들 정도였다. 게다가 초반에 남편마저 지원 사격을 해주는 바람에 시어머니는 아예 다육 식물 숍을 내라고 하실 정도였다.

느지막하게 점심을 먹고 난 뒤 커피를 마시다 말고 갑작스럽게 다육이들을 옮길 생각이 들었다. 그리고 그 생각을 실행에 옮긴 지 두 시간이 넘었다. 하지만 작은 화분들을 닦으며 옮기다보니 아직 절반도 채 옮기지 못한 상황이었다.

"백소연, 너는 하는 생각들마다 이런 수준이니 어쩌면 좋으니?"

그만두고 싶은 마음이 간절한 소연은 자신을 원망했다.

하지만 원망의 화살은 곧 다른 곳을 향했다.

"부서를 옮겨줬으면 이런 일은 없었지. 그깟 사람들 시선이 뭐가 대수라고!"

의욕을 상실한 소연은 다육이를 옮기던 일을 멈춘 채 소파로 다가와 풀썩 몸을 눕혔다.

"아우, 허리야!"

누우니 허리의 통증이 훨씬 더 심해졌다.

소연은 축 늘어지게 누운 채 손가락을 까딱거렸다.

열어둔 거실과 베란다 사이의 문 덕분에 제법 차가운 바람이 안으로 들어오고 있었다.

"아, 무료해."

석 달째 습관처럼 입에 달라붙은 말이 자신도 모르게 흘러나왔다.

두 시간이 넘게 다육이를 옮기다 허리가 아파서 소파에 누운 사람의 입에서 무료하다는 말이 나온다는 건 얼마나 우스운 일인가.

소연은 자세를 바꾸었다. 등을 소파에 대고 반듯하게 누우니 조금은 정신이 차려지는 기분이었다.

6월이 되면 결혼을 한 지 3년이 된다. 앞으로 4개월이 남았다.

그 시간 동안 기전실의 실장이던 준혁은 부사장으로 승진을 했다. 하지만 여전히 그의 사무실은 기전실 안에 있었다. 기전실의 업무가 사내 전체의 기획과 실행을 맡아 하니 부사장인 그가 있어야 할 자리이긴 했다.

하지만 준혁이 부사장이 된 뒤로 소연은 자신을 대하는 직원들의 행동이 무척 부자연스러워진 것을 느꼈다.

더는 그녀를 '소연 씨!'하고 불러주는 사람도 없었고 점심 식사를 하는 자리에서조차 가볍게 농담을 하는 일도 줄어들었다.

"소연 씨, 내가 하는 얘기 오해 없이 들어줬으면 해. 직원들이 소연 씨를 많이 어려워하는 것 같아."

남편의 말이 아니더라도 소연 자신이 뼈저리게 느끼고 있는 일이었다.

결국 그녀는 자의에 반한, 그러나 아주 타의라고만은 말할 수 없는 퇴사를 해야 했다.

퇴사를 하고 전업주부가 된 소연에게 하루는 너무나도 길었다.

퇴사와 동시에 아기를 가지기 위해 여러모로 노력을 했지만 생각처럼 되어주지 않았다.

"아기는 하늘이 주는 거야, 조급해할 이유 없어."

걱정 따위는 해본 적 없는 사람처럼 구는 남편 덕분에 크게 스트레스를 받진 않지만, 아이가 없는 전업주부에게 하루는 해야 할 일을 찾아 헤매는 고단한 시간이었다.

지나치도록 분주한 일에도 불구하고 가정에 충실한 남편에게 무료함을 호소할 정도로 소연은 어리석은 아내가 아니었다.

"아, 백수 친구 한 명만 있었으면!"

결혼을 한 친구도 하지 않은 친구도 거의가 일을 하고 있어서 평일 낮에 만날 만한 사람이 없었다.

"아!"

탄식에 가까운 혼잣소리를 하는데 거실 쪽에서 기척이 들려왔다. 분명 패스워드를 누르는 소리였다.

벌떡 소파에서 일어난 소연은 헝클어진 머리를 손으로 대충 가다듬었다. 그녀는 센서 등이 켜지기도 전에 현관이 있는 곳으로 다가갔다.

"준혁 씨!"

"일찍 왔지?"

준혁은 다람쥐처럼 빠르게 다가와 품에 안기는 아내를 꼭 끌어안았다. 와락 품에 안기는 아내에게 그는 미안한 마음을 느꼈다.

두 사람 모두 불임의 요소는 전혀 발견되지 않는다는 진단 결과에도 불구하고 아직까지 아이는 찾아오지 않았다. 텅 빈 집에서 거의 종일 시간을 보내는 아내에게 하루하루가 얼마나 무료할지는 짐작이 가고도 남았다.

아내를 번쩍 안아들고 거실로 들어선 그의 눈이 휘둥그레졌다.

베란다 문은 활짝 열려 있고 거실 한쪽을 장악하고 있던 다육이들이 볼썽사납게 흐트러져 있었다. 거실에 절반, 베란다에 절반쯤.

"이게 무슨 일이야?"

"그렇게 됐어."

미안한 듯 소연이 미소를 지었다.

넋이 나간 표정을 한 준혁이 혼잣말을 하듯 말했다.

"일 쳤구나?"

"걱정 말아요, 내가 다 수습할 거예요."

"소연 씨, 우리 집이 아무리 따뜻해도 아직은 2월이야."

"……?"

"모레부터는 강추위가 몰려올 거라고 해."

"정말이요?"

아내를 조심스럽게 소파에 내려놓은 준혁은 길게 한숨을 쉬었다.

"소연 씨, 우리 다육이 다른 사람 주자."

"줄 데 있어요?"

소연의 눈이 반가움으로 반짝거렸다.

줄 사람만 있다면 당장이라도 주고 싶은 것이 소연의 마음이었다.

"누나는 어때?"

"형님이 키우기 버거워서 갖다 준 거잖아요."

"하긴 매형이 질색을 하긴 하지. 아니 그런데 소연 씨도 그렇고 누나도 그렇지, 왜 그렇게 욕심이 많아? 한두 개만 키워보던가 할 일이지."

"식물 키우는 일이 이렇게 손이 가는 일이라는 걸 몰랐으니까 그렇죠. 준혁 씨, 잘 좀 생각해 봐요, 어디 줄 사람 없는지."

"생각은 해보는데, 일단은 저것들 도로 안으로 들여놔야지. 그냥 앉아 있어, 내가 할게."

재킷을 벗고 넥타이를 푼 준혁은 와이셔츠 소매를 걷고 베란다 밖으로 나가 다육이 화분들을 도로 거실로 옮기기 시작했다.

슬며시 베란다로 나간 소연 역시 그에게 힘을 더해 함께 화분을 옮겼다.

얼마 안 되는 시간에 화분을 다 옮기고 난 소연이 못 믿겠다는 듯 말했다.

"말도 안 돼!"

"뭐가 말이 안 돼?"

"난 두 시간 동안 옮긴 거라고요."

"하기 싫은 일을 했나 보지."

소연은 거품을 낸 비누로 손을 닦는 남편을 돌아보며 피식 웃음을 터뜨렸다.

"그건 맞아요."

"종일 집에서 심심하지?"

"심심한 정도가 아니에요."

나란히 손을 씻은 부부는 욕실 밖으로 나왔다.

"요즘은 처갓집에 안 가?"

"엄마가 그만 오래요."

"후후……."

준혁은 갈아입을 옷을 꺼내주는 아내의 어깨를 두 손으로 감싸 쥐며 그녀에게 입을 맞추었다.

"오늘도 바빴어요?"

"소연 씨 생각할 시간은 있었어."

"보고 싶었구나, 그렇죠?"

"말해 뭐해."

그는 아내를 번쩍 안아서 침대에 눕혔다.

웃음을 터뜨린 소연이 놀리듯 그에게 물었다.

"옷 안 갈아입어요?"

"일단 벗고."

소연은 자신에게서 눈을 떼지 못하는 남편을 보며 환하게 미소를 지었다.

사랑이 가득 담긴 준혁의 눈을 보는 순간 무료한 일상에 대한 불평이 사라진다. 눈 녹듯 깨끗하게.

준혁은 늘 그렇듯 사랑스럽고 달콤한 아내의 입술에 입을 맞추었다.

두 손으로 그의 목을 감싼 소연이 나직한 목소리로 말했다.

"언젠가는 이 무료한 시간이 그리워지겠죠?"

"곧 그렇게 되지 않을까?"

"그때가 되면 우리 둘만의 시간이 그리워지기도 할까요?"

"그러겠지?"

그는 두 팔을 들어 올리는 아내의 스웨터를 벗기며 드러난 뽀얀 어깨와 쇄골에 입을 맞추었다.

간지러운 듯 웃음을 터뜨린 소연이 그를 올려다보며 말했다.

"매 순간 준혁 씨를 보면 가슴이 설레요."

"이 정도는 아닐 거야."

준혁은 아내의 손을 자신의 왼쪽 가슴에 가져다댔다.

쿵쾅거리며 무섭게 뛰어대는 심장 소리를 들으며 소연이 가만히 두 눈을 감았다. 준혁은 그 어느 때보다 환하게 미소 짓는 아내의 입술에 입을 맞추었다.

연애와 연애 사이의 휴지기는 얼마쯤이면 좋을까요?

교육을 받은 건 아니지만 얼마쯤은 그런 생각들을 곱씹으며 살아가네요.

실연의 아픔을 사랑으로 위로받는 사람들,

만일 제가 이십대였다면 실연당한 지 얼마 되지 않은 소연에게 새로운 사랑을 만나게 하는 일 같은 건 하지 못했을 것 같습니다.

사랑에 대한 예의라는 둥 하면서

그다지 도움이 되지 않은 감상 따위를 앞세웠을 테니까요.

오랫동안 아파하는 것만이 슬픔의 미학은 아니라는 걸
나이가 들어서야 깨닫게 되는 것 같습니다.
사랑의 휴지기가 길다고 해서 반드시 좋은 것만은 아닐 테고요.

늦가을쯤,
　사전에도 등재되지 않은 끝사랑이라는 말이 가슴에 와 닿아서 쓰게
된 글을 두 계절 만에 완성하게 됐습니다.
　끝사랑을 만난 소연과 준혁이 행복한 것처럼 우리 모두가 행복했으면
좋겠습니다.

　더도 덜도 아닌 행복이라는 말이 우리의 입술에 있었으면 합니다.

2016년 5월.
최예준 드림.